La prophétie d'Ararat

www.editions-papier-libre.com
16, Boulevard Saint Germain – 75005 Paris
ISBN 978-2-36161-030-2

Sévag Torossian

La prophétie d'Ararat

Éditions Papier Libre
Collection Thriller-Histoire

A mes enfants,
Lionceaux des Fleuves

« Le vrai miracle
n'est pas de marcher sur les eaux,
ni de voler dans les airs :
il est de marcher sur la terre. »
Houeï Neng.

Prologue

Le crime des ancêtres

Il avait tout planifié. L'assassinat des 153, la destruction coordonnée des trois Totems, le déploiement de l'armée de la Peur. Son objectif était obsessionnel : mettre à néant toute trace qui devait servir au dévoilement des événements annoncés depuis la nuit des temps. La bataille était inégale ; et pourtant. Le Prince était un fin stratège, sans doute le père de tous les autres. Pas une minute, un jour, un siècle ne passait sans son autorisation : il avait créé le Temps.

L'ultime bataille avait commencé, dans le silence le plus total, sans que les pouvoirs politiques ne s'en rendent compte. Ils y avaient tous participé à leur insu, comme des pions fous lancés sur l'échiquier mondial, sans aucune idée de ce qui les attendait. Tous avaient croqué le fruit, ce même jour immémorial : politiques, religieux, cercles initiatiques, militaires et scientifiques. Il ne restait plus grand monde à convaincre. Et pourtant. Tout se déroulait comme prévu ; le XXème siècle avait, à lui seul, créé plus de carnages que les quinze derniers. Tout se déroulait comme prévu, mais la paranoïa du Prince n'avait d'égal que son égo démesuré. Il avait compris très tard que quelque chose manquait. Un rien indicible qui le rendait fou de rage et l'entraînait à décapiter ses conseillers les plus serviles. Ce quelque chose était apparu aux derniers jours. Pour un fin stratège, il s'était comporté comme un petit joueur d'échecs qui, trop sûr de lui, n'avait pas vu le coup venir. Si les événements se réalisaient, son œuvre serait oubliée à jamais. Le Prince n'avait plus qu'un objectif : empêcher la fin du monde.

Première partie

Quiconque me trouvera me tuera[1]

[1] Genèse 4-14

1.

Paris. Avril enneigé.

« Tu devras renaître de tes cendres. Alors, tu pourras vaincre la Peur. Aiguise ton esprit, et je te guiderai ».

« Vaincre la Peur ». Quel tragique destin. Vaincre ma compagne de tous les jours. L'ennemie que j'avais invitée, sans savoir qu'elle ne me quitterait plus. Quand cela s'était-il produit ? Dieu seul le sait. Elle avait grandi dans mes rêves ; je l'avais ignorée bien souvent. Je l'avais snobée, croyant qu'elle m'oublierait pour un autre ; mais elle restait à mes côtés, comme pour me protéger de l'inconnu. Je l'avais laissée grandir à mes côtés, flirtant avec ses humeurs de jeune fille aguichante. Quarante années que je l'emmenais partout où j'allais. Dans mes bains de foule quotidiens, elle me surveillait jalousement, pour que j'évite de trop me donner à l'autre. Dans mon travail aussi ; avant chaque audience, chaque fois que je la mettais, cette robe au ton sobre, à chaque montée d'adrénaline, chaque fois que je voulais me montrer à la hauteur d'un désir. Elle me jugeait en permanence. Quarante années qu'elle me jugeait. Notre relation me fatiguait ; je devais y mettre fin. Elle l'avait compris, je crois. Depuis que je prenais mes distances. Elle me laissait faire. Mais à chaque coup dur, elle revenait à l'assaut, comme pour me dire : « Tu vois bien que j'ai raison ». La Peur qui a raison ; quel foutu paradoxe. Cette grande dame qui croit tout savoir ; c'est elle qui ne vivait que par moi, même si je l'avais laissée me soumettre. Elle avait longtemps pris beaucoup de place, mais il fallait maintenant y mettre fin. Je devais lui annoncer notre rupture. Décider quand, surtout. Elle ne venait me voir que quand tout allait mal ; je devais donc l'attendre. Mais elle ne tarda pas à se montrer : tout allait mal, car j'allais tout changer.

2.

- « *Tu devras renaître de tes cendres. Alors, tu pourras vaincre la Peur. Aiguise ton esprit, et je te guiderai* ».

L'entretien était terminé. Je restais sourd un long moment. J'avais accepté de le recevoir pour une consultation, et voilà qu'il me faisait la morale, maintenant. Pour qui se prenait-il, cet escroc ? A Paris pour affaires, ce Caucasien aux traits fatigués par le tabac de contrebande avait débarqué dans mon cabinet avec deux molosses, « pour parler d'un grand projet », m'avait dit Igor. Igor était un ami de mon père, qui m'amenait beaucoup de clients du genre patibulaire.

« *J'ai parlé de toi au général* », m'avait-il dit quelques jours auparavant. Encore un seigneur de la guerre qui voulait sans doute refourguer une cargaison de kalachnikovs tombées d'un camion ou une centrale nucléaire en kit mains-libres.

Il lui avait expliqué que j'étais « un fils de la nation », ce qui m'avait fait pouffer de rire, et que la « nation » pourrait compter sur moi.

Ils avaient le don de la formule, ces Arméniens du pays. C'était un don dont je me méfiais. Du jour où j'avais balbutié mon premier mot à celui de ma prestation de serment, j'avais appris à lire dans les phrases. Des mots qui sortaient des bouches comme des bulles de savon plus ou moins grosses, fragiles ou imposantes, timides ou lumineuses, j'aimais ouvrir les carapaces, les dénuder, les décortiquer pour sentir l'odeur de l'âme qui les avait accouchés.

Quand Igor parlait, je ne sentais que l'odeur d'une ruelle vide la nuit tombée, morne à en mourir. Des mots mis côte à côte, éjaculés sans concession, de ceux qui ne vous laissent pas le choix entre sourire ou acquiescer. Bref, Igor était un larbin à la solde d'un général quatre étoiles, qui voulait m'embarquer dans une affaire sordide à coups de séduction. « Fils de la nation » était sans doute dans son esprit la plus frémissante distinction qu'un jeune ambitieux, prêt à gifler Saint Pierre pour entrer au paradis, voudrait entendre. Mais ces bulles de savon sentaient l'ammoniac et le tabac desséché.

Lorsque le général est entré dans mon cabinet, j'étais loin de me douter du rôle qu'il allait jouer dans ma vie. C'était un mois d'avril et il neigeait. Il n'avait rien à me vendre. Petit, fin et le regard clair, rien ne m'indiquait ce qu'il avait dans les tripes, et surtout ce qu'il attendait de moi.

3.

« Tous les lions nous semblent plus ou moins identiques et il est bien souvent difficile de les différencier. Les lions ont le même problème que nous. Il est important qu'ils aient un air de confiance en saluant d'autres membres du groupe. Si un membre montre la moindre appréhension en saluant un autre lion, alors ce dernier peut se sentir menacé, penser que ce lion est un étranger et l'attaquer. »

Wikipédia

Il observa mon bureau un long moment, ma collection d'échiquiers, mes livres. Il devait aimer les livres, à en croire le silence qui l'avait plongé dans la bibliothèque en bois d'acajou longeant le mur sur dix mètres. À droite des jurisclasseurs, *De la guerre de* Clausewitz et La Bible l'avaient apparemment interloqué, parmi d'autres ouvrages de géopolitique et de religion qui peuplaient la moitié des étagères. Les confrères et habitués marmonnaient que ma bibliothèque était trop éclectique pour un cabinet d'avocat, mais je m'en foutais.

Sur le mur en face, un tableau géant que j'avais fait peindre par un client, artiste sans le sou qui était resté là quatre semaines, jour et nuit, en lieu et place d'honoraires qu'il n'aurait jamais payés. Le tableau, imposant ses trois mètres sur cinq, coloré et vif de lumières, représentait un lion et un agneau, couchés l'un contre l'autre le plus paisiblement du monde. Je les aimais tous les deux.

- *Que disent les gens sur les Arméniens, ici ?*

Je retirai mes lunettes rondes et les posais sur le bureau en fronçant les sourcils, réfléchissant un instant à la question hors-sujet qui venait de m'agacer. Il tentait sans doute l'approche relationnelle, ce qui avait le don de me braquer. Cela n'avait rien d'une question d'ordre juridique, mais je restai de marbre, jetant un coup d'œil sur les deux molosses qui s'étaient contentés de poser debout devant la porte de mon bureau. En les regardant, je me demandai un instant s'ils avaient pu monter dans l'ascenseur qui affichait « 300 kilos maximum » ou s'ils avaient dû se taper les trois étages d'escaliers à pieds, portant leur patron à bout de bras parce que leur musculature n'était pas aux normes techniques des monte-charges parisiens. Leur physique contrastait avec celui du général qui ne devait pas mesurer plus de 1,65 mètre. Cela dit, je me méfiais des petits, beaucoup plus que des très gros. Napoléon et ses généraux : le genre de relations qui confirme la règle - ne jamais se fier aux apparences. Quoi qu'il en soit, Général ou non, question hors sujet ou pas, peu importait : comme à l'accoutumé, je facturerais cinq cents euros son rendez-vous. Que disent les gens sur les Arméniens ? Le cadet de mes soucis.

- *« Aznavour-tremblement de terre-génocide »,* résumai-je, en guise de réponse. En général, on dit que c'est une minorité bien intégrée, travailleuse et sympathique.

- Et vous ? Qu'en pensez-vous ?

Je le regardai au fond des yeux pour décider du pipeau que j'allais lui concéder, par pure courtoisie. Mais il sourit, comme s'il avait lu dans mes pensées. J'optai donc pour la gifle frontale.

- Je n'y pense pas beaucoup. Mes grands-parents étaient Arméniens, c'est leur histoire. Mais quand j'y pense, elle me rappelle un ancien Ministre africain que j'avais conseillé quelques temps, sans trop le vouloir. Il avait passé le plus clair de sa vie à fuir et à mendier. Je le voyais suppliant son destin de se relever, car ses genoux avaient usé le sol à force d'écorcher le bitume. Il ne vivait que pour se plaindre et n'existait qu'en se plaignant. Il attirait la sympathie des foules ; il pompait l'énergie des sauveurs qui se présentaient sur sa route. Chaque jour, il jouait une nouvelle maladie, il s'inventait de nouvelles blessures, toutes plus attendrissantes les unes que les autres. Il savait faire pleurer ses amis, ses spectateurs permanents ; il était une victime de la nature, du temps et des hommes. Rien ne lui réussissait ; il n'avait qu'à être lui-même pour tout gâcher.

- Que s'est-il passé ensuite ?

- Son cas était désespéré. Je ne l'ai plus revu.

- Je veux dire : que s'est-il passé entre vous et l'Arménie pour que vous la compariez à un mendiant ?

Je réfléchis un instant, en ouvrant ma cave à cigares posée à portée de main pour allumer un Cohiba de contrebande. Un écran de fumée se forma au-dessus du bureau, entre lui et moi :

- *Aznavour, tremblement de terre, génocide*... Que sais-je, moi ?

Chaos

Phase I – Totem de l'Occident

Vatican. Place Saint-Pierre. 10h30.

L'émissaire fit un signe de tête à ses quatre martyrs, des mercenaires asiatiques habillés en touristes chinois, appareil photo dernier cri autour du coup et sac à dos «J'aime Paris» accroché en bandoulière, ce qui les faisait passer inaperçus dans les endroits les plus visités de la capitale. Le signal était lancé. Ils se tenaient chacun à quelques mètres du donneur d'ordre, feignant de photographier les gardes suisses et statues qui ornaient chaque coin de la gigantesque place, gardant un œil attentif sur l'unique objectif à atteindre.

D'un pas pressé mais assuré, ils se mirent en marche quasi-simultanément. Dans la foule innombrable des touristes et groupes de pèlerins, seul l'émissaire pouvait cerner la sanglante chorégraphie qui venait d'être lancée. « Aucun faux pas », dit l'émissaire dans le micro relié à son oreillette. Il savait que le Prince ne tolérerait aucun échec. Tous les soldats qui avaient échoué par le passé avaient été systématiquement décapités. C'était sa marque : les singulières funérailles des incapables se déroulaient à huis clos, cercueil fermé, évitant de montrer au public des corps sans têtes qui demeuraient toujours introuvables.

Mais pour les téméraires, le jeu en valait la chandelle : aucun commanditaire de contrat ne payait comme le Prince. Tous les plus grands mercenaires et tueurs à gage de la planète considéraient comme un honneur et un signe de réussite sociale le fait d'être désigné. L'émissaire le savait. Il était encore au-dessus de ces pantins qu'il recrutait personnellement dès que l'ordre lui en était donné. Le Prince ne se trompait jamais, pour lui, même s'il ne connaissait jamais le détail de ses plans.

Sept minutes. Tout se déroulait comme prévu. L'émissaire jeta un coup d'œil à sa montre et regarda discrètement à travers ses mini-jumelles longue portée : ils étaient en place. La foule inondait la place Saint-Pierre, les mains remplies de sacs de souvenirs et de ballons gonflés à l'hélium, tandis qu'une longue queue de plus de deux cent mètres s'était formée à l'entrée de la basilique. Un groupe d'enfants chahuteurs courait à travers les touristes. L'un d'eux percuta l'asiatique placé à l'aile Ouest, qui resta de marbre devant le gamin abasourdi un instant par le choc, avant de reprendre sa course.

« Maintenant !»

L'émissaire donna l'ordre et fit tourner son chronomètre. Il fallait agir aveuglément et sans attendre un instant : lui seul pouvait avoir une vue d'ensemble du changement de tour de garde des hommes de sécurité. Il gardait un œil sur le toit où les snipers se nichaient lorsque le Pape devait apparaître en public, ce qui n'était pas le cas aujourd'hui. Personne en vue ; c'était un jour comme un autre où aucune visite officielle, ni fête catholique n'étaient prévues. Le Pape lui-même était en déplacement ; pour le Prince, il était sans intérêt. L'opération était délicate, mais ils l'avaient répétée minutieusement mille fois avant de prendre connaissance du jour et de l'heure de l'opération. En moins de dix secondes, les quatre martyrs disparurent de la foule, comme des fantômes. L'émissaire garda un instant ses jumelles à hauteur de ses yeux et décocha un semblant de sourire, signifiant la réussite du plan le plus machiavélique de l'histoire du terrorisme, dont il était le seul à connaître l'existence.

4.

L'entrée en matière de mon client caucasien m'avait impatienté. *« Igor s'est foutu de ma gueule »*, pensai-je. La suite de la conversation s'annonçait aussi stérile et j'avais une tonne de travail. Je regardai ma montre rapidement, jetai un coup d'œil à mon agenda et pris la décision de mettre un terme à la consultation avant qu'il ne me demande quoi que ce soit, ce qui m'éviterais de justifier le refus qui tiltait déjà dans ma tête. En général, je mettais moins d'une minute pour me faire une opinion sur le client, le dossier, son issue. Dans mon métier, c'était parfois même une question de vie ou de mort. Pendant que la minute s'écoulait, j'observais autant que j'écoutais, je sentais, décryptais les mots mêlés aux mimiques, épiais les pupilles pour débusquer les mensonges et autres pourritures cachés sous les masques. Ce général avait l'air de tout sauf d'un militaire. Costume sur mesure, cravate de soie ; il avait belle allure. Il devait avoir mon âge, ce qui ne correspondait pas au grade. Son regard avait pourtant quelque chose de juvénile ; dommage que son dialogue ne collât pas. J'étais donc sur le point de me lever, posant mon cigare sur le rebord du cendrier en cristal, qu'un Pasqua m'avait offert pour solde de tous comptes, afin de le reconduire à la porte, lorsqu'il se décida enfin à me donner la véritable raison de sa présence.

- *Ararat.*

Au moment où il prononça le mot, le visage des deux molosses changea d'expression. Trois pairs d'yeux braquées sur ma réaction indiquaient qu'ils étaient venus pour ça et qu'ils n'étaient pas là pour plaisanter. Je reposai mes fesses sur mon fauteuil, signifiant à mon interlocuteur qu'il avait toute mon attention.

- Ararat ? La montagne ? Et donc ?

Le client ne me quittait pas du regard.

- En 1949, l'US Air Force a repéré pour la première fois ce qu'on a appelé par la suite *« l'anomalie d'Ararat »*.

- L'anomalie d'Ararat ? Qu'est-ce que c'est ?

Il fit un signe du doigt sans même se retourner et l'un des molosses lui apporta, dans la seconde, une mallette de cuir marron qu'il ouvrit. Le général en sortit des photographies prises apparemment par satellite et les posa sur mon bureau, devant mon nez.

- Le dossier est classé top secret mais certains clichés ont été déclassifiés.

- Top secret ? Pourquoi top secret ?

Il prit un paquet de cigarettes de sa poche. Je lus du coin de l'œil - *« Parliament »* - une marque inconnue au bataillon.

- Puis-je ?

Je lui indiquai du bout du nez la boite d'allumettes géantes qui traînait sur le bureau, réservée en principe aux gros calibres. Non sans habileté, il réussit à ne pas cramer sa clope sur toute la longueur et tira une bouffée qu'il renvoya lentement dans ma direction.

- Ararat a une histoire très particulière, vous savez... Non seulement pour les Arméniens, mais pour l'humanité tout entière. Elle a été, dans l'histoire, contrôlée par les pouvoirs arménien, perse, kurde, russe, et maintenant turc. Pendant la guerre froide, le mont Ararat se situait sur la frontière entre la Turquie et l'Union soviétique et revêtait donc un intérêt stratégique considérable.

Je l'écoutais sans sourciller.

- Mais il a un autre intérêt...

Il tourna distinctement la tête vers la bibliothèque, ses yeux s'arrêterent sur un ancien manuscrit qui appartenait à ma famille, et que je n'avais jamais compris. L'arménien pour moi, c'était du chinois.

- Le livre de la Genèse, repris-t-il, l'identifie à la montagne où s'est échouée l'Arche de Noé. Les références bibliques à Ararat sont multiples : Genèse 8-4, Rois 19-37, Isaïe 37-38, Jérémie 51-27. D'après la Bible, l'Arche était une grande embarcation construite sur l'ordre de Dieu afin de sauver Noé, sa famille et toutes les espèces animales d'un déluge sur le point d'arriver...

- *Je sais tout cela*, le coupai-je. Mais je ne comprends pas bien où vous voulez en venir.

- Pour le comprendre, il va falloir faire preuve d'une grande ouverture d'esprit et me laisser finir.

- Je suis tout ouï.

Une minute de silence. Quel culot. Il savait jouer du silence comme un plaideur de Cour d'assises, entrecoupant ses phrases d'une froide émotion versée sur l'auditoire, comme pour signifier que ce qui allait suivre changerait à tout jamais l'avenir de celui qui entendait sans écouter. Sa cigarette se laissait consumer entre ses fins doigts manucurés, dont l'annulaire portait une imposante chevalière en or incrustée de diamants, dessinant un écusson qui m'était inconnu.

Puis, il rompit son silence :

- Nous sommes entrés dans une nouvelle ère. Celle où le géopolitique et le religieux, voire le mystique, ne vont plus tarder à se rencontrer. Ou plus précisément, où leur cheminement commun va être dévoilé. Oui, car en réalité, le géopolitique et le spirituel n'ont jamais été séparés.

- Le géopolitique et le spirituel ?

- Exactement. Depuis la fondation du monde, tous les modèles politiques ont été testés, inventés, réformés. Des purges, massacres et génocides ont vu des millions de gens mourir au nom de modèles politiques supérieurs. Et cela, afin de répondre paradoxalement à une seule question : comment vivre ensemble ? Et tous ont échoué.

Comment vivre ensemble ?

- L'Europe est en paix et l'Occident croit en la démocratie comme un aboutissement durement acquis, répondis-je. Il n'y a pas de conflit militaire entre deux démocraties. Les conquêtes territoriales sont aujourd'hui interdites ; l'Union européenne est une expérience qui n'a pas de précédent dans l'histoire politique de l'humanité. Je préfère mille fois cette démocratie imparfaite à l'esclavage de la pensée.

- Vous vous croyez libre ? Union européenne ou non, personne n'échappera aux événements qui sont en train de se préparer…

Il détourna une nouvelle fois les yeux vers la bibliothèque, avant de compléter :

- Clausewitz lui-même vous répondrait qu'enflammés par la haine, même les peuples les plus civilisés peuvent se déchaîner l'un contre l'autre…

Mais qu'est-ce qu'il me veut ?

- *Revenons à vos moutons,* recadrai-je - je ne voulais pas me laisser embarquer dans un délire de Témoin de Jéhovah. Son propos était alerte mais je ne savais pas encore où il voulait en venir.

- Vous alliez m'expliquer la rencontre entre le géopolitique et le spirituel.

- Notre monde est le pire - mais aussi le meilleur - qui ait jamais été. Le dernier siècle a fait plus de victimes à lui-seul que les quinze précédents. Mais il a également sauvé plus de monde qu'il ne l'a jamais fait. Et depuis le *11 septembre*, le monde est entré dans une phase nouvelle d'un mécanisme déclenché il y a deux mille ans.

- Deux mille ans, rien que ça ?

- Tout ce qui est permis aujourd'hui, c'est la Révélation qui l'a permis. La Révélation a libéré des possibles merveilleux et d'autres épouvantables [2].

- La Révélation ?

- Il me fixa à nouveau dans les yeux mais son regard avait changé, comme si la couleur de ses yeux s'était éclaircie.

- Christ.

Christ ? Jésus Christ ? Je restai bouche bé. Un militaire qui me faisait un cours de catéchisme. Moi qui le prenais pour un mafioso, j'étais en réalité en face d'un curé qui avait loupé sa vocation. Je repris la boite d'allumettes entre les mains et rallumai mon cigare cloué au bec et à demi-éteint : mon moine-soldat commençait à m'amuser.

---

[2] René Girard, *Achever Clausewitz*, Carnets Nord, 2007.

5.

- Vous êtes vous déjà demandé pourquoi on exhibe un type à moitié nu et ensanglanté sur un bout de bois depuis deux mille ans ?

La question culottée d'un curé sans tabou est toujours le commencement d'une révolution. Et elle me plaisait bien car elle méritait effectivement d'être posée. Mon général n'était donc pas un fanatique religieux : il n'aurait jamais osé le blasphème sans peur de griller dans l'enfer de Dante.

- Jusqu'à la crucifixion, un seul et même mécanisme a régi toute l'humanité, toutes les civilisations, tous les groupes humains : la montée de la violence, qui est inscrite dans nos gênes, suivie d'un défoulement sur une victime innocente pour apaiser toutes nos tensions.

Son français était excellent, même teinté d'un petit accent qui avait son charme, loin du vocabulaire rudimentaire et des phrases toute faites des touristes de passage. Il m'obligeait presque à me concentrer pour suivre son raisonnement.

- J'ai peur de ne pas bien comprendre.

- Mais si, vous comprenez très bien. L'idée est tellement évidente qu'elle nous est insupportable. Chaque culture s'est construite sur la domination de l'autre. La domination s'exerce toujours par une violence qui peut aller jusqu'au meurtre, individuel ou collectif. Des millions de victimes innocentes ont été sacrifiées depuis l'aube de l'humanité pour permettre à leurs semblables de vivre ensemble[3]. Chaque victoire s'est faite en écrasant l'autre. Vous-même sans doute, pour en arriver là, avez-vous écrasé votre monde…

J'acquiesçai un sourire qu'il dut prendre pour une approbation mais qui n'était que de la fierté :

- Le Français et l'Arménien ont ceci en commun qu'ils vouent un culte jaloux à l'égalité et répugnent secrètement à la réussite sociale...

- Sans doute ont-ils en commun la conscience que la réussite se fait toujours sur le dos d'un autre. Derrière la célébration, il y a toujours un meurtre originel.

- Le militaire ne tue-t-il pas pour défendre ? C'est l'essence de votre métier, il me semble.

- C'est l'essence de la stabilité d'un Etat. Je ne dis pas qu'il soit… « *juste* ». Mais reprenons. Le moment décisif de l'évolution de l'humanité a été la Révélation chrétienne, c'est-à-dire… la révélation par Dieu aux hommes des mécanismes de leur violence. Deux guerres mondiales, l'invention de la bombe atomique, plusieurs génocides, une

[3] idem.

catastrophe écologique imminente, tout concourt à démontrer bientôt que les textes apocalyptiques concernent le désastre en cours. L'homme a le pouvoir de se détruire, de détruire la planète, de modifier génétiquement des plantes et des êtres, de cloner les êtres vivants, de modifier le climat. Les hommes sont aujourd'hui capables de détruire leur univers. La violence est aujourd'hui déchaînée au niveau de la planète entière, provoquant ce que les textes apocalyptiques annonçaient : une confusion entre les désastres naturels et les désastres causés par les hommes, du naturel et de l'artificiel[4].

- Bien. Vous êtes donc venu m'annoncer la fin du monde. Et quel rapport avec Ararat ?

Il releva la pointe de sarcasme dans ma réflexion, mais ne se démonta pas :

- Tout. Le début et la fin. L'Alpha et l'Omega. La vie sur Terre a recommencé avec elle, elle finira avec elle.

Je perçus une flamme d'excitation dans ses yeux clairs dont les pupilles dilatées à l'extrême devaient mesurer tout l'enjeu de sa démarche et dévoilait la détermination du militaire devant un plan de bataille minutieusement élaboré. Il écrasa son mégot dans mon cendrier de cristal, ce qui, dans d'autres circonstances, m'aurait rendu hystérique. Mais j'attendais la suite avec une inconsciente curiosité. D'habitude, j'écoutais le client d'une oreille, déféquer des histoires à dormir debout. Je craignais surtout que celui-ci ne finisse par m'accrocher. Ce n'était pas tant son discours millénariste qui m'interpellait, mais une impression de… « connu ».

- Comprenez bien. *La localisation de l'Arche serait la plus grande découverte archéologique de tous les temps…*

La découverte de l'Arche ? Ce militaire était donc engagé dans une chasse au trésor ?

- La fin du monde, Ararat… Tout cela est bien mythique. Personne ne sait si l'Arche de Noé a bien existé. Quant aux théories de la fin du monde…

- Vous ne voyez pas encore le lien entre la montée de la violence à l'échelle planétaire et le réchauffement climatique… Ce sont pourtant deux phénomènes liés. *Le réchauffement climatique fait fondre les glaciers, y compris ceux de la région d'Ararat…* Le lien entre l'environnemental et la violence humaine est annoncé depuis des temps très reculés, et les chercheurs ne font aujourd'hui que le découvrir. Ce que les textes apocalyptiques annoncent depuis toujours est ce que nous commençons à vivre aujourd'hui. Le « terrorisme » n'est que la phase moderne de ce processus multiséculaire.

[4] idem.

- Un tout petit pays comme l'Arménie, au cœur d'enjeux géopolitiques mondiaux… J'avoue avoir du mal à vous croire. Ni une puissance mondiale, ni même un grand peuple…

- Un grand peuple… Qu'est-ce qu'un grand peuple ? Vous posez une question quasi-philosophique encore tabou. Aujourd'hui, les grands peuples se reconnaissent au Conseil de sécurité de l'ONU. Jadis, à la tête des empires. Bref, ceux qui ont écrasé les autres et décidé du partage du monde. Mais nous sommes un certain nombre à penser que l'histoire… « s'éclaircie ». Les véritables grands peuples vont bientôt être dévoilés. Le temps de la refondation du monde est venu parce que la violence a été dévoilée. Les premiers vont être les derniers, et les derniers… les premiers. Ce n'est pas de moi, c'est dans les Textes :

« Le plus petit deviendra un millier,

Et le moindre une nation puissante.

Moi l'Eternel, Je hâterai ces choses

En leur temps »[5].

Je sentais qu'il vérifiait mes dispositions à ingurgiter l'Ancien Testament. Puis il se reprit.

- Je ne suis pas venu pour parler en mon nom. Sachez simplement - pour l'instant - que je représente des intérêts très puissants.

- Admettons. Quel serait mon job ? Après tout, je ne suis qu'avocat...

- Acheter la montagne.

- Ararat ?? C'est donc ça ? Vous voulez que je m'occupe d'une transaction… foncière ?

- C'est cela.

J'en avais entendu, des demandes saugrenues, celles d'hommes d'affaires qui n'avaient aucun sens des réalités jusqu'aux artistes parfaitement étrangers aux règles élémentaires du Code général des impôts, mais lui, il méritait la palme d'or. Un avocat et un militaire caucasien en pleine discussion théologique dans un cabinet parisien, et tout ça pour acheter une montagne… C'était complètement loufoque. Restait à voir si le « client » avait les moyens de sa requête. Après tout, je m'en foutais. La règle est simple : le client est roi. A condition que le roi soit grand prince dans sa générosité.

- Mais la montagne est-elle à vendre, au moins ? Pour qu'il y ait vente, il faut qu'il y ait au moins un vendeur et un objet à vendre. Or, votre interlocuteur serait la République turque, et votre bien un territoire. Certes, il y a eu des cessions de territoires à titre onéreux dans l'histoire, mais c'était une autre époque…

- Vous trouverez un moyen. Je vous donne carte blanche. Vous devrez néanmoins garder l'anonymat absolu sur l'identité du commanditaire.

---

[5] Isaïe 60-22

- Quel prix proposez-vous ?
- Le prix de la paix.
- Le prix de la paix ? Et ça fait combien en euros ?

Chaos

Phase II – Totem du Milieu

Jérusalem. Mur des Lamentations. 08h12.

La grotte, située dans le tunnel du mur occidental, n'était accessible qu'à une poignée de visiteurs. Pour des millions de juifs, elle symbolisait toujours le lieu le plus saint, demeurant face au Kodesh Ha' Kodashim, la salle des premier et second anciens temples, à laquelle seul le Grand Prêtre pouvait accéder. Un petit groupe d'une quinzaine de personnes se tenait au pied des vestiges du gigantesque mur éclairé par des projecteurs protubérants qui inondaient la chambre d'une puissante lumière dorée.

Lorsque la visite fut terminée, les gardiens du sanctuaire recomptèrent un par un les personnes qui étaient descendues et leur firent signe de ne pas bouger. Ils comptèrent et recomptèrent encore avant d'arriver à la même conclusion... Onze : ils n'étaient plus que onze. Quatre personnes avaient disparu. Ils vérifièrent autour d'eux, mais l'entrée de la grotte était sans autre issue possible ; personne n'avait pu sortir avant le groupe. L'un des gardes appuya sur le bouton de son talky-walky pour signaler au personnel de sécurité qui, quelques mètres plus bas, s'était chargé de faire remonter le groupe entier avant de reprendre le cours des visites. L'interlocuteur indiqua qu'il n'y avait personne en-bàs. « Vérifiez encore, dit-il en hébreux, il manque quatre personnes ». Le groupe de onze fut bloqué à l'entrée de la grotte jusqu'à l'arrivée de l'armée israélienne et interrogé sur l'identité des manquants à l'appel. « Personne en-bàs », répliqua l'agent de sécurité dans le micro du talky-walky.

L'émissaire se tenait non loin de là, à une distance suffisante pour n'éveiller aucun soupçon. Il observait du coin de l'œil les allées et venues des soldats à l'entrée de la grotte, l'interrogatoire en plein-air des malheureux covisiteurs, désormais entourés et mis à l'écart par les forces de l'ordre qu'ils tentaient de convaincre de leur incrédulité. Visiblement, le ton montait ; ils ne tarderaient pas à être emmenés de force au poste de sécurité. L'émissaire avait atteint son deuxième objectif en moins de vingt-quatre heures. Il n'y avait plus qu'à attendre.

Aucun recoin du tunnel et de la grotte ne recelait de secret pour les forces de l'ordre. Pourtant, ils ne retrouveraient jamais les quatre fantômes qui étaient passés maîtres dans l'art de la dissimulation. Ils n'avaient d'ailleurs rien d'autre à faire qu'à se cacher aux endroits exacts qui leur étaient assignés, leur dernière demeure. La grotte serait le tombeau idéal pour ces martyrs du Prince qui n'avaient d'autre ambition que d'accéder à l'immortalité promise du nouveau monde. Mais Jérusalem n'était pas le Vatican : seul un soldat israélien pouvait repérer d'un simple coup d'œil ce qu'il appelait le « regard du tunnel », ce regard qui remplit l'iris du martyr bourré d'explosifs quelques instants avant le passage à l'acte. La mission était périlleuse, mais aucun explosif n'aurait pu être retrouvé sur eux : il n'y en avait pas. Aucune bombe, de celles fabriquées en Iran ou Irak et achetées deux cents dollars pour faire exploser un autocar ou une place publique et mettre fin à toute vie humaine alentour. Depuis leur arrivée en Terre sainte, ils avaient été fouillés maintes fois, passés aux détecteurs et portiques dernier cri : rien.

L'émissaire reprit la route de l'aéroport d'un pas assuré. Si tout se passait comme prévu, dans quelques heures, le Totem du Milieu ne serait plus qu'un vaste chantier de ruines. « Respirez profondément toutes les quinze minutes » : c'était la seule instruction que devaient suivre scrupuleusement tous les soldats du Prince durant les heures à venir. Tout était basé sur la respiration : ne pas s'endormir, rester immobile, debout, les yeux fermés jusqu'au signal. L'exercice de méditation qui plongeait les martyrs dans la pénombre n'avait pour objectif que de coordonner les trois missions. L'émissaire jeta un œil à la montre à triple cadrant qui ornait son poignée musclé : il était 7h20 au Vatican. Le premier quatuor était en place depuis plus de vingt heures. Du haut de son mètre quatre-vingt quinze, il consulta son Skyphone et se connecta sur l'intranet crypté des services secrets de la cité vaticane. Tout en marchant, il passa en revue la liste des derniers signalements et interpellations policières afin de vérifier si les quatre soldats avaient été pris. Le deuxième quatuor n'avait, lui, aucun moyen de communication avec l'émissaire, qui veillerait toutes les heures à ce qu'aucun contretemps ne vienne perturber la mission. Restait le troisième Totem. Le plus délicat de tous.

6.

J'avais mal dormi cette nuit-là. J'avais pourtant l'habitude de mal dormir, mais cette insomnie me gênait car je ne la comprenais pas. D'habitude, je continuais dans la nuit une plaidoirie de mise à mort de l'accusation qu'il me fallait achever, ou je terminais une discussion dépravante tenue au téléphone quelques heures auparavant. Mais cette insomnie-là était insensée car je ne voyais pas d'ennemi à harceler.

J'arrivai donc au cabinet avec le journal du matin.

« L'avocat parisien Marc Aram a une nouvelle fois fait libérer un assassin ». Encore un article à sensation qui m'attirerait foudre et clientèle. Pour cinquante mille euros de provision sur honoraires, je m'étais donné le temps de lire le dossier d'instruction auquel l'article de presse faisait référence. Et cela pour me rendre compte que l'expertise balistique avait trop hâtivement conclu que la balle de neuf millimètres qui avait perforé le crâne de la victime avait été tirée du revolver de mon client. Je n'avais rien dit jusque-là, mais un revolver de onze millimètres ne pouvait pas faire un trou de neuf. Simple déduction logique ; simple erreur balistique. N'importe quel demeuré sachant lire un dossier pénal l'aurait repéré, mais médias et clients préféraient m'appeler Superman. Pourquoi pas.

Ma phobie des labyrinthes m'avait poussé sur les chemins de la rectitude. Des études de droit comme unique rempart contre le déboussolement qui me guettait à chaque angoisse, je n'avais tiré qu'un intérêt thérapeutique. Mon plus grand talent était maintenant d'éteindre mes sentiments ; un par un, je les désossais au scalpel des temps modernes : le cerveau. L'art de l'analyse maniaco-dépressive offerte aux jeunes loups. Depuis ma première année de droit, j'avais compris à quel point les maniaco-dépressifs étaient les maîtres du monde. L'Occident était devenu le règne de la mise à mort médiatique ; la règle en était simple : plus le lynchage était vif, plus l'auteur s'élevait dans la hiérarchie des carnassiers. Dans ce domaine, j'excellais à l'oral comme à l'écrit. De toutes les mises à mort, de toutes les pierres jetées contre l'homme à genoux, j'aimais que la mienne soit toujours la plus lourde. En fait, j'adorais ça. Docteur en boucherie, ne faire des moucherons qu'une bouchée.

J'avais tout planifié : ma-vie-mon-œuvre, les cinquante années de conquête progressive où mon miroir serait mon seul allié ; mon inassouvible désir de réussite me dictait ma conduite, je ne me fiais qu'à mon instinct de carnassier dont l'ambition était le rongeur de conscience. Mon seul effort était de croire en moi ; le reste suivait. Je modelais mon esprit à volonté, gommant les rectitudes de la morale que mon père m'avait inculquée. A quoi bon la morale de l'ouvrier ? Une vie de labeur n'avait de sens que dans la réussite ; mon père avait durement travaillé toute sa vie dans la singulière conformité aux standards de la pauvreté ; sa richesse s'évaluait à quelques milliers de cheveux blanchis par les autres, ses créanciers éternels qui savaient vivre sans mesure. Je n'avais que haine pour les nantis d'un système que j'avais commencé à maîtriser à l'aube de mes quarante ans. Huissiers, liquidateurs judiciaires et autres pilleurs d'épaves qui constituaient toute la Jet-Set de la société moderne : la grande classe. Légion d'Honneur acquise par copinage sans grand mérite, passion de la sodomie sociale qui rendait riche et captait l'admiration, tout cela était parfaitement autorisé tant que les règles de comportement du carnassier acceptable étaient respectées. J'avais longtemps voulu leur ressembler, pour mieux les écraser ; « *bientôt* », me disais-je toujours, lorsque j'aurais bâti mon empire, détruit mes adversaires, acquis le respect des plus grands.

L'ambition était ma seule inspiration, mon guide, ma réserve d'énergie où je puisais chaque jour assez de force pour bâtir ma tour de gloire. *« Bientôt »,* je serais glorieux dans la cour des grands. Je serais grand parmi les hommes, plus grand que mes prédateurs débiles et délirants dans leur désir de lutter contre un mur. Je savais leurs faiblesses, je voyais leurs œillères de poulains lancés à l'assaut du gain par des marionnettistes encore plus avides, dont les yeux globuleux pouvaient être arrachés sans remords. Mais je ne serais pas de ceux-là. Tous les empires s'étaient disloqués avec le temps car le sommet de leur gloire annonçait toujours leur déclin. Ceux qui perduraient étaient dans l'ombre.

Pour préparer mon ascension, j'avais donc choisi le métier de l'ombre, au propre et au figuré : Avocat. La veuve et l'orphelin n'étaient pas dans mon carnet d'adresse. Je n'avais rien contre eux ; c'est juste qu'ils n'avaient pas d'argent.

7.

Nous n'avions pas fini la discussion. Il avait quitté le bureau avant que j'ai eu le temps de poser toutes les questions de rigueur au client qui vous confie un dossier. Et celui-ci était tellement hors normes qu'il méritait un approfondissement que mon général caucasien ne me concéda pas, décidant sans doute qu'il m'en avait trop dit. J'eus quand même le temps de lui poser une question bête et méchante, naïve en apparence, comme je les aimais.

- Pourquoi moi ?

- Pourquoi vous a-t-on choisi ?

- Oui. Qu'est-ce qui me vaut cet honneur ? Est-ce pendant les toasts d'Igor, arrosés à la vodka, que vous avez décidé de venir me voir ?

- On dit des guénats. Ça veut dire « vie ». Un guénats est un moment d'intense sincérité où nous formulons nos vœux les plus puissants. Nous avons effectivement beaucoup parlé de vous, mais il n'y a pas que ça.

Son regard s'était fermé. Il avait les yeux aussi embués que lors de son éloge de la fin du monde.

- Vous avez un rôle à jouer dans le déroulement des événements à venir. Vous, personnellement.

La suite m'a cloué à mon fauteuil pendant une bonne heure après qu'il soit parti. Manipulateur, escroc ou illuminé, je ne savais trop que penser. Les mots se mélangeaient dans ma tête, et c'était chez moi signe de changement. J'ai toujours cru dans le pouvoir des mots. J'avais grandi avec eux, même lorsqu'enfant, resté quasi-muet à la mort de ma grande sœur, j'avais gardé le silence pendant une année complète. J'avais mis du temps à les retrouver et à les ranger dans le bon ordre, mais ils avaient toujours été là, petits ou gros, faibles ou imposants, jeunes ou vieillots ; ils étaient comme une humanité inaccessible aux bavards. J'avais compris à l'âge de sept ans que l'univers des mots est celui du silence. Ils aiment le silence et c'est là qu'on commence à les entendre. J'avais compris qu'ils ignoraient les vaniteux et ne leur montraient que leurs culs s'ils déambulaient en les tordant dans tous les sens. Ces vaniteux, je les avais fréquentés toute mon enfance et ma carrière. Des instituteurs et professeurs aux confrères ténors, tous manipulaient les mots comme on viole une chèvre, comme on égorge un poulet la bouche salivante et les mains pleines de sang ; sans aucun respect pour l'être vivant, sans aucune estime pour Lettres vivantes. A sept ans, j'avais compris que les mots étaient en vie, qu'ils avaient une naissance, un temps d'existence et une mort, et que certains demeuraient éternels.

C'était ça, mon obsession. Et je ne sais pas ce que le général savait, mais c'est comme s'il la devinait, elle que personne ne connaissait, pas même un pseudo-psy lacanien que j'avais fréquenté quelques temps, jusqu'à épuiser un crédit de dix mille euros d'honoraires, gaspillés en consultations à dormir debout. Psys et avocats avaient bien des choses en commun, mais jugement subjectif et honoraires libres étaient leur plus grande victoire commune de ce XXIème siècle qui avait célébré tellement d'escroqueries intellectuelles.

Mon général avait sonné juste. Et cela me travaillait. Que les mots sonnent juste, et tout devient clair. Ce n'est pas tant son pipeau sur cette arménité lointaine, dont je me souvenais à peine, qui m'avait retenu, ni le montant des honoraires que j'avais balancé pour le décourager de me confier une affaire à laquelle je ne croyais qu'à moitié. Pour les honoraires, il avait répondu *« Guénats »*. Rien de tout cela. C'était plutôt ce qu'il avait dit sur moi. Et ses derniers mots, avant de se lever et de partir, sonnaient comme un échec et mat : *« Tu devras renaître de tes cendres. Alors, tu pourras vaincre la Peur. Aiguise ton esprit et je te guiderai »*. Cette phrase ne venait de nulle part. Ni d'un livre ni d'un prophète. Je le sais parce que, cette phrase, je la vois et je l'entends en rêve depuis l'âge de sept ans.

Chaos

Généalogie du crime

Le Prince avait toujours eu connaissance de l'existence d'un plan divin. A ceci près qu'il ne croyait pas qu'un seul homme sur terre puisse relever le défi de la rédemption. Il y avait bien eu Noah qui, jadis, avait trouvé grâce aux yeux du Créateur pour échapper, avec les 153, au cycle meurtrier du déluge. La bataille des anges avait commencé bien avant celle des hommes. La création du glaireux, comme il l'appelait, était la confirmation pour le Prince qu'il n'aurait jamais le destin glorieux auquel il aspirait. Le Créateur avait même ordonné qu'il Le servît, Lui et Sa mortelle progéniture, ce qui le reléguait au rang de misérable pantin. Lui, le plus puissant et lumineux parmi les créatures célestes, qui avait le pouvoir de régner sur le monde, devenir un funeste serviteur du glaireux ? En quel honneur ? Il avait donc… démissionné. Dans un fracas sans précédent, puisque les anges avaient encore, en ce temps immémorial, le libre arbitre. Il avait créé la révolution, lui, que le Créateur voulait soumettre, et avait entraîné quelques alliés qui se donnaient désormais pour mission, en régnant sur le monde, de démontrer que l'homme ne valait pas la peine d'être sauvé.

Au départ, les choses étaient simples. Il suffisait de convaincre la femme. C'est elle qui allait introduire la Peur. Avant cela, ils vivaient d'une quiétude qui, du goût du Prince, était sans grandeur. Une vie d'oisiveté vide de charisme, reléguant au rang de marionnettes sans ambition des créatures terreuses qui ne comprenaient rien à la jouissance du pouvoir. C'était un jeu d'enfant : elle mentait comme elle respirait. Il lui avait simplement demandé si Dieu avait réellement dit : « Vous ne mangerez pas de tous les arbres du Jardin ? ». Elle avait répondu à côté de la plaque.

La suite s'était enchaînée naturellement. Au lieu de s'excuser d'avoir désobéi, ils s'étaient lancé la pierre mutuellement, le glaireux et sa femme, comme un vieux couple ridiculement délateur. Leur premier né allait assassiner le deuxième d'une ravageuse jalousie enfantée par la Peur. Le premier meurtre serait fondateur d'un nouvel ordre. Leur descendance serait corrompue et incapable de regagner le chemin du Jardin, perdu à jamais. Le Prince avait exulté ce jour-là. Même sa punition lui paraissait puérile. Mordant la poussière du Jardin des délices, il s'était contenté de ramper jusqu'à la sortie en élaborant son nouveau plan. Bientôt, il serait maître du monde ; il les soumettrait tous, il anéantirait les indomptables, tous, jusqu'au dernier des 153. Personne ne connaissait leur existence ; même les gardiens des trois Totems, serviles révisionnistes, avaient activement contribué à leur oubli.

Lorsque le Fils est entré à Jérusalem, monté sur un âne et acclamé par la foule, le Prince comprit que quelque chose se tramait. Que quelque chose ne collait pas. Le peuple attendait un libérateur, un chef pour la nation opprimée, qui vienne organiser la révolution que tous attendaient. Au lieu de cela, rien. Un homme sur un âne. Le Prince savait pourtant qui « il » était, mais restait persuadé qu'il craquerait, comme tous les autres car la mort qui l'attendait était pure folie. Lui, le descendant du guerrier David à qui le Créateur avait pourtant dit : «Tu ne bâtiras pas une maison à mon nom, car tu es un homme de guerre et tu as versé du sang[6] » ; comment aurait-il pu sauver le monde ? Le Prince a tout tenté ; le Fils a tenu bon.

Après la crucifixion, il a vu, d'un coup d'œil, l'avenir se modifier sur plusieurs millénaires. Dame d4. Fou h5. Cavalier prend Pion. Fou prend Reine. Il ne restait plus que le Roi et son Fils, prêts à brandir le mat au-delà de toute espérance. Inconcevable partie d'échecs où l'armée de la Peur avait tour à tour broyé les pièces maîtresses de l'humanité jusqu'à acculer le Roi dans ses derniers retranchements. D'un coup d'œil, il anticipait toute la partie, les sacrifices successifs que le Roi concéderait trop facilement à travers les siècles. Echec et mat avec un Roi et un Pion ? Impossible...

Quoi qu'il advienne, le compte à rebours était lancé. Désormais, il lui fallait faire vite. Très vite. Il y risquait la grandeur de son règne et n'avait aucune intention de le perdre, quitte à dévoiler sa propre existence.

---

[6] Chroniques 28-3.

8.

Acheter une montagne. L'idée était à la fois délirante et passionnante. Dans mon métier, aucune affaire ne ressemblait à une autre, et l'imagination était une vertu que l'on n'enseignait pas à la fac. Je voyais finalement une certaine cohérence à l'évolution de mes dossiers : toujours plus tordus, toujours plus hors-normes. Du pénal, qui m'avait ouvert les yeux sur tout un pan de la société française, dont mon éducation partielle m'avait protégé, au pénal financier, puis à l'international, je crois que je ne craignais qu'une seule chose : m'ennuyer.

Chasseurs d'arche perdue, secte ou illuminés ? Pourquoi pas. Je pourrais prendre le dossier comme une vilaine curiosité, quitte à planter tout le monde si les choses s'envenimaient. Les transactions immobilières m'étaient naturellement agréables ; j'avais financé mes études de droit en travaillant à mi-temps chez un promoteur véreux qui m'avait appris les ficelles d'un métier honteusement lucratif, pour acheter ma première Porsche à l'âge de dix-neuf ans. Des clients russes qui investissaient la Côte d'Azur en dizaines de millions d'euros me donnaient encore l'occasion de déverser une imagination sans borne sur des montages à la limite du flou artistique. Après avoir défendu trois jeunes moscovites en correctionnelle pour une bagarre dans une boite de nuit où ils avaient tour à tour fracassé des bouteilles de vodka sur un serveur écervelé, j'avais obtenu la relaxe pour chacun, ce qui m'avait ouvert de nouveaux horizons dans l'immobilier. Cette passerelle insoupçonnée m'avait également permis de confirmer à quel point une enveloppe bien garnie pouvait acheter à peu près n'importe qui pour obtenir permis et autorisations en tous genres. Il fallait juste rester poli et ne jamais donner l'impression d'acheter les hommes, et cela m'avait amené à exalter un réseau dans les milieux politico-affairistes honnêtement scandaleux.

Windows. Word. Page blanche.

Je fis glisser la souris à même la table pour ouvrir un nouveau fichier sur mon ordinateur, que j'appelai *« Transaction Ararat »*.

Times New Roman. Page presque blanche.

Je regardai vers le plafond devant moi et restai concentré quelques instants dans cette position, comme pour attraper des idées qui traîneraient dans l'atmosphère. A ce niveau de négociation, je savais bien que le Code civil ne me servirait pas à grand chose, sauf peut-être à sauver les apparences. Il fallait raisonner simplement : une transaction, c'était avant tout un acheteur et un vendeur. Et comme bien souvent, la clé du montage était l'intermédiaire. Le problème était que le bien en question ne pouvait pas lui appartenir : Ararat était un territoire intégrant du domaine public turc et il était hors de question de passer par le gouvernement. La stratégie frontale était donc irréaliste. L'appel d'offre était également impossible ; aucun autre gouvernement ne devait, pour l'instant, être informé de cette opération, et surtout pas les Etats-Unis. C'était sans doute aussi la raison pour laquelle « ils » s'étaient adressés à moi, un inconnu des Etats, loin de tout soupçon ; un individu qui plus est : ni une fondation, ni une multinationale. Mais un avocat tout de même, soumis au sacro-saint principe du secret, et plus si affinité, à savoir jusqu'à ce que mort s'en suive. Les fuites deviendraient pourtant inévitables à un moment ou à un autre si les services secrets américains, israéliens ou français faisaient bien leur travail. J'envisageai tout de suite ce paramètre en notant ma première phrase sur *Word :*

« 1 – Voir Jean-Grégoire. »

Je me demandai ensuite ce qu'il y avait sur la montagne. Des habitations, des fermes, des troupeaux ? Si l'Etat y avait une mainmise, il pouvait s'y passer à peu près n'importe quoi à l'abri des regards : recherche nucléaire, espionnage, entraînement militaire, réserve d'armement si le terrain s'y prêtait. Ou alors, simplement rien. Une terre inexploitable, fantasme religieux des deux milliards de chrétiens et quinze millions de juifs de la planète. Décidément, ce dossier me dépassait. Je notai ma deuxième phrase sur ma page presque vierge : *« Contacter le Russe »,* avant de refermer le document Word.

Je devais être à mille lieux de la réalité.

Je continuai de traiter mes autres dossiers, comme si de rien n'était. Je les traînais parfois comme des boulets non mérités, ces clients orduriers que je faisais libérer et qui reprendraient le fil de leur vocation de pirates dès le lendemain. Comme *Mister Smalto*, mon boulet du moment qui n'arrêtait pas de me laisser des messages sur mon portable ces derniers jours parce qu'il voulait « m'offrir » une Mercédès. Il avait sans doute un très gros service à me demander. Il faisait partie de cette race de brigands que la chance ne quitte jamais. Après quarante-huit heures de garde à vue pour une sombre histoire d'extorsion de fonds, il avait échappé à la détention provisoire grâce à un juge d'instruction à la masse qui avait fait péter le délai de vingt heures à l'issue duquel même le plus gros escroc du pays ne pouvait plus être retenu. Je m'étais contenté de vociférer quelques imprécations, Rolex brandie vers le plafond, clamant au juge qu'il était pratiquement mouillé pour complicité de détention arbitraire. Le client n'avait même pas bronché et s'était contenté de se frotter les poignets lorsque le policier lui avait retiré les menottes. Pour lui, c'était normal. Il avait fait fortune dans les trafics de diamants et d'armes de guerre avant de s'acheter une respectabilité en ayant su s'arrêter juste à temps pour ne jamais être cité dans les dossiers d'instruction qui enverraient, quelques années plus tard, hommes d'affaires israéliens, neveux et conseillers de Président de République française, devant la onzième chambre correctionnelle de Paris. Il avait officiellement décroché, mais il était toujours... *borderline*. En fait, il n'avait pas de limite. Le seul malheureux salarié d'une de ses sociétés qui l'avait traîné devant les Prud'hommes pour une banale question d'heures supplémentaires non-payées avait accidentellement été violé avec une bouteille de Coca-Cola *light* la veille de l'audience de conciliation. Le bougre s'était désisté et avait présenté sa démission le même jour, avec douze points de suture en guise d'indemnités de préavis.

Sa violence me sidérait. Il n'avait de goût que pour la mise à mort ; c'était jouissif, pathologique, il ne souriait qu'aux enterrements et ne se sentait à l'aise que lorsqu'il dominait. C'était ça : il avait besoin de dominer. C'était sa drogue, rien de plus. Pendant longtemps, j'avais cru que seul l'argent le tenait en laisse ; ses raclés successives lors de procès qu'il engageait pour le plaisir m'avaient convaincu du contraire. Sa phrase préférée en affaires était *« Je vais vous foutre un procès au cul »* ; je pense qu'il était homosexuel refoulé. Il avait dû en chier, toutes ces années au pensionnat italien, où son père l'avait envoyé à l'âge de huit ans lorsqu'humilié par un instituteur qui l'avait giflé devant la classe, il lui avait pointé un revolver sur la tempe. A cet âge-là, les choses étaient déjà claires pour lui : un jour, il serait milliardaire ; il passait son temps à bâtir sa tour d'argent, il aurait bientôt la gloire d'écraser tout le monde, il serait roi, le roi du monde, le roi des vautours.

Je le vomissais par tous les trous. C'était un peu moi avec vingt ans de plus, et je détestais cette idée. Un gros-cul habillé *Smalto* qui croyait couvrir la puanteur de son âme en dépensant tout son fric dans son déguisement d'homme respectable. Quel connard. Ses mots à lui sentaient le poivre recouvrant une vieille viande avariée. Ses phrases étaient courtes et saccadées, faites d'une autorité naturelle qu'on ne pouvait lui refuser. Une voix grave contrôlée en permanence recouvrait une imperceptible octave d'enfant chahuteur que je devinais et qu'il s'autorisait à exprimer dans l'intimité familiale. En tout cas, un acteur hors pair, un bluffeur champion du monde. Aucun doute, sa formation n'était ni HEC, ni même le travail autodidacte : sa formation, c'était le poker. Il mentait tout le temps, testait tout le temps, demandait des informations qu'il possédait déjà, juste pour voir si on lui vendait du vent, ou si on tirait de la fierté à lui dire des choses qu'il ne savait pas. Il avait sans doute cette conscience de l'information qu'ont tous les bandits d'envergure, que l'information est la maîtresse du monde des lions des villes, que celui qui la détient peut dompter tous les autres.

Lui et les autres : du pareil au même. Ils bouffaient mon énergie chaque matin un peu plus, comme s'ils me grignotaient par petits morceaux, et pour compenser, je les facturais. C'était un exercice dans lequel j'excellais depuis plusieurs années ; leur bêtise m'avait rendu riche. Ma mémoire était un puzzle fait de souvenirs de torchons sales, de boites à ordures trop crasseuses pour les prendre à mains nues. Mais les gens de mon espèce prennent un malin plaisir à aller là où les autres répugnent à mettre les pieds. Qu'on le confesse ou non, il y a une fierté du pénaliste à nettoyer les chiottes des autres. Eboueurs superstars ou Chevaliers des caniveaux, la boue, les zones grises et le rentre-dedans sont aussi leur vaniteux quotidien. Les jours de grande forme, le sens du jeu et la fierté amènent la facturation haute voltige, sans compter l'ivresse de la bataille et du pouvoir, lorsque les consultations juridiques se font autour d'un rail de coke et d'une brochette de prostituées croates. Mais les jours de fatigue, la détresse est inégalable. Et ces jours-là, mieux vaut ne pas rester à genoux, à se lamenter, car les coups de batte de base-ball rasent le sol.

En réalité, tout était mélangé dans ma tête. *« Vaincre la Peur ». « Renaître de ses cendres ».* Comment avait-il su ? Personne ne savait de quoi je rêvais. Et je n'en avais jamais parlé, pas même à Jean-Grégoire, mon sparring-partner intellectuel à qui je confiais pourtant beaucoup de choses. Je devais être à genoux, à en juger par le chaos qui régnait dans ma tête. Je n'avais aucune raison de le croire, de le suivre, d'écouter un instant de plus ses propos sans cohérence. Et pourtant. Ils résonnaient dans ma tête comme des milliers de fourmis au travail, comme si quelqu'un nettoyait un miroir poussiéreux de plusieurs siècles devant ma face, et que je commençais à entre-apercevoir un visage tout étonné derrière mes propres yeux.

9.

- Qu'est-ce qui t'amène, mon vieux ? Encore un filou qui te donne du fil à retordre ?

- C'est un peu ça, oui.

En plus d'être un confident, Jean-Grégoire était un homme-clé de la capitale. Conseiller d'Etat, il était en réalité partout, dans les coulisses de tous les milieux d'affaires et politiques, en excellents termes avec l'Eglise catholique, le Grand Rabbin de France et les Grands Maîtres des principales obédiences maçonniques. Il parlait huit langues couramment et jouait aux échecs au réveil. Malgré ce profil de premier de la classe, il était loin d'être un coincé du cul. Son intelligence créative aurait fait de lui un très bon bandit d'envergure, et son humour, un séducteur de foules à faire plier des salles entières. Je le considérais comme un ami d'enfance, bien qu'il ait quinze ans de plus que moi et que nous n'ayons pas du tout grandi ensemble. Mais le pire, c'était sa culture générale. Jean-Grégoire était mon encyclopédie personnelle.

- *Un général arménien m'a demandé d'acheter une montagne,* répondis-je.

- Pour skier ? Me lança-t-il sans trop d'intérêt.

J'étais ailleurs. Acheter une montagne. C'était vraiment saugrenu. Je revoyais encore la valise que le gros sbire du général avait posée sur mon bureau avant de refermer la porte derrière lui. Il y avait au moins dix kilos de billets de cent euros. Comme nous n'avions pas terminé la discussion, je ne savais pas trop s'il fallait tout encaisser ou s'en servir pour acheter la montagne.

Non, pour préparer la fin du monde, lançai-je, encore pensif.

Jean-Grégoire essayait de deviner de quoi je parlais, mais l'énigme était un peu trop vague.

- A-RA-RAT, prononçai-je distinctement, pour qu'il comprenne que j'étais venu le voir pour ça.

Ararat. Je ne savais pas grand chose de cette grande dame. La veille, j'avais rouvert le dossier en griffonnant quelques idées sur une feuille et en me connectant sur *Google,* puis sur *Wikipédia* - la nouvelle encyclopédie du savoir humain. Je n'avais trouvé que des banalités. Qu'Ararat était un volcan éteint constitué de deux sommets montagneux. Que le plus élevé culminait à 5.165 mètres, l'autre à 3.896 mètres. Que la dernière activité sismique datait de juillet 1840 ; que la montagne comprenait un gouffre profond de 1.840 mètres par rapport au sommet. Les Turcs l'appelaient *Agri dagh*, la montagne des douleurs. Et comme la montagne culminait au-delà de ma culture générale, j'étais venu apprendre auprès de mon Jean-Grégoire.

Il sonna la secrétaire en appuyant sur le bouton de l'interphone :

- Mademoiselle, qu'on ne me dérange pas.

A mon grand étonnement, le sujet l'avait apparemment accroché :

- Intéressant, vieux. D'un point de vue biblique ou d'un point de vue géopolitique ?

- Les deux. En fait, les deux ensemble. Je t'explique. Le militaire en question est venu me demander de chapeauter une transaction concernant le mont Ararat. Cela a quelque chose à voir avec sa position géopolitique et, je crois, un confit à venir. Il m'a présenté ça comme lié à la fin du monde ; il l'appelle *« la rencontre entre le géopolitique et le spirituel »*.

- C'est une thèse peu répandue mais qui existe effectivement. Il n'y a que deux catégories de gens qui en parlent : les fanatiques et les génies. Malheureusement, les premiers sont beaucoup plus nombreux que les seconds.

- Des génies ? Tu penses donc qu'on peut parler de la fin du monde sérieusement ?

- Je ne sais pas encore. Mais il y a des coïncidences intéressantes entre des croyances venant de cultures qui n'ont aucun lien entre elles. Les Indiens hopis, les Mayas et beaucoup d'oracles ont eu des intuitions intéressantes, malgré leurs croyances mythologiques. Il y a eu très exactement 183 prophéties de fin du monde dans l'histoire, ce qui n'est pas rien. Mais l'élément permanent qui a traversé les vingt derniers siècles vient des Evangiles.

- C'est dingue que tu me parles des Evangiles… Mon militaire m'a quasiment fait un cours de catéchisme.

- Vraiment ? Un moine-soldat, alors… Quoi qu'il en soit, toute la difficulté part du texte de l'Apocalypse de Jean. C'est un texte magnifique, mais personne n'est encore parvenu à le déchiffrer. Si quelqu'un te dit le contraire, pars en courant... En tout cas, on peut comprendre, sans rentrer dans des délires théologiques, ce que la Révélation a apporté au monde en deux mille ans. Mais pour cela, il faut que tu comprennes la nature de la violence. Si tu étudies bien le concept de violence, tu pourras comprendre tout le reste. La violence est la clé, le carrefour du géopolitique et du spirituel.

J'acquiesçai en essayant de me rappeler toutes les questions que je voulais lui poser.

- Ah oui, il m'a aussi parlé de « l'anomalie d'Ararat ». Tu en as déjà entendu parler ?

Jean-Grégoire cligna des yeux, comme si j'avais dit un gros mot.

Puis, il se reprit :

- Une supercherie, je crois. En 1949, deux pilotes américains basés en Tunisie, dans le cadre des accords entre les Alliés et l'URSS, avaient effectué des vols vers la base russe d'Erevan. Ils avaient pris des clichés d'une ombre un peu bizarre sur l'un des versants d'Ararat. Cela a provoqué une polémique, toujours irrésolue depuis la fin de la seconde guerre mondiale. Scientifiques, religieux et philanthropes s'y sont intéressés de très près mais cela n'a jamais rien donné de probant. En 2004, un homme d'affaires de Honolulu, Daniel McGivern, a monté une grosse opération médiatique autour d'un projet d'expédition de pratiquement un million de dollars, soi-disant pour établir la vérité sur l'anomalie d'Ararat. Il a commandé des images prises par satellite pour convaincre le monde et surtout le gouvernement turc, de lui autoriser l'accès au sommet.
- Autoriser ?
- Oui, le sommet du mont Ararat est classé zone militaire.
- *Ararat, zone militaire*... murmurai-je. *Et donc, il a réussi ?*
- Non, il s'est fait jeter. Il a eu la bêtise de s'allier à un falsificateur bien connu des autorités, un universitaire que la National Geographic Society avait épinglé à plusieurs reprises avec des photos bidon de la prétendue Arche de Noé. La CIA a examiné les images satellitaires de McGivern et en a conclu que « l'anomalie » n'était en fait que de la glace... Des *« couches linéaires de glace recouvertes par de la glace et de la neige plus récemment accumulées »*.

- Comment sais-tu tout cela ?, lançai-je évasivement.

En réalité, rien ne me surprenais venant de mon encyclopédie humaine. Jean-Grégoire se contenta de sourire en me renvoyant son humble parade de génie introverti :

- Disons que les vieilles histoires de l'humanité ne me laissent pas indifférent...

Je restai pensif et me demandai encore si j'allais accepter de prendre l'affaire. Tous les enjeux me dépassaient ; je ne comprenais toujours pas pourquoi le Caucasien voulait passer par moi, et en bon avocat parano, pas une minute ne passait sans que je n'y voie un coup foireux.

- Jean-Grégoire, je ne suis pas encore décidé sur cette affaire, mais j'aimerais bien que tu fouines un peu de ton côté. Mis à part l'aspect romancé du dossier, ce genre de transaction a normalement lieu d'Etat à Etat. Je ne vois pas bien ce qu'un avocat français ferait de mieux

- Tu raisonnes...linéaire.

- Linéaire ?

- Oui, linéaire. Trop rationnel, trop mathématique. Tu sais, en trente ans de pratique du pouvoir, j'ai vu beaucoup d'événements qui dépassent l'entendement humain. Tous les événements majeurs de l'histoire politique de l'humanité ont une transcendance. Tu te demandes ce qu'ils te veulent ? Je vais t'aider, naturellement. Mais ne te ferme pas, si tu veux mon avis. Tu sais la différence entre un bon avocat et un homme accompli ?

Jean-Grégoire me sermonnait de temps en temps. Je grimaçais mais, venant de lui, c'était toujours nourrissant. Il savait pourtant que je fricotais avec le « milieu » mais restait bienveillant. J'avais toujours l'impression que toutes nos discussions étaient sous-tendues par une leçon, comme s'il voulait incliner ma vie vers telle direction.

- Je vois ça avec les Renseignements, conclut-il - ce que tes clients savent déjà, à moins qu'on ait à faire à des amateurs… Ils savent qui tu es, ils savent qui je suis. Je vais également voir ce qui se dit aux Affaires étrangères et à la Défense sur la région en question. À mon avis, tout cela est prévu depuis belle lurette. La question est de savoir pourquoi les choses bougent maintenant.

Chaos

Vanité

L'émissaire posa son Skyphone sur la table de nuit de son modeste meublé et déchira son boarding pass Air France avant de le jeter à la poubelle. Il n'avait pas dormi depuis trois jours. Dans son studio de Belleville, seuls quelques timides faisceaux de lumière traversaient les volets en bois ternis, fermés en permanence, évitant l'insupportable irritation que ses yeux bleus transparents ne pouvaient tolérer. Une lourde odeur de renfermé pesait en permanence. Il retira ses lunettes de soleil avant de prendre, enfin, quelques instants de répit. Bientôt, les trois Totems seraient réduits à néant, ce qui déclencherait la cohue générale, et surtout, la phase ultime du plan du Prince. Bientôt, les 153 seraient tous morts jusqu'au dernier. Il n'avait plus qu'à les localiser, et cela, le Baveux allait le lui permettre, à son insu.

L'émissaire décrocha du mur un article de presse qu'une punaise rouillée retenait au-dessus de son lit défait. Apparemment, le Baveux avait encore fait libérer un assassin et posait volontiers devant la presse pour une photo puante de fierté. Ce vaniteux inconstant n'avait aucune idée de l'affaire dans laquelle il venait de s'embourber. Pourquoi cet imbécile avait-il été choisi ? L'émissaire le saurait très vite. Le Baveux n'aurait même pas le temps de comprendre l'ampleur des dégâts qu'il finirait allongé, comme les autres.

La photo avait quelque chose d'obscène. Un sourire rempli de gloire pour immortaliser un moment de jouissance personnelle, une posture de conquérant dans un singulier habit de combat en tissu noir assorti d'un bavoir blanc, tout cela devant les piliers de marbre du Palais de l'injustice vénéré par les vaniteux pingouins qui en inondaient les couloirs. L'émissaire fixait la photo avec rage et écœurement. Il fixait le sourire de l'imposteur qui posait tel un demi-dieu revenu du royaume des morts, triomphant. Il posa son doigt sur la photo, dessinant le contour du petit visage immobile, avant de l'écraser pour lui couper l'envie de respirer.

Il le tuerait. Lui et tous les autres. Il le tuerait une fois la mission accomplie, d'une mort brutale et violente, arrachant son âme de son corps miséreux. Il le tuerait en se délectant de son pouvoir de vie et de mort.

10.

Jean-Grégoire avait vu juste. Mais je ne lui avais pas dis ce qui me tracassais le plus dans cette affaire. Que mon rêve le plus intime avait été décrypté par un inconnu et que les mots qu'il avait prononcés m'avaient arraché à mon quotidien terre à terre. Il faudrait bien que je lui en parle à un moment ou un autre, d'autant plus que mon implication dans cette affaire semblait, d'après les dires du client, me concerner directement.

J'avais passé beaucoup de temps à lire ces derniers jours. Mes dossiers en cours prenaient de plus en plus de retard, et je n'avais jamais sollicité autant de renvois d'audience en aussi peu de temps, le tout par fax pour éviter de me déplacer au Palais de justice. C'était bizarre, j'avais soif de lire et l'impression de respirer. Il y avait tellement de choses à voir, et j'avais besoin d'y voir clair. Je faisais donc la liste de tous les thèmes-clés qui m'amenaient dans ce labyrinthe. Ararat, Arche de Noé, Apocalypse, Arménie. Jean-Grégoire avait également insisté sur la compréhension de la violence, comme carrefour du géopolitique et du spirituel. Et il y avait ce qui me tenait le plus. *« Renaître de tes cendres ». « Vaincre la Peur ».*

J'avais pris rendez-vous avec mon contact russe pour dîner au restaurant Pouchkine. On ne parlait jamais au téléphone et c'était toujours par l'intermédiaire de Gago, un croupier du Saint-James Club, que nous nous contactions. J'avais été assez bref avec lui, mais je devais toujours annoncer la couleur : *« J'ai une montagne à vendre »*, avais-je dit simplement ; Gago n'avait même pas sourcillé.

**

*

La bibliothèque François Mitterrand était déserte, ce matin. Blandine, une ex-petite amie libérée que je voyais de temps en temps sans engagement, m'avait confirmé la veille au téléphone qu'il existait bien un dossier intitulé *« L'anomalie d'Ararat »* à la bibliothèque mais qu'il n'était pas accessible au grand public. Elle ne dirigeait pas le service des archives mais elle savait toujours y faire pour obtenir tout ce qui se trouvait dans les sous-sols de la capitale. Simple et directe, un *« Je te le mets de côté »* lui suffisait à m'indiquer que ce service rendu ne serait pas gratuit, peut-être payable en nature.

J'attendais Blandine à une table au fond de la salle, comme convenu, en consultant mon Skyphone. Elle n'était jamais en retard, mais elle avait visiblement décidé de me faire poiroter un peu. Ou alors, elle s'était faite chipée la main dans le sac et allait me demander de négocier la procédure de licenciement pour faute grave qui lui tomberait dessus, vu que tout était de ma faute. Je relevais la tête de temps en temps pour regarder ma montre et jeter un coup d'œil dans la salle où seules trois étudiantes révisaient des partiels, récitant tour à tour les leçons recopiées sur des petites fiches qui me rappelaient de vieux souvenirs de fac. Il n'y avait pas un chat, à par elles et un type aux lunettes de soleil qui n'avait aucun livre devant lui ni d'ailleurs, rien à voir avec le décor. Nous avions le même Skyphone, même couleur, même format ; il le tenait entre les mains depuis une bonne vingtaine de minutes et baissait les yeux à chaque fois que je regardais dans sa direction.

J'avais garé ma voiture sur le trottoir d'en face, à portée de vue. Une Bentley blindée de quatre tonnes, immatriculée en Suisse et appartenant à l'ambassade du Congo, qui m'était prêtée à l'année contre services divers et variés. Elle me permettait un classement honorable parmi les grands collectionneurs d'amendes impayées de la capitale, et pour être honnête, j'affectionnais la texture cartonnée des avis de contravention, particulièrement inflammable pour allumer l'Epicure n°2. Assis devant la fenêtre, j'assistai au spectacle désormais coutumier du camion de la fourrière qui, ayant accroché l'arrière de ma voiture anormalement lourde, se décourageait lamentablement en voyant ses propres roues se soulever à vingt centimètres du sol, et repartait bredouille. D'habitude, ce divertissement quasi-hebdomadaire me faisait hurler de rire. Mais ce matin-là, mon attention était ailleurs, partagée entre mon Skyphone, l'inconnu aux lunettes de soleil, le retard de Blandine et le dossier qui me taraudait.

- *Excuse-moi pour le retard !*

Blandine arriva, talons aiguilles et jupe raccourcie par son humeur du jour - manifestement, elle avait faim.

- Tu as ce que je t'ai demandé ?

- Oui, enfin non… C'est pour ça que je suis en retard…

« Oui-enfin-non » ; elle commençait déjà à m'énerver. Je regardai autour de moi en expirant. L'homme aux lunettes de soleil s'était levé, Skyphone pointé dans ma direction. Je ne le quittai pas des yeux, sans trop savoir pourquoi.

- Je l'avais tout à l'heure… Je n'y comprends rien.

- Explique !

- J'ai récupéré le dossier ce matin, avant l'ouverture. Ça n'a pas été facile, il était en accès réservé dans une salle des archives que je ne connaissais même pas. Bref, je le prends, je monte pour te rejoindre, mon portable sonne. C'était mon chef de service qui m'a fait noter quinze références de livres à lui apporter rapidement - une commande urgente pour un ministère. J'avais posé le dossier sur le rebord de la fenêtre…

- Et donc ?

- Et donc, je ne l'ai plus. Disparu.

Disparu ?

Blandine passa la main dans ses cheveux, ennuyée, son regard de nymphomane névrosée plongé dans le vide, réalisant que personne ne l'avait vu descendre aux archives mais que du coup, je ne lui devais rien car elle avait merdé.

Le type à lunettes rangea son Skyphone et se dirigea vers la sortie en ne quittant pas le sol des yeux. Je ne le sentais pas, ce type, et Blandine m'énervait de plus bel. Bouillonnant de l'intérieur, je restai de marbre :

- Rappelle-toi bien. Il ne s'est rien passé entre temps ?

- Non, rien de spécial. A part que je me suis encore faite accoster par un grand type qui a baragouiné quelque chose en russe ou en serbe. Il était bien foutu mais j'étais au téléphone. Il a mis ses lunettes de soleil et il est parti.

Un vol ? Cette idiote n'avait rien vu venir. Mais pourquoi voler un dossier archivé en bibliothèque, et pourquoi ce matin-même où je me décidais à traverser Paris aux heures de pointe pour le récupérer ? Décidemment, les lunettes de soleil étaient à la mode par ici. Comme les Skyphones. A moins que le voleur et le détenteur du Skyphone ne fussent une seule et même personne, ce qui voudrait dire qu'il était là pour me surveiller. Et si cela était vrai, ce type assis en face de moi depuis vingt minutes possédait déjà le dossier et avait passé tout ce temps à me photographier.

- *Ça pue les embrouilles,* me dis-je à demi-voix.

J'engueulai Blandine pour éviter d'aller prendre un café de courtoisie avec elle, et je me dirigeai vers la sortie d'un pas pressé pour rentrer au cabinet. En arrivant devant ma Bentley, j'eus un moment d'hésitation avant de faire cliquer l'ouverture centralisée. Je jetai un coup d'oeil autour de moi pour vérifier si le type à lunettes était toujours là. J'ouvris délicatement la portière de ma voiture, m'assurant ainsi qu'elle n'avait pas été forcée. Tout était en ordre ; les quais étaient blindés de monde et je pris le temps que m'offraient les embouteillages pour réfléchir à la scène à laquelle je venais d'assister. En général, lorsqu'une affaire démarrait de travers, c'est que la suite s'annonçait pire. Les événements périphériques à l'affaire à traiter étaient toujours des mines de renseignements précieuses pour en jauger la complexité et le risque. J'avais à peine commencé à m'intéresser à l'anomalie d'Ararat que les embûches se présentaient sans attendre. Je pris cela comme une information en soi, avec le recul du médecin légiste devant un corps criblé de balles, pour voir où cela nous mènerait - le médecin légiste et moi.

**

*

Je retirai ma cravate et mes chaussures, déboutonnai mon pantalon pour m'installer derrière mon bureau et téléphoner à Jean-Grégoire. Sa secrétaire m'indiqua qu'il n'était pas joignable. Il devait avoir une importante réunion pour avoir laissé une telle instruction. Ce soir, je dînais au Pouchkine ; si le voleur, apparemment russophone ou orthodoxe, était du milieu moscovite parisien, mon contact russe le retrouverait sans difficulté.

J'allumai mon ordinateur et googlisai machinalement quelques mots-clés : Ararat, anomalie d'Ararat, Arche de Noé, pour m'enfoncer dans des histoires bien dépaysantes. La quête de l'Arche perdue était vieille comme le monde et mes lectures m'emmenaient loin de mon quotidien. Je surfai sur internet tout l'après-midi en cybertouriste du mont Ararat. La région n'était devenue hospitalière qu'au XIXe siècle, ce qui avait permis à des Occidentaux aisés de partir à sa recherche. En 1829, le docteur Friedrich Parrot, après une ascension, écrivit dans son *Voyage à Ararat que « tous les Arméniens sont fermement convaincus que l'Arche de Noé reste à ce jour au sommet d'Ararat et que, à des fins de préservation, aucun être humain n'est autorisé à s'en approcher ».* En 1876, James Bryce, homme politique et professeur de droit à l'université d'Oxford, entreprit l'ascension et découvrit une poutre en bois travaillée à la main, d'une longueur de 1,30 mètre et d'une épaisseur de 12 centimètres. Il fut persuadé qu'il s'agissait d'une pièce de l'Arche. En 1883, le *British Prophetic Messenger* fit état d'une expédition turque enquêtant sur les avalanches, également convaincu de l'avoir repérée. Et ces dernières années, c'est un français originaire de Bordeaux, Navarra, qui avait fait une expédition en 1955 et affirmé y avoir retrouvé une poutre à 4.200 mètres d'altitude, au-dessus du lac Kop. Selon les estimations scientifiques, cette poutre était datée de cinq mille ans...

Première question : était-ce pour ce vieux paquebot en bois que la montagne revêtait un intérêt géopolitique ? Je griffonnai mes questions à résoudre sur une autre feuille de papier, en la mettant de côté. S'agissant d'un récit biblique, je ne savais pas trop ce qui devait être considéré comme légendaire ou réel. Mais si l'histoire faisait couler autant d'encre et d'argent, c'est sans doute qu'il y avait un fond de vérité.

Je m'attelai longtemps au récit biblique qui présentait apparemment beaucoup de similitudes avec d'autres histoires. Comme celle d'un mythe mésopotamien décrit dans un poème datant du XVIIe siècle avant Jésus-Christ, dans la légende d'un sage, Ziusudra, reprise plus tard dans la version assyro-babylonienne de l'Epopée de Gilgamesh. Le mythe racontait comment Ziusudra fut invité par le dieu Enki à construire un navire afin d'échapper au déluge envoyé par l'assemblée des grands dieux. D'autres versions, d'une ressemblance plus approximative, se retrouvaient dans de nombreuses cultures à travers le monde.

Chez les musulmans aussi, la sourate 11 faisait référence à l'un des cinq principaux prophètes, *Nuh* - Noé. Pour le Coran, l'Arche de Noé s'était échouée sur le mont Al'Judi, *« les hauteurs »,* désignant les hauteurs d'Ararat, ce qui faisait référence à l'ensemble de la Mésopotamie. Et aujourd'hui, Ararat se trouvait au Kurdistan turc.

Le temps s'était arrêté dans mon bureau. Les heures passaient derrière mon dos et je m'engouffrais dans cette vieille histoire de l'humanité. Celle de l'Arche de Noé, d'après les chapitres 6 à 9 de la Genèse, commence lorsque Dieu décide de mettre fin à la perversité des hommes, incurables. Il décide alors de faire tomber un déluge sur la Terre pour y détruire toute vie. Toute vie sauf celle de Noé et de sa famille. Juste et intègre aux yeux de Dieu, il est choisi pour survivre et recommencer un nouveau monde. Dieu lui ordonne alors de construire une Arche avec des instructions très minutieuses.

Lorsque Noé monte à bord avec sa famille et les animaux, *« jaillissent toutes les sources du grand abîme et les écluses du ciel s'ouvrent »,* dit la Bible. La pluie inonde la Terre entière pendant quarante jours et quarante nuits, jusqu'aux plus hautes montagnes ; plus aucune terre n'est visible, aucune créature n'y survit.

Après deux cents vingt jours de périple, l'Arche s'échoue sur les montagnes d'Ararat, et les eaux refluent encore quarante autres journées avant qu'apparaissent les sommets. Après plusieurs tentatives, Noé lâche une colombe qui finalement ne revient pas. Alors Dieu parla ainsi à Noé : *« Sors de l'arche, toi et ta femme, tes fils et les femmes de tes fils avec toi. Tous les animaux qui sont avec toi, tout ce qui est chair, oiseaux, bestiaux et tout ce qui rampe sur la terre, fais-les sortir avec toi : qu'ils pullulent sur la terre, qu'ils soient féconds et se multiplient sur la terre ».* Dieu dessine alors un arc-en-ciel en promesse de paix : *« Je me souviendrai de l'alliance qu'il y a entre moi et vous et tous les êtres vivants ».*

Jolie histoire. Je ne savais pas quoi en faire. J'étais presque content d'avoir compris que Noé était l'ancêtre de toutes les nations et surlignai au stabilo boss les mots qui me parlaient. Et ce serait en Arménie que la refondation du monde aurait eu lieu ? Je notai cette nouvelle réflexion sur ma liste de questions.

La quête de l'épave semblait retenir davantage les chrétiens que les juifs ou les musulmans, et ce, depuis l'époque d'Eusèbe de Césarée jusqu'à nos jours. Etait-ce ce que mes clients voulaient ? Au IVe siècle, on devait à Faust de Byzance d'avoir appliqué pour la première fois le nom d'« Ararat » à une montagne précise, plutôt qu'à une région. Apparemment, l'empereur byzantin Héraclius avait lui-même fait le voyage au VIIe siècle. Des pèlerins moins fortunés l'avaient également visitée à travers les âges, avec toutes les déconvenues des routes enneigées et infestées de brigands, les guerres et, plus tard, la méfiance des autorités ottomanes.

La sonnerie de mon portable me ramena à la réalité. C'était Jean-Grégoire.

- Marc, je suis en bas. *Descends.*

- Maintenant ? Pourquoi ?

- C'est mon dernier mot, dit-il avant de raccrocher brutalement.

« C'est mon dernier mot » ? Qu'est-ce qu'il lui prenait de me parler sur ce ton ? Ce n'était pas son style. Jean-Grégoire ne m'avait jamais manqué de respect. Il m'avait dit cela calmement et sans aucune autorité. Comme pour m'indiquer un double-sens que je devais comprendre sans délai. Et moi-seul. Une phrase si courte et à décrypter… C'est qu'on était sur écoute.

« Descends, c'est mon dernier mot ».

Son dernier mot… C'était « descends »…

Je mis dix secondes avant de comprendre… Il était venu me chercher car j'étais en danger : quelqu'un allait me descendre.

11.

Je dévalai mes trois étages d'escaliers à une vitesse record. Hors de question de prendre l'ascenseur. Une sueur froide avait envahi mon front, et en ouvrant la porte extérieure de l'immeuble, mon cœur battait la chamade à l'idée de me retrouver un revolver sur la tempe. Je me voyais déjà - c'est bête, une chanson d'Aznavour m'a traversé l'esprit - gisant sur la chaussée, mon corps étendu sur le trottoir ensanglanté. Ceux qui font l'expérience de mort imminente témoignent qu'ils voient défiler toute leur vie en quelques millièmes de secondes. Moi, j'ai vu défilé tous mes dossiers les plus pourris. Et dans un amalgame complètement délirant, j'ai vu tous mes clients monter dans cette Arche de Noé qui m'avait sorti de l'orage ces dernières heures.

Jean-Grégoire était derrière la porte ; sans dire un mot, il m'entraîna à l'arrière de sa voiture. Je ne connaissais pas le conducteur, ni d'ailleurs celui qui était assis sur le siège passager. Je crois qu'il y avait un second véhicule qui nous escortait mais je n'ouvris pas la bouche de tout le trajet.

- Eteins ton portable.

Nous avons roulé une bonne heure, neige battante, vers le sud après avoir quitté Paris. Puis, en pleine forêt, la voiture est entrée dans un domaine en roulant au pas pendant plusieurs minutes. Elle s'est arrêtée devant une vaste demeure du XIXème siècle et nous sommes descendus tous les quatre. En fait, tous les seize. Je ne m'en étais pas rendu compte, mais au moins trois autres voitures nous avaient escortés.

Vu les effectifs, je compris que les choses étaient graves. Je n'avais pourtant pas fait grand-chose pour l'instant, à part accepter une valise pleine de cash et passer quelques coup de fil. Ce n'était pas suffisant pour expliquer le déploiement d'une telle armada, une écoute téléphonique occulte, un projet d'assassinat ni surtout un Jean-Grégoire impliqué pour moi comme je ne l'avais jamais vu.

**
*

Un intendant me conduisit à ma chambre et me désigna une penderie remplie de vêtements propres. Je comprenais que nous resterions là plusieurs jours. Je pris une bonne douche pour laver mes sueurs froides et reprendre mes esprits. Qui voulait me tuer et pourquoi ? Qui étaient tous ces types, habillés en *Men in black*, qui obéissaient à Jean-Grégoire sur un simple mouvement de menton ? Je n'avais même pas pu décommander mon dîner au Pouchkine et comprenais que le téléphone me serait interdit. Les images se bousculaient dans ma tête :

la pétasse de Blandine, trop concentrée à exposer son décolleté pour laisser une armoire à glace de 1,95 mètre lui subtiliser ma commande ; les photographies satellitaires que le général avait posées sur mon bureau ; la porte de mon cabinet que j'avais oubliée de fermer à clé avant de dévaler les escaliers... La femme de ménage s'en occuperait ; il fallait que je me calme. Après tout, tout cela n'était peut-être qu'une erreur, un malentendu qui n'avait rien à voir avec la Transaction Ararat et n'était que le caprice d'un ancien client sorti de taule qui gueulait comme un veau et finirait par se fatiguer.

Je redescendis au salon afin de sortir de mon mutisme et comprendre ce qu'il se passait. Jean-Grégoire était dans le salon-bibliothèque ; il sourit en me présentant une cave à cigares délicieusement garnie. Il neigeait toujours, ce soir-là, alors que le printemps tardait à convoquer ses hirondelles. Le manoir avait quelque chose d'apaisant ; le cuir vieilli des fauteuils, les toiles de maître, innombrables, et le bois précieux de la bibliothèque débordant de livres anciens m'indiquaient que ces lieux avaient dû entendre mille discussions cent fois pire que celle qui allait suivre. Je ne savais néanmoins pas ce qui allait suivre. Finalement, tant d'égards n'annonçaient rien de bon. Nous nous installâmes, Jean-Grégoire et moi, devant le feu de cheminée qui éclairait les cinquante premiers mètres carrés du salon. L'intendant nous a salués avant de prendre congé, et l'un des Men in black ferma la porte en sortant. Je devinai qu'il restait posté à quelques pas et que tous les autres étaient sur le qui-vive.

- Tu vas me dire ce qu'il se passe ?

- Bien sûr, dit-il en humectant son *Hoyo de Monterrey.*

Il avait repris son air détaché et calculé à la fois, les jambes croisées et les bras ballants, comme à chaque fois qu'il allait m'annoncer une mauvaise nouvelle.

- Il y a un contrat sur ta tête.

Allons donc ! C'était pire que je ne le pensais. Un contrat signifiait une obligation de résultat pour le prestataire qui l'avait décroché.

- Qui ? Qui m'a mis un contrat ?

- Je l'ignore encore.

- Comment as-tu su ?

- Par ricochets. Nos conversations ont été interceptées par des inconnus. C'est lors d'un dépistage de mes appels entrant et sortant par nos services qu'une interférence anormale a été constatée. J'ai été ensuite aimablement informé d'une conversation où ton nom a été cité comme cible. Ce qui nous échappe encore, c'est que le cryptage est très sophistiqué. Nos gars n'ont pas pu capter la source... Ce qui veut dire que tes ennemis sont des étrangers.

Qui m'en voudrait au point de me coller une balle ? La question méritait sans doute une bonne cinquantaine de réponses, mais aucune à la hauteur technique de la tâche. Il m'arrivait d'avoir des différends avec des gens du milieu, mais en général, je prenais des intermédiaires roumains ou yougos pour dissiper tout malentendu, et on ne revenait jamais vers moi. Quant au client caucasien, je ne voyais pas trop l'intérêt de me confier une mission et me payer pour m'éliminer peu après. Je racontai à Jean-Grégoire l'épisode du matin à la bibliothèque François Mitterrand et la disparition du dossier sur l'anomalie d'Ararat. Jean-Grégoire resta impassible, mais son apparence était souvent trompeuse. Son visage, creusé par les rides de la connaissance, avait quelque chose de majestueux. Derrière ses petites lunettes rondes et dorées, son œil était vif et respirait la clarté d'esprit, même dans les moments les plus déconcertants. Je le trouvais trop maigre ; il n'était qu'en bonne santé. Ses yeux étaient plongés dans le scintillement du feu de cheminée : il devait être en train de calculer tous les scenarios possibles et d'établir les liens entre les derniers événements et d'autres paramètres dont il avait sans doute la clé.

- Tu m'as donc sauvé la vie, dis-je pour détendre l'atmosphère. Je te dois une fière chandelle. Promis, si je retrouve l'Arche de Noé sur ma montagne en vente, on la mettra dans ton jardin… Plaisanterie mise à part, je me demandais si la solution n'était pas là. Tu crois que tout cela est lié ?

Il sourit sans perdre le fil des mots.

- Il ne s'agit pas de l'Arche de Noé. Pour la simple et bonne raison qu'elle n'est pas sur Ararat.

Les certitudes du fumeur de cigare enfoncé dans un fauteuil de cuir sont toujours exaltantes. Churchill avait dû, dans ce même fauteuil, quelques décennies auparavant, exposer ses visions indiscutables d'événements qui, pour un génie, coulaient de source. Je m'enfonçai, à mon tour, dans mon fauteuil et croisai les jambes, l'attention décuplée.

- Comment le sais-tu ?

- J'ai commandé un rapport aux Renseignements, on en aura le cœur net demain. Cela étant, c'est dans l'histoire et ses distorsions. L'Ararat dont il est question dans les textes est manifestement le nom biblique d'une très ancienne civilisation, le royaume d'Ourartou. Le nom assyrien d'Ourartou, utilisé à l'époque dans toute l'Asie mineure, est devenu « Ararat » dans l'écriture hébraïque. Tu sais qu'en hébreu, on ne note que les consonnes ; il n'y a pas de voyelle. Eh bien, Ararat est dérivé de « rrt ». Dans le traitement des textes par les savants juifs, on remplaçait les voyelles par des « a » ; c'est seulement après le décodage des documents assyriens en écriture cunéiforme qu'on a compris que le mot Ararat correspondait en réalité au terme assyrien Ourartou.

- Et donc ?

- Et donc, Ararat renvoie en fait à Ourartou, le territoire ancestral correspondant à l'Arménie. Il ne signifie pas seulement une montagne, mais d'une région toute entière. Or, le texte biblique dit *« l'arche s'arrêta sur LES montagnes d'Ararat »* - donc pas forcément sur ce qu'on appelle aujourd'hui le mont Ararat...

- L'Arche de Noé ne serait pas sur le mont Ararat ? Extraordinaire... Quand je pense à tous ces types qui ont grimpé la montagne dans l'espoir de retrouver l'Arche alors qu'elle n'y était pas ! Mais alors...

Je m'arrêtai net en me rappelant les photos-satellite que le général caucasien avait posées sur mon bureau. L'anomalie d'Ararat. La tâche brunâtre entourée de neige. Les deux molosses, la grosse mallette pleine de cash : toute une mise en scène qui aurait servi à m'enfumer ? Mais pour quoi faire ?

- Ils se sont foutus de moi...

- Pas forcément. Ils sont peut-être convaincus, comme des millions de croyants, que l'Arche de Noé est sur la montagne.

- Mais alors, les photos ?

- On le saura bientôt. Attendons le rapport des Renseignements. A mon avis, c'est encore un coup médiatique.

- Et où serait l'Arche alors, selon les écrits ?

- Naxuana.

- Naxuana ? Jamais entendu parler.

- Selon l'historien Flavius Joseph, Naxuana est la forme gréco-romaine du toponyme *Nakhitchevan,* qui signifie « lieu de la première halte », celle de la descente de Noé et des siens. Le Nakhitchevan est une contrée au sud de la pleine d'Ararat, au centre de l'Arménie historique.

- L'arche de Noé serait donc au Nakhitchévan...

- C'est possible. La région représente un enjeu politique très mal connu et un enjeu théologique encore voilé. C'était une terre chrétienne au riche patrimoine culturel, qui a été vidée de sa population arménienne au début du XXème siècle. A la soviétisation, elle est devenue une République autonome rattachée à l'Azerbaïdjan. Elle est aujourd'hui encore administrée par Bakou mais, tu le vois, il s'agit d'une terre universelle. Le problème est que l'armée azerbaïdjanaise y détruit tous les monuments chrétiens. Quant tu auras compris pourquoi l'Unesco ne fait rien, tu comprendras comment tourne le monde.

Le général avait posé des photos-satellite sur mon bureau ; j'en avais hâtivement tiré la conclusion que les commanditaires recherchaient l'Arche. Mais rien n'était aussi sûr. Je partais toujours du principe que le client ment tout le temps ; c'était un paramètre comme un autre. Ou peut-être étaient-ils persuadés que le vieux paquebot se trouvait sur Ararat et qu'ils en étaient les héritiers légitimes. Sans compter le plaidoyer du général caucasien sur la fin du monde qui n'avait rien de rationnel.

- Où est l'intérêt alors ?

Jean-Grégoire craqua une allumette mikado en louchant sur son Epicure à demi-éteint et en pompant une bouffée salvatrice. Le manoir semblait vide alors qu'il était surveillé comme un bunker depuis notre arrivée. Le silence qui régnait alentours était régulièrement interrompu par les allées et venus de voitures et le claquement de portières. Notre discussion prenait des tournures et des détours insoupçonnés. Jean-Grégoire insista pour que je lui restitue mot pour mot mes entretiens avec le général et commença à prendre très au sérieux la demande de mon moine-soldat, les implications géopolitiques et la face cachée d'un iceberg qui commençait à fondre – ce qui me glaçait.

- Voilà, mon vieux. Tu es entré sans le vouloir dans le thème mystique des *Choses cachées depuis la fondation du monde.* Il va falloir t'accrocher, mon ami, par ce que cette connaissance n'est pas donnée à tout le monde…

Les Choses cachées depuis la fondation du monde. L'expression m'était familière.

- C'est une théorie développée depuis quelques décennies, fondée sur l'étude des Evangiles. L'originalité de cette thèse est qu'elle n'est pas du tout théologique - pas besoin de croire en Dieu pour comprendre - mais anthropologique. Une étude de l'évolution de l'homme à la lumière des vieux textes évangéliques et de l'Apocalypse de Jean.

Rien que ça.

Je posai mon indexe sur ma tempe et fronçai les sourcils pour indiquer à Jean-Grégoire que j'étais, à cet instant, prêt à tout entendre.

- La Révélation évangélique est, avant tout, un texte qui contient un savoir insoupçonné sur la violence et le désir. Ce savoir est disponible depuis deux mille ans. Avant, on n'y avait pas accès.

Deux mille ans. Il parlait de la crucifixion de Jésus. Cette méthode de mise à mort avait existé depuis des temps lointains, mais il est vrai que celle-ci, qu'on le veuille ou non, avait changé la face du monde.

- Et donc ?

Un des hommes de main frappa à la porte et fit un simple signe de tête à l'attention de Jean-Grégoire qui se contenta de répondre « O.K. » avant de reprendre son exposé.

- Ce ne sont pas les juifs qui sont en cause. Mais l'homme en tant que tel. La nature humaine. En acceptant de se faire crucifier, le Christ a fait surgir à la lumière ce qui restait caché depuis la fondation du monde : la violence déchainée contre l'innocent. Cela peut paraître banal aujourd'hui. Et c'est bon signe : cette banalité est une victoire du christianisme, en même temps qu'elle est la grande défaite de l'homme. Cela peut paraître banal, mais la violence contre le bouc-émissaire innocent n'a pas été dénoncée pendant longtemps, bien au contraire. Pour éviter la guerre de « tous contre tous », on prenait un bouc-émissaire et transformait le conflit en « tous contre un ». Cela permettait de décharger toute la tension sociale et de rétablir la paix momentanément. Holocaustes, sacrifices, décharges sur un pauvre type, une femme, un malformé, un malade... Des collectivités jusqu'aux cellules familiales, cela a toujours été le même mécanisme : apaiser les tensions en sacrifiant un innocent. La crucifixion de Jésus est, en somme, un miroir de l'homme face à sa propre violence.

- Quel rapport avec l'Apocalypse ?

- L'image du *Crucifié* agit vraiment comme un miroir pour qui veut bien se regarder en face... Le problème est que les sacrifices des bouc-émissaires avaient la qualité du fusible : ils sautaient pour préserver le reste du système de l'implosion. Depuis la crucifixion, il n'y a plus de fusible puisque tout est dévoilé... Donc, on court logiquement... à la catastrophe. Voilà ce que sont les Choses cachées depuis la fondation du monde.

C'est la première fois que je comprenais ce qu'était l'Apocalypse. Comme tout le monde, il m'était arrivé de me faire accoster par des Témoins de Jéhovah et autres simples d'esprit ayant optimisé le business de l'angoisse pour contrôler le maximum de moutons. Comme tout le monde, j'avais aussi zappé sur des émissions religieuses et laïques, où hommes de conviction et imposteurs invétérés recrachaient des leçons de catéchisme ou de philosophie de comptoir qui avaient dû inspirer les sketchs de Dieudonné. Mais mon Jean-Grégoire n'était pas de ceux-là ; je n'ai d'ailleurs jamais su s'il était croyant.

- La fin du monde... C'est chié, quand même. Mais qu'est-ce qu'ils me veulent, ces tarés...

« Mouai » fut la réponse éloquente de mon Jean-Grégoire, qui me signifiait sa délicate approbation en faisant tournoyer son cigare dans sa bouche, avec le détachement du joueur d'échecs contraint au sacrifice du fou.

- A l'origine, le texte de l'Apocalypse est une lettre que Jean aurait adressée aux sept églises d'Asie Mineure. Je te raconte pour que tu saches de quoi nous parlons. Jean aurait eu la vision des événements qui doivent survenir à la fin des temps. Il parle de l'apparence de Dieu, de vingt-quatre vieillards, d'une mer de verre et de créatures hors du commun. Dans sa main droite, Dieu tiendrait un livre scellé à l'aide de sept sceaux. La seule personne digne de l'ouvrir est décrite comme...

- Je ne vois vraiment pas le rapport avec Ararat, coupai-je court. Pourquoi voudrait-on acheter une montagne ?

- J'ai ma petite idée. Mais j'espère sincèrement avoir tort...

Jean-Grégoire fronçait les sourcils. Lorsque les choses étaient graves, il ne donnait jamais les brouillons de ses pensées et n'exprimait une idée que lorsqu'il était sûr de lui. Il me fit donc une réponse évasive, en apparence :

- Je pense qu'il y a une raison rationnelle, d'ordre géopolitique. A moins que tes clients soient de puissants illuminés. Ou pire : une secte prête à tout pour réaliser son objectif...

- Tu penses à qui ?

- Les Témoins de Jéhovah, peut-être.

- Vraiment ? Tu crois qu'ils ont les moyens d'acheter une montagne ?

- Ils ont même les moyens d'acheter toute la région. Les moyens, ce n'est pas ce qu'il leur manque. Le problème est qu'ils ont un objectif en tête... Et s'ils pouvaient prouver l'existence de Dieu par une preuve tangible...

- Comme retrouver l'Arche de Noé ?

- Ou ce qui y ressemblerait, oui... Ce serait le début de la fin. Dix millions d'êtres humains croient en l'Apocalypse, dont quatre millions de Témoins de Jéhovah... Ils sont persuadés que Dieu révèlera l'Arche en temps voulu, et que ce temps sera déterminant de l'Apocalypse. Cela fait des dizaines d'années qu'ils envoient des chercheurs sur la montagne pour retrouver l'embarcation, comme Angelo Palego, un Témoin de Jéhovah italien qui a dédié une bonne partie de sa vie à cette quête. Il a même été fait prisonnier plusieurs fois par les Kurdes. Il a écrit un livre qui s'appelle *« J'ai marché sur l'Arche de Noé »*... Tout un programme.

- Tu crois vraiment que mes clients sont des Témoins de Jéhovah ?

- Je ne sais pas encore. Il n'y a pas qu'eux et je crains que des forces invisibles, au sein même des sphères de pouvoir chrétiennes, ne viennent à se dévoiler par les temps qui courent. Il faut le découvrir et voir surtout ce que ces gens ont derrière la tête. Les seuls chrétiens qui parlent encore de l'Apocalypse sont soit des fanatiques, soit des candides. Ils sont persuadés que la violence de la fin des temps viendra de Dieu lui-même, ce qui est stupide et schizophrène. La montée aux extrêmes : voilà le véritable facteur. Elle est présente dans tous les mouvements de violence déclenchés depuis l'aube de l'humanité, jusqu'au léninisme, l'utilisation de l'arme atomique et, aujourd'hui, à l'islamisme radical. C'est dans cette montée aux extrêmes que le bouc-émissaire joue son rôle[7] . Le grand paradoxe est que le christianisme l'a révélée, mais que le sacrifice contre la victime innocente pousse sans cesse comme une mauvaise herbe dès qu'on a

---

[7] René Girard, *Achever Clausewitz*, Carnets Nord, 2007.

le dos tourné. C'est une forme de… néo-religion qui en découle : du biblique archaïque…

Les allées et venues s'enchaînaient devant la porte principale du manoir ; les bruits de pas devenaient pressants sur le gravier. Jean-Grégoire jeta un coup d'œil par la fenêtre mais tenait apparemment à terminer son exposé.

- Tout cela a été renforcé par ce qui a résisté à la Révélation et en a décuplé la violence. Le problème avec le christianisme est qu'il n'a pas été à la hauteur de son message. Il annonçait une connaissance définitive des mécanismes de la violence, mais les conversions forcées ont eu lieu à coup de hache depuis le début, de Charlemagne aux Croisées et aujourd'hui, par la justification de conflits lancés par l'Empire du Bien contre l'Empire du Mal.

Jean-Grégoire marqua un temps d'arrêt.

Il avait toujours les pieds sur terre et la tête dans l'univers de l'incommensurable. Et il visait souvent juste.

- Cela étant, la rencontre du géopolitique et du spirituel n'est pas d'hier. En un sens, tout est spirituel en géopolitique. L'islamisme est profondément spirituel. Le Moyen-âge chrétien a été entièrement spirituel. Même au XIXème siècle, l'empereur d'Autriche, le roi de Prusse et le tsar de Toutes les Russies avaient signé un document dans lequel ils se voulaient « Délégués de la Providence au nom de la très Sainte et indivisible Trinité », pour diriger le monde...

L'un des hommes de main frappa de nouveau à la porte.

- Monsieur, c'est important…

Jean-Grégoire lui fit signe qu'il pouvait parler en ma présence sans entrer dans les détails. L'homme hésita pour trouver ses mots.

- Quelque chose se prépare… Nous craignons le pire.

Chaos

Phase III – Totem de l'Orient

La Mecque. 06h05.

Des dizaines de milliers de pèlerins étaient amassés dans l'immense cour intérieure de la Mosquée sacrée, tournant inlassablement autour de la Kaaba, le monumental cube noir de quinze mètres de haut éclairé de mille lumières, que le milliard de musulmans de la planète considérait comme la maison de Dieu sur Terre. La circumambulation devait être accomplie sept fois, pas une de plus. Au rythme des bousculades et de la transe que provoquaient les prières répétées et la chaleur torride du Soleil d'Arabie, les quatre martyrs du Prince n'auraient eu, en temps normal, aucune chance d'approcher la porte de la Kaaba, juchée à plus de deux mètres de hauteur au-dessus du sol. Les militaires saoudiens entouraient la pierre sacrée, AK-47 au poing. Des trois Totems du XXIème siècle, l'émissaire savait que celui de l'Orient était, de loin, le plus inaccessible.

L'entrée en Terre sainte avait été périlleuse dès les premiers instants. Les non-musulmans n'y étaient pas admis, et les martyrs du Prince avaient été recrutés, plusieurs années auparavant, au sein même d'écoles coraniques du Soudan, sans l'ombre d'un indice sur la mission qu'ils devraient accomplir aveuglément. Convertir des musulmans pratiquants relevait du défi impossible. Mais l'intelligence du Prince était sans limite lorsqu'il s'agissait de la nature humaine. La graine de la Peur était semée dans chaque être humain et renfermait une puissance qui dirigeait le monde. Il nourrissait les peurs progressivement et fournissait les antidotes à petites dose, comme un dealer de coke savait rendre dépendants les junkies jusqu'au dernier souffle. A tous les martyrs, il avait promis jouissance éternel et naissance d'un nouveau monde où ils seraient puissants et invulnérables. Il leur avait démontré qu'une poignée de milliardaires saoudiens s'étaient emparés de leur foi et se servaient d'eux, tandis qu'ils fricottaient avec les Américains et autres infidèles dont ils juraient la mort. Tout cela était mensonge et trahison ; ils devaient y mettre fin et accepter leur destin. Patiemment, jour après jour, il avait fait germer en eux la colère contre les imposteurs vautrés dans des draps de soie alors qu'eux, les fidèles de la foi, vivaient toujours dans la misère et la pauvreté.

Comme pour tous les pèlerins, leurs passeports avaient été confisqués dès l'aéroport ; la police religieuse n'avait pas quitté d'un mètre chaque groupe auquel ils étaient affectés. Ils s'étaient soumis à tous les contrôles en fidèles insoupçonnables ; ils avaient passé dix jours à Médine, appris le chant du Pèlerin avec une authentique dévotion et revêtu, après les rituels de la purification, les deux linceuls blancs qui les rendaient immaculés. Un voyage de douze heures entre Médine et la Mecque les avait conduits jusqu'au périmètre sacré. Désormais, ils étaient seuls. Même l'émissaire n'avait pu les superviser cette fois-ci ; son physique de vampire géant - sa peau blanchâtre quasi-transparente et ses yeux sans âme - aurait immédiatement trahi son impitoyable athéisme. L'émissaire ne vénérait que le Prince et le craignait plus que tous les dieux confondus, dont le pouvoir ne se manifestait que dans l'imaginaire des hommes. Le pouvoir du Prince, lui, était concret ; sa récompense ou sa punition immédiate ; il connaissait mieux que quiconque la nature des hommes et enrichissait les méritants au-delà de toute espérance. Mais il ne pouvait échouer : même cloitré à 4.464 kilomètres du lieu de l'attentat, le Prince le tiendrait, lui, pour responsable de tout échec.

Dans la quasi-obscurité de sa chambre, l'émissaire repris le document qu'il avait dérobé à la bibliothèque François Mitterrand entre ses mains.
« ANOMALIE D'ARARAT »

Il n'en croyait pas ses yeux. Le Prince avait donc raison. L'émissaire prit conscience, une fois de plus, que son maître était un génie. Il avait anticipé le dévoilement de la prophétie bien avant la destruction des trois Totems.

12.

Depuis la mort d'Oussama Ben Laden, les choses avaient bien changé. Al-Qaïda s'était disloqué de lui-même après une guerre fratricide entre successeurs dégénérés, incapables de s'unir derrière une idéologie commune. La Chine avait développé la première armée du monde, devant les Etats-Unis, au grand damne de tous les analystes qui avaient pu sévir au début du XXIème siècle. La situation interne de la Chine était néanmoins instable ; l'impossibilité pour le gouvernement de fournir du travail à tous était menaçante, et la démographie chaotique. Ce qui satisfaisait l'Inde, cette autre puissance régionale, qui cherchait à diversifier ses alliances stratégiques sans trop titiller Pékin. La Russie, quant à elle, avait connu une bonne croissance économique, mais ses méthodes musclées n'avaient fait qu'amplifier les conflits tout au long de frontières imaginaires qu'elle continuait de revendiquer. L'Union européenne, fidèle à elle-même, continuait de donner des leçons de Droits de l'Homme sans pouvoir monter une armée commune et s'imposer. Cela étant, le problème commun à l'ensemble de la planète pouvait se résumer à trois lettres : P-E-T. – Pollution, ressources en Eau, Travail pour tous. C'était étonnant comme la phonétique du mot [pè] pouvait avoir un double sens – une émanation de gaz furtive et libératrice ou une aspiration à l'absence de guerre.

Quelques temps après la disparition d'Al-Qaïda, tout a basculé. Comme toujours dans l'histoire, lorsqu'un danger disparaît, c'est qu'un danger encore plus grand doit apparaître. Le jour où l'Iran annonçait officiellement à la télévision ses premiers essais nucléaires à l'occasion de la visite des Présidents russe, chinois et taïwanais à Téhéran, un flash spécial interrompit toutes les émissions des chaînes publiques.

J'étais au manoir, vautré dans un fauteuil Louis XV, flinguant mon quatrième Unicos de Robaina de la journée lorsque j'ai appris la nouvelle. Jean-Grégoire avait travaillé jour et nuit sans m'en dire plus ; il ne devait jamais dormir plus de quatre heures. Je crois qu'il savait qu'un événement inédit se préparait. C'était un jeudi. Un jeudi noir, d'une noirceur épaissie par les fumées qui accablaient le petit écran, affichant partout « *Flash spécial* » et « *Breaking news* » à mesure que je zappais sur les chaines nationales et étrangères. Des écrans de fumée partout, un ciel obscurci par la poussière au dessus d'une ville que je cru reconnaître : les fontaines du Vatican, poussiéreuses comme un dépotoir de banlieue d'Asie, des camions de pompiers innombrables tout autour d'un édifice géant qui s'était écroulé sur les immeubles alentours, la lueur des flammes et des sirènes mélangées indiquaient l'inimaginable : on avait fait sauté la basilique Saint-Pierre.

J'ai craché mes poumons en avalant la fumée de travers ; je ne respirais plus : le temps s'est arrêté. J'avais coupé le son du téléviseur et je tâtonnais sur la table devant moi à la recherche de la télécommande, sans quitter l'écran des yeux pour entendre ce qui se passait. « Chaos mondial », annonçait l'envoyée spéciale ; *« Trois attentats ont été commis simultanément sur la planète et n'ont toujours pas été revendiqués ; le nombre de victimes est pour l'instant inconnu mais il est vraisemblable que les pertes occasionnées soient les plus importantes qu'ait connues l'histoire du terrorisme ».*

« Jean-Grégoire ! », criai-je de toutes mes forces, à tel point que quatre des hommes de sécurité déboulèrent armes au poing dans le salon, prêts à tirer sur tout ce qui bouge.

Je désignai la télévision d'un signe de la tête ; ils baissèrent leurs armes en comprenant que le danger était externe, loin du manoir. Jean-Grégoire rappliqua, essoufflé :

- Qu'est-ce qu'il y a ?

Il était déjà au téléphone. Il vit les images et vira blanc comme un vampire. Je n'avais jamais vu une émotion de peur sur son visage ; c'est que le monde venait vraiment de s'écrouler. Il fit un effort pour se reprendre. Sans dire un mot, il s'assit et décrocha à nouveau son téléphone portable en écoutant les nouvelles d'une oreille concentrée. A cet instant, j'ai réalisé qu'il savait ce qui allait advenir. Qu'il espérait sans doute que les services de renseignement travailleraient vite et que le pire serait évité.

Trois attentats sur la planète. Des dizaines de milliers de victimes. Rome, Jérusalem, Arabie saoudite : les trois hauts-lieux saints des religions monothéistes avaient été simultanément détruits. Inimaginable. Je zappais sans arrêt pour découvrir ici et là, dans toutes les langues, des chars militaires dans les rues, des commentateurs survoltés, le défilé des ambulances réquisitionnées par des gouvernements manifestement dépassés par les événements.
Des attentats anti-religion ? Pour quoi faire ? Qu'est-ce que cela pouvait bien signifier ? Le monde entier était en alerte ; bien qu'aucune institution politique ne semblât visée, le Président des Etats-Unis et le vice-Président avait chacun été escorté dans des lieux tenus secrets. Une intervention télévisée du Président français était prévue dans les heures à venir. Le Secrétaire général de l'ONU parlait d'une *« atteinte démesurée à la paix civile et à la vie »*. Aucune bombe n'aurait pu passer les périmètres de sécurité instaurés autour des lieux saints ; des sacs à dos jusqu'au trousses de toilette - limes à ongles, rouge à lèvres, rien ne pouvait résister aux contrôles des militaires et services secrets en état d'alerte permanent. Comment cela avait-il pu se produire ? De tous les lieux placés sous haute sécurité, la

Mecque était encore le plus imprenable ; les milliers de pèlerins autorisés à y pénétrer étaient eux-mêmes quasi-nus.

Jean-Grégoire enchaînait les coups de fil, deux secrétaires particuliers prenaient note successivement de ses instructions. Je l'entendais parler anglais, allemand, russe, et d'autres langues non identifiables à mon oreille. J'étais, à ce moment, bien peu de chose, spectateur du désastre, impuissant derrière ma télécommande en feu à pouvoir appuyer sur pause pour arrêter l'histoire. Les mots se mêlaient dans ma tête, comme à chaque angoisse de mort subite ; je perdais la parole au fin fond d'un océan de détresse envahissante et redevenais muet.

« Tu devras vaincre la Peur... »

La phrase de mon rêve me submergeait à chaque angoisse démesurée, de celles qui ne sont pas faites pour être supportées par l'être humain. Je gémissais d'injustice et suffoquais, les yeux injectés ; comment une telle émotion pouvait-elle exister ? Elles étaient rares, mais elles étaient là. Et quand elles étaient là, ces émotions paralytiques étaient d'une particulière violence. C'était ainsi depuis l'âge de sept ans mais rien n'y faisait : impossible de m'y habituer ; à chaque fois, je sentais ma dernière heure arrivée.

- Quelqu'un, vite ! Appelez un médecin !

Jean-Grégoire s'approcha de mon visage et regarda mon front, dépassé par son étonnement. L'intendant entra dans la pièce :

- Monsieur, il y a un problème ?

- Oui, allongez-le et appelez vite un médecin. Il sue des gouttes de sang…

13.

Je passai une très mauvaise nuit. C'était ainsi à chaque gueule de bois émotionnelle. En général, je m'en remettais au bout de quelques heures de sommeil et une demi-douzaine de va-et-vient devant la cuvette des toilettes. Les médecins n'expliquaient pas le processus de sudation qui se déclenchait sur mon visage, alors que je perdais connaissance. Personne n'avait jamais sué des gouttes de sang. Personne sauf, selon la légende, le Crucifié. L'histoire raconte que Jésus avait connu pareil sort avant de vivre sa passion, mais son médecin de famille n'avait jamais écrit à ce sujet. Mes crises ne duraient que quelques minutes et disparaissaient spontanément. Aucun docteur ne pouvait m'aider ; j'avais fini par renoncer à toute explication scientifique mais ce matin-là, j'eus le sentiment que l'histoire me rattrapait. Ma mauvaise humeur matinale était souvent un moteur avant d'aller plaider, mais j'avais ici la dégoûtante impression d'être assis sur le banc des parties civiles à écouter passivement les descriptions d'atrocités, les tripes à l'air.

Je rallumai la télévision pour voir où en était le monde. Analystes, journalistes, politistes, polythéistes, égoïstes : tous se relayaient dans des émissions d'actualité bouillonnantes pour polémiquer, donner des avis tonitruants à coup de phrases commençant par « Je suis désolé mais » vomies sous les projecteurs. Même la superstar des analystes en vogue, Maurice Beaudoin, philosophe enlimousiné, n'avait pu s'empêcher de s'habiller en Hugo Boss pour l'occasion, alors qu'on lui prêtait un ton anti-star qui avait fait sa renommée. La chemise blanche fluo était de rigueur pour dénoncer la provocation à la troisième guerre mondiale, l'implication implicite de l'Occident qui avait poussé au crime les fondamentalistes et n'avait jamais cessé de vendre des armes aux terroristes. Chaque écrivain rappelait qu'il avait prévu les évènements actuels dans son dernier ouvrage, chaque journaliste participait à la compétition au titre d'article le plus angoissant ; « la fin », « la mort », « l'Apocalypse » avaient pris du galon ces derniers jours. Les mots étaient kidnappés par les maniaco-dépressifs qui détenaient le business de l'écriture ; ils chiaient partout, ces enfoirés. Kiosques à journaux, panneaux publicitaires, radios, télés, écoles, universités, politique, divertissements, on n'avait pas le choix ; participer à la querelle mimétique des condamnés ou crever.

En réalité, personne n'avait jamais prévu un tel scénario. Le carnage visait directement les trois hauts-lieux symboliques des religions du Livre, et cela, aucun analyste n'y était préparé. Les juifs ne pouvaient dénoncer les musulmans, les musulmans ne pouvaient accuser la coalition chrétienne d'Occident, les chrétiens ne pouvaient théoriser sur une nouvelle guerre sainte venue d'Orient. Tout le monde était paumé et chacun ne pouvait que se rendre à l'évidence : le danger était ailleurs. Ailleurs que dans la principale cause de la majeure partie des conflits militaires que les hommes se livraient depuis des millénaires. Le commanditaire était bien au-delà de la foi des hommes, et ses moyens logistiques et financiers, insondables. Le monde était entré dans une nouvelle phase que l'imagination humaine n'aurait pu soupçonner. A présent, le plus simple était sans doute d'attendre que le responsable revendique les attentats, mais personne n'attendrait car il fallait un coupable.

J'éteignis la télévision avec l'impression de revoir toujours les mêmes images et les mêmes débats. Jean-Grégoire rentra alors de Paris.

- Assieds-toi, il faut qu'on parle.

Il n'avait pas l'air de bonne humeur.

- *Ça va mieux ?* me dit-il, sans trop attendre de réponse. J'allais visiblement mieux, et il devait y avoir beaucoup plus grave.

- Ta montagne… Les attentats… Je ne sais pas comment te dire. Nous allons avoir besoin de toi.

A mon grand étonnement, je n'étais pas étonné. Tout cela était de l'ordre de l'intuition, pour l'instant, et je comptais sur Jean-Grégoire pour m'expliquer rationnellement ce que les milieux avertis semblaient déjà savoir. Je me doutais bien que les versions médiatiques des événements n'étaient que des raccourcis consistant tantôt à vulgariser, tantôt à dissimuler les vrais enjeux stratégiques. Mais pour la première fois de ma vie, j'allais entrer dans la cour des initiés.

- Je me suis peut-être trompé sur la montagne… En fait, je ne sais pas trop. Mais ce que je vais te montrer est plutôt déconcertant...

Jean-Grégoire posa un dossier sur la table du salon et s'assis en face de moi. Il le poussa délicatement du bout du doigt jusque sous mon nez, comme un joueur d'échecs amenant sa tour à hauteur du camp adverse. Son silence m'invitait à la lecture et se passait manifestement de commentaire. Il ne me quitta pas des yeux, tandis que je découvrais le gros titre en page de garde, ornée du tampon rouge *« CLASSÉ SECRET DEFENSE »* qui n'annonçait rien de bon.

« Mission du 17 juin 1949 - US AIR FORCE – DOSSIER ANOMALIE D'ARARAT ».

Je pris le dossier entre les mains et lus rapidement le sommaire :

« 1 - Photos-espion d'avions U-2 et SR-71. Pilote : James Irwin…

2 - Photos-satellite espion CORONA

3 - Localisation : 39 42' 10'' N - 044 16' 30''E, hauteur : 14-16000'... 2,2 km ouest de distance horizontale du sommet ».

- Qui est James Irwin ?

- Tu plaisantes ? me toisa-t-il. C'est un astronaute américain, le huitième à avoir marché sur la lune... En fait, Irwin était un scientifique chrétien, très croyant. Il a démissionné de la NASA en 1971. Après avoir créé *la High Flight Foundation,* une organisation qu'on dit chrétienne, il monta six expéditions sur le mont Ararat. Le Colonel Irwin est mort d'une crise cardiaque en 1991. Lors de sa dernière mission sur la montagne, il avait même été arrêté par les autorités et accusé d'espionnage.

« Irwin a beaucoup œuvré, mais il n'était pas le seul aux Etats-Unis. Le docteur Porcher Taylor, Colonel de l'armée américaine puis universitaire, a travaillé sans relache pour obtenir la déclassification des photos prises par l'US Air Force. Après deux années de lobbying, il a obtenu une copie d'une seule photo, en 1995, sur le fondement d'une requête en liberté de l'information. Dans les mois qui suivirent, Taylor a réussi à obtenir d'autres clichés.

« D'autres images, prises par satellite espion KH-9 et KH-11 durant les années 70, firent l'objet de requêtes en déclassification à l'initiative du Dr George Carver, membre de la CIA, qui furent rejetées *« dans l'intérêt de la défense nationale et de la politique étrangère »*... Carver a annoncé en 1996, lors d'une conférence de presse, qu'il existait des indications claires qu'il y avait bien quelque chose sur le Mont Ararat.

« L'accès au Mont avait été fermé en 1991 par les autorités turques après l'enlèvement de cinq archéologues. Au final, six clichés ont été déclassifiés en 1995, après une rude bataille, en vertu du *Freedom of Information Act* et transmis au Centre d'études stratégiques et internationales de Washington, spécialisée dans l'étude des renseignements transmis par satellite...

- Et donc ?

- Il en manque.

- Des photos ?

Je n'osais comprendre.

- ... de l'Arche ??

- Peut-être. Ouvre à la page 40.

Page 40. Une espèce de bulletin météorologique récent très détaillé faisait état de l'évolution des conditions climatiques de la région d'Ararat ces cinquante dernières années. C'était quasiment du charabia ; les chiffres se cumulaient sur des dizaines de colonnes, détaillant les données atmosphériques, géologiques, agronomiques qui devaient conduire à une unique évidence.

- Les neiges ont fondu, c'est ça ?

- Pire : les glaciers. A cause du réchauffement climatique.

Je tournai les quelques pages d'analyses chiffrées pour découvrir une nouvelle photographie. Je louchai un instant sur le cliché en fronçant les sourcils. C'était vraisemblablement un agrandissement d'une photo-satellite qui laissait deviner une tache noire à la forme d'un ballon de rugby entourée d'un halo blanc, sans doute la neige. Je regardais la date, en bas à droite : la photo était datée d'aujourd'hui.

Aujourd'hui ?

- Qu'est-ce que c'est que ça ? Murmurai-je en approchant le document à deux centimètres de mon nez.

Il lâcha un grand soupir :

- Le début des emmerdes…

Jean-Grégoire n'était pas tranquille.

- Il y a autre chose…

Il se leva et marcha jusqu'à la fenêtre, comme s'il avait besoin de respirer un grand coup. Quelques flocons finissaient de couvrir les arbres de la forêt qui entouraient le manoir ; son expiration formait des nuages de buée sur le double-vitrage qui nous tenait à l'abri du monde extérieur.

- Sache tout d'abord que j'ai une mauvaise nouvelle à t'annoncer et une un peu moins mauvaise.

- Allons donc ! Commence par la mauvaise.

- Tu n'es plus en sécurité nulle part. Sauf à prendre le large, et encore, sans aucune garantie.

- Et c'est quoi la moins mauvaise ?

- Je sais qui veut ta peau. Et ce n'est pas vraiment une bonne nouvelle. Parce qu'ils ne te lâcheront pas.

De battre mon cœur s'est arrêté. Il se faisait appeler Bélial. C'était le genre de tueur à gage qui, de toute sa carrière, n'avait jamais laissé aucune trace et avait toujours honoré ses contrats. Il n'y en avait pas dix comme lui sur l'ensemble de la planète et aucune police du monde n'avait, ne serait-ce qu'une photo de lui. Scotland Yard rechignait à le nommer par son alias et l'avait rebaptisé *le fantôme.* On ne savait même pas s'il était un homme ou un groupe organisé. Ses commanditaires n'avaient jamais d'information sur lui. On savait simplement que ses honoraires étaient réglés, en millions de dollars en liquide, sur des territoires en guerre, à feu et à sang. Il était soupçonné d'être à l'origine de tous les attentats politiques où des accords de paix étaient en jeu ces dernières décennies. Sa renommée, dans le milieu du terrorisme international, lui avait valu le titre de *Prince*, une distinction honorifique qui trahissait un mélange de crainte et de respect des ennemis publics de la planète à l'égard du plus grand stratège du chaos qu'aucun Etat n'ait jamais réussi à arrêter. Yakusas et mafia calabraise avaient même été débauchés par la CIA pour mettre la main sur lui, en vain. Un véritable fantôme avec le pouvoir

immense de mettre fin à toute vie qui croisait son chemin. Je détestai cette idée.
Jean-Grégoire avait un air grave que je ne lui connaissais pas, comme celui du médecin de famille qui, d'habitude souriant et rassurant, vous coince entre quatre yeux pour vous annoncer qu'il ne vous reste que quelques jours à vivre.

- L'ennui est que nous ne connaissons pas les commanditaires. Pas encore. C'est une question de jours mais il faut que je sache si tu marches avec nous…

- MAIS C'EST QUI, NOUS ?!

Je pétais littéralement un câble, déversant sur mon pauvre ami tout mon surplus de tensions, d'incompréhension et de peur à l'idée que j'allais être assassiné, et sans savoir pourquoi. Un général, une montagne, un contrat. La fin du monde, des attentats, un tueur à gage… C'en était trop.

- C'est qui, nous ? Répétai-je, excédé. Pourquoi veut-on me tuer ? Pourquoi m'as-tu amené ici ? Qui sont tous ces types ? Mais qui es-tu, Jean-Grégoire ?!

Il a attendu quelques instants que je me calme, compréhensif et conscient de la difficulté, pour moi, d'assumer le statut de futur cadavre. Cela étant, les choses étaient graves pour tout le monde. Je regardai par la fenêtre pour tenter de me contrôler. Les arbres commençaient à bourgeonner alors qu'il neigeait encore ; la forêt alentour était recouverte d'un blanc immaculé et le son des flocons, dans ce curieux silence de printemps, caressait mes oreilles en doux consolateur.

- *Je suis ton ami.*

Mes épaules se détendirent. Je regardai encore fixement par la fenêtre en essayant de respirer tranquillement. Puis, je tournai les yeux vers mon ami silencieux et compatissant. Il me fit un clin d'œil ; je n'avais pas besoin de m'excuser de m'être emporté.

- Tu sais jouer aux échecs, n'est-ce pas ?

- Oui, mais je n'ai pas vraiment le cœur à cela.

Il fit un signe de tête indiquant qu'il n'avait pas l'intention de jouer à quoi que ce soit, mais qu'il allait enfin m'expliquer ce qu'il se passait.

- d4, d5, e4, e5.

- Le centre de l'échiquier ? Et donc ?

- Nous y sommes.

Déployer son jeu, empêcher l'adversaire de bouger, maintenir une pression constante. Tout joueur d'échecs avait pour objectif, en démarrant une partie, d'occuper les quatre cases centrales pour atteindre la victoire.

- Quel rapport ?

- Je te dis que nous y sommes : Ararat.

Ararat ? Le centre de l'échiquier géopolitique ? Je le laissai continuer.

- Toutes les guerres qui ont éclaté depuis la seconde guerre mondiale étaient planifiées d'avance. Il n'y a eu aucune place pour le hasard, aucune invasion soi-disant inopinée, qui n'ait été anticipée. Crois-tu que l'invasion du Koweït par l'Irak ait été une surprise pour les Etats-Unis ? Irak, Afghanistan, Liban... tous les coups ont été préparés après la seconde guerre mondiale... Une partie d'échecs est en train de se jouer, et ce n'est pas une image. Le problème a été, pour nous, d'identifier les joueurs... parce que ce ne sont pas des Etats.

J'avais la tête qui tournait ; je m'affalai sur le divan et mangeai un sucre pour reprendre des forces.

- *« Nous »*... Mais qui est « nous » ?

- Marc, mon ami. Il faut simplement que tu comprennes, pour l'instant, qu'il y a des forces supérieures aux Etats. J'ai un pied dans la pratique du pouvoir politique et un autre dans un univers que tu ne comprendrais pas... pour l'instant. Fais-moi confiance, je te le demande en ami.

Un univers que je ne comprendrais pas ? Si seulement il savait de quoi mes rêves étaient peuplés ! L'amitié supposait toujours une confiance mutuelle. Jean-Grégoire, mon ami de quinze ans, m'avait sauvé la vie. Avais-je, de toute façon, vraiment le choix ?

- Lorsque tu es venu me voir au Conseil d'Etat, il y a quelques jours pour me parler de ton client caucasien et de l'affaire qu'il voulait te confier, quelque chose m'a mis la puce à l'oreille. Trop peu d'hommes de pouvoir, qui plus est des militaires, parlent aujourd'hui de la « rencontre entre le géopolitique et le spirituel ». Puis, j'ai eu la confirmation, avec les événements actuels. La pratique du pouvoir est souvent bête et méchante - parfois très méchante ; la plupart des acteurs politiques sont rongés par l'ambition personnelle et l'appât du gain. Mais au-delà de ces pantins, il existe des décrypteurs de l'histoire...

- Dont tu fais partie ?

- ... et qui voient en chaque événement, une transcendance. La partie d'échecs qui se joue est arrivée à une étape cruciale : tout va se jouer autour de l'acquisition des cases centrales de l'échiquier.

- Ararat ?

- Oui. En tout cas, sa région. L'enjeu est la prise de contrôle de la zone-frontière qui sépare l'Occident de l'Orient. Cette zone va devenir, dans les jours ou les semaines qui viennent, la tour de contrôle de l'échiquier. Peut-être même le nœud du conflit qui s'annonce. Elle est pour l'instant sous la protection indirecte du... cavalier.

- Le cavalier ?

- Oui, ou la cavalerie, comme tu veux… Les Etats-Unis.

L'axe de l'OTAN. Je savais que les relations entre Ankara et Washington étaient bonnes, mais de là à soupçonner un protectorat…

- Comprends-tu pourquoi les Etats-Unis insistent pour voir entrer la Turquie au sein de l'Union européenne ?

Je réfléchis un instant.

- *Le cheval de Troie ?*

Jean-Grégoire apprécia l'image. Quatre petits mots suffisaient à annoncer la cavalcade. J'eus soudain une folle intuition. Il fallait vraiment être tordu pour pousser un cerveau humain à entrer dans des raisonnements aussi rocailleux. Washington voulait-elle contrôler… l'Union européenne ? Elle savait que son point faible était l'absence d'armée commune, le *« troisième pilier »,* comme disaient les juristes. Les Etats-Unis n'avaient d'ailleurs pas été directement visés par les attentats. Il suffisait donc de provoquer l'Union au sein même de ses frontières, d'abord en créant le chaos, ensuite en y faisant entrer un cheval de Troie… La Turquie.

- Mais JG, parlons ouvertement. Tu insinues que Washington est à l'origine des attentats ?

- Non, pas forcément. C'est exactement l'information qui nous manque. Mais j'ai du mal à croire qu'elle n'était au courant de rien. Elle, ou plutôt *« ils »*… La poignée de types en coulisses qui décrochent le jackpot à chaque conflit armée… Parce qu'un véritable conflit international est en train de se préparer. Sans doute, l'ultime bataille… Et pour résoudre cette question, je dois savoir qui veut acheter la montagne par les temps qui courent. Les Etats-Unis ? Des pantins ? Une secte ? Des illuminés ? Je veux en avoir le cœur net.

Ararat, le centre de l'échiquier. La révélation venait, comme une boule de bowling, balayer toutes mes idées reçues. Je réfléchis un instant sur ce que je savais de ce que le monde des croyants désignait comme l'ultime bataille. Quelque chose ne collait pas. Le Vatican, le Mur des lamentations, la Mecque. Et maintenant, Ararat… Quel rapport ?

- Je ne comprends pas pourquoi une secte serait mêlée à un conflit géopolitique…

- C'est très simple, mon ami. Réfléchis bien. Détruire les fondements des trois religions monothéistes qui se sont emparées du monopole de la parole de Dieu, au-delà du chaos sans précédent que cela va provoquer, est un signe fort du changement.

- Un monopole ?

- Oui, pour beaucoup de sectes, les religions dominantes sont considérées comme des colonialistes dont les stratégies de communication à grande échelle ont permis de convertir beaucoup de moutons, tout en gardant cachés les véritables secrets du Livre.

Instaurer une nouvelle religion sur les ruines des trois courants dominants, et ce, à l'aube de la plus grande découverte archéologique de tous les temps... C'est sans doute le coup monté le plus culotté de ces cinq mille dernières années.

Je restai interdit. Détruire simultanément les lieux sacrés des trois religions monothéistes était au-delà du déconcertant. Etait-ce un acte religieux ou un acte politique ? Géopolitique ? Retrouver l'Arche de Noé pour permettre de prouver scientifiquement l'existence de Dieu... Que le déluge avait bien eu lieu... Qu'il se répéterait bientôt avec les prophéties de la fin du monde ? L'analyse rationaliste à laquelle mon petit cerveau d'avocat pouvait s'adonner pour résoudre des problèmes parfois complexes, s'avérait cette fois-ci bien insuffisante. J'étais dépassé par les événements mais trempais dedans jusqu'au cou, pour des raisons encore obscures. Si les groupes d'analyse et de prévision de la CIA n'avaient eux-mêmes jamais prévu les événements, c'est qu'on était vraiment passé à une dimension insoupçonnée de l'histoire de l'humanité. Sauf s'ils les avaient... cachés. En poussant la réflexion, un mot me traversa l'esprit : Armageddon. Le lieu de l'ultime bataille pour tous les eschatologistes de la planète. Je savais comme tout le monde que le texte de l'Apocalypse annonçait qu'elle aurait lieu au Moyen-Orient, dans ces régions où toutes les prophéties du judéo-christianisme s'étaient développées. Jean-Grégoire devait suivre le fil de mes pensées : je n'ai même pas eu besoin de prononcer le nom.
- Tu penses à *Armageddon,* n'est-ce pas ? Ce n'est qu'un lieu symbolique. Le mot Armageddon vient de *« Mégiddo »,* une ville qui a été au carrefour de tous les conflits et de tous les mouvements militaires à l'époque où le texte de Jean a été écrit. Elle a vécu trois mille ans et a été détruite pas moins de vingt fois. L'auteur était sans doute persuadé que l'Apocalypse serait déclenchée dans cette ville-carrefour. Mais il a été simplement influencé par une donnée historique qui lui paraissait évidente. Les siècles ont passé depuis la rédaction du texte et la carte géopolitique n'est plus la même...

Ararat, l'ultime bataille. L'échiquier avait bien évolué depuis les conquêtes successives et le démantèlement des empires. Et voilà qu'une vieille histoire de l'humanité allait gifler le XXIème siècle sur les restes d'une épave en bois retrouvée sur une montagne, qui faisait désormais trembler rationalistes et conseillers d'Etat.

Que pouvais-je y faire ? Qu'un avocat ait un contrat sur la tête n'était pas une première. Vu la gueule de ma clientèle, mon enterrement ne se ferait pas sans commérages du genre *« Il l'a bien cherché ».* Mais personne ne saurait la vérité. Que j'avais accepté de rentrer dans une histoire délirante où militaires, hommes de pouvoirs et fanatiques religieux jouaient une macabre partie d'échecs avec l'humanité.

Pourquoi voulaient-ils me tuer ? Jean-Grégoire m'indiqua du regard qu'il m'avait tout dit et que la balle était désormais dans mon camp. J'eus un moment de compassion pour la plus petite pièce de ce jeu inventé jadis par les Chinois et dont je collectionnais les figurines - le pion, le seul pauvre bougre qui n'avait aucun pouvoir de reculer. Dans un long soupir acculé au fond de mon désarroi, j'anticipai la phrase que Jean-Grégoire n'avait pas eue besoin de prononcer : *« Alors, Marc, tu marches avec nous ? »*.

Qu'aurais-je pu répondre ?

- J'ai une idée.

Chaos

« Echec »

Les corps décapités des trois pèlerins avaient été méthodiquement allongés côte à côte sur le sol aride du désert d'Arabie saoudite, non loin de la Mecque. Dans le tumulte de l'attentat manqué du Totem de l'Orient, la police religieuse avait mis plusieurs heures avant de faire la macabre découverte, occupée qu'elle était à panser les blessures et à organiser le déblayement des dizaines de cadavres qui inondaient la place de la Mecque. Ils avaient échoué. La Kaaba demeurait intacte et était désormais entourée de cent cinquante militaires survoltés qui avaient pour ordre d'abattre toute personne qui franchirait le seuil de la mosquée sacrée. Une seule bombe humaine avait explosé, déchiquetant les coreligionnaires qui avaient rejoint le paradis dans une ultime prière, mais n'avait creusé qu'un cratère dans la cour intérieure de la Mecque, ce qui signifiait que le plan avait partiellement échoué.

L'émissaire consulta son Skyphone et fut pris d'une angoisse qui le paralysa en lisant les dépêches. Le Prince était omniscient. Il avait déjà puni les incapables en les privant de leurs têtes ; l'émissaire aurait beau implorer son indulgence, il subirait bientôt le même sort. Cloitré dans l'obscurité de sa chambre, il laissa son corps lourd retomber sur le rebord du lit en se tenant la tête à deux mains, les yeux injectés de sang, haletant éperdument. Pourquoi ? Pourquoi ces idiots avaient-ils échoué ? Il tenta de se calmer pour comprendre, étape par étape, ce qui avait pu leur échapper. Respirer profondément toutes les quinze minutes. Entrer dans la cour intérieure de la mosquée. Tourner six fois autour de la Kaaba en demeurant au plus près de la pierre sacrée. Au septième tour, couper la respiration. Franchir le périmètre de sécurité en courant, sans quitter l'objectif des yeux. Pourquoi un seul d'entre eux avait-il sauté ? Pourquoi aucun d'entre eux n'était-il entré dans le périmètre ? Leur incompétence allait lui couter la tête. Elle irait rejoindre le cimetière inconnu des crânes dont le Prince était le régent. Pour la première fois de sa vie, il se demanda où ces crânes pouvaient bien se situer. Si sa tête aurait une sépulture, ou si tous les crânes des incapables, arrachées par le Prince depuis la nuit des temps, s'empilaient à perte de vue dans une décharge abyssale, tel un dépotoir des enfers.

**

*

Il s'appelait Matthieu. La violence du souvenir de son nom le rendit inerte. Une goutte de sueur coula sur sa tempe droite alors que ses yeux étaient plongés dans le vide angoissant d'un passé refoulé. Les images de sa vie antérieure remontèrent douloureusement du fond de son âme. Le séminaire, l'habit de prêtre qu'il avait endossé ce jour sans nom où il avait fait le vœu de vouer sa vie à Dieu et à son prochain. Matthieu. Un prénom prédestiné qu'il portait comme un costume de soie, précieux et sur mesure ; « Le chouchou de l'archevêque », comme ils disaient, promis à une carrière toute tracée. Cela, avant que tout ne bascule. Il se rappela ce jour de grande souffrance spirituelle où il s'était réfugié dans la chapelle de la Trinité, serrant son chapelet entre ses mains, agenouillé devant la statue de la mère de Dieu. Il avait épuisé ses larmes à force d'inonder le sol de la sacristie. Pourquoi ? Pourquoi tant de haine et de mensonges ? Il n'avait rien fait. Lui seul le savait, mais ils l'avaient tous abandonné.

Le tonnerre gronda à travers la fenêtre de son studio de Belleville, qui vibra à l'approche d'un orage annonciateur obscurcissant le ciel de Paris. L'émissaire se ressaisit en effaçant de sa vision toute trace d'un lointain passé qui ne rimait qu'avec faiblesse et trahison. Tout cela n'avait plus d'importance ; il reprit lentement confiance. En renonçant à sa vie, il avait aussi renoncé à son nom. Cette commodité le plaçait désormais au dessus des hommes, au-dessus de tous les êtres créés qui avaient hérité d'un étiquetage. Il n'en avait plus besoin.

- Un homme sans nom est un homme libre, *se répéta-t-il en fixant, sur le mur d'en face, le miroir qui le dévisageait.*

Il était presque transparent, tant sa peau blanchâtre, inutile manteau de mortel, laissait apparaître sans pudeur son circuit sanguin sur tout le corps. Il se déshabilla entièrement et s'allongea sur le sol. Il aurait même retiré sa peau s'il avait pu. Il devait comprendre ce qu'il s'était passé pour tout expliquer au Prince et obtenir un sursis. Lui qui n'appartenait plus à ce monde puisque sa mission était ailleurs. Sa puissante musculature écrasait la moquette. Il reprit ses esprits en fixant une araignée au plafond qui marchait lentement en cherchant des points d'appui pour tisser sa nouvelle toile. Respirer profondément toutes les quinze minutes. Couper la respiration. Les Totems d'Occident et du Milieu avaient été mis à néant sans encombre. L'émissaire ne comprenait pas. Pourquoi celui d'Orient était-il toujours intact ?

Les bombes humaines étaient sensées se déclencher d'elles-mêmes après une saturation en oxygène provoquant un excès de Co^2 dans le sang. Des centaines de micro-bombes liquides distillées par injection intraveineuse - « L'arme du XXIème siècle », rabâchait-il sans cesse, rempli d'admiration pour l'avant-gardiste qui l'avait inventée -, inoffensives tant que le taux de globules rouges demeurait stable. Mais une fois la saturation obtenue, le circuit sanguin se transformait en une gigantesque bombe humaine dont le cœur servait lui-même de *détonateur. Supprimer l'oxygène : le secret de toutes les explosions les plus spectaculaires s'appliquait aussi au corps humain ; comment ne pas y avoir pensé plus tôt ? L'invention était vraiment... diabolique.*

L'exercice cauchemardesque de la respiration avait été répété inlassablement. Des dizaines de martyrs du Prince n'avaient jamais dépassé ce stade. Des dizaines de cobayes humains qui finissaient à la poubelle, époumonés, réduits en lambeaux, inutiles déchets. Les douze apôtres du Prince, eux, élus pour la mission des trois Totems, étaient devenus des machines de guerre que rien n'aurait pu arrêter. Pourtant, trois d'entre eux avaient failli. Cela remettait-il en cause les plans du Prince ? Après tout, le mal était fait, se disait l'émissaire pour se rassurer. Le monde ne connaîtrait jamais la vérité et devrait, désormais, faire face à un symbole plus puissant que tous les conflits géopolitiques. Il ne s'agissait pas de tuer des hommes car leur vie n'avait aucune valeur. L'important était le symbole, l'importance que les hommes lui accorderaient pour tomber dans le piège du Prince. Et, à coup sûr, ils tomberaient dedans. L'émissaire avait confiance dans l'intelligence du Prince et dans sa détermination sans limite à protéger son règne. Il resta étendu, nu sur le sol, en attendant sa dernière heure. Pour le décapiter ou lui donner de nouvelles instructions, le Prince ne tarderait pas à se manifester.

14.

Je ne pouvais pas m'empêcher de faire le parallèle entre l'actualité internationale de ces derniers jours et ma vie personnelle. Rien n'était lié, et pourtant. C'est comme si, de ma rencontre avec le général au dévoilement des événements et de mon rêve le plus intime, une nouvelle grille de lecture s'était éclairée. Comme si quelqu'un avait allumé la lumière dans ma tête.

Je n'avais rien d'autre à foutre au manoir qu'à fumer et à réfléchir, le temps que Jean-Grégoire rentre de Paris. Cet alliage précieux me rendait souvent euphorique lorsque j'ouvrais un nouveau dossier dans mes bureaux parisiens de la place Saint-Michel. Ma cure d'intoxication au manoir n'y ferait pas exception. Et j'avais besoin de me changer les idées. Dans le raisonnement juridique, les choses étaient claires, maîtrisées, raisonnées. C'est sans doute la raison pour laquelle les maniaco-dépressifs peuplaient tous les cabinets d'avocats du monde. Ce matin-là, je m'installai dans le salon principal. D'un revers de tennisman, je déblayai la grande table encombrée de bibelots, pris un paquet de feuilles vierges et un stylo, allumai un nouveau Piramide avant de laisser jacasser mon imagination pour ficeler ma *Transaction Ararat.*

L'idée était d'abord de mettre la main sur le territoire. L'intermédiaire n'était pas encore déterminé dans ma tête, mais juridiquement, il s'agirait de décrocher une convention d'occupation du domaine public. Un tel contrat ne pouvait pas se signer à la légère. Les investisseurs demeurant anonymes, il me faudrait dégotter un cocontractant de taille qui accepterait d'apposer sa signature à côté de celle du… gouvernement turc. Convaincre l'un et l'autre supposait de les y intéresser. Alors, comment ?

- *On verra plus tard,* me dis-je à haute voix.

Vu le problème de l'anonymat, il me fallait un montage particulièrement opaque. Une série de sociétés-écrans et de fonds, domiciliés aux quatre coins du monde, chacun détenteur des parts sociales de l'autre, pourrait couvrir des investisseurs initiaux de manière à rendre leur identification impossible. Moi-même, je ne connaissais pas encore leur identité, et il me faudrait l'obtenir tôt ou tard pour accomplir toutes les formalités.

« Demander au général après validation du montage », écrivis-je.

Il était nécessaire de faire l'acquisition à partir d'une société locale de droit turc qui serait le signataire direct de la convention. La société turque pourrait être détenue à 100% par une société implantée dans un paradis fiscal et soumise au secret bancaire, du type société luxembourgeoise dite « Loi 1929 ». Ce ne serait néanmoins pas suffisant pour brouiller les pistes et éviter l'incident diplomatique. Deux niveaux d'écrans n'offraient aucune sécurité. Il en fallait au moins cinq. Je dessinai donc un schéma assez complexe, mais qui tenait la route : la société luxembourgeoise détiendrait une société turque qui exploiterait la montagne pour une raison qui importait peu pour l'instant ; elle-même serait détenue entièrement par un fond à Jersey, appartenant lui-même à un autre fond établi aux Iles Caïmans. Il me faudrait au moins une cinquième structure. J'optai, pour l'instant, pour un fonds Delaware, afin de boucler le montage là où personne ne m'attendrait : aux Etats-Unis.

Une convention d'occupation du domaine public ne rendrait pas mes clients propriétaires de la montagne. Mais pour l'instant, il n'y avait pas d'autre solution, à moins d'une acquisition frontale, inenvisageable à ce stade. Je continuais de penser que l'idée était complètement loufoque, à ceci près que des brèches s'ouvraient dans ce qui me paraissait, il y a encore quelques jours, un mur infranchissable. A moins d'une invasion militaire, l'acquisition définitive, si elle devenait possible, ne pourrait se faire que par étapes. Il fallait encore creuser la notion de domaine public. La Cour européenne des Droits de l'Homme avait, ces derniers temps, infléchi sa jurisprudence de manière culotée en remettant en cause le principe d'imprescriptibilité du domaine public. Dès lors qu'un titre de propriété avait été acquis de bonne foi, son propriétaire pouvait espérer en avoir une jouissance sans restriction. Comble du hasard, c'est la Turquie que la Cour avait condamné pour arriver à un tel raisonnement.

En admettant que j'arrive à obtenir une telle convention d'occupation, il faudrait, parallèlement, convaincre des populations de s'implanter localement et de se joindre à notre « cause ». L'objet de la convention pourrait concerner à peu près n'importe quoi : exploitation de pistes de ski, réseaux téléphoniques ou autre activité-écran qui n'attirerait pas l'attention sur les mouvements de populations sur la montagne. Car il faudrait la peupler, y installer des centaines, voire des milliers de gens « accrédités » par les investisseurs. Le mobile pourrait être convainquant : faire d'Ararat le Courchevel du Caucase, y installer des stations balnéaires sur tous les flancs, si la géographie et le climat le permettaient. Et si la paix n'était pas compromise, vu les derniers événements.

Je posai mon stylo un instant. Entre théorie et pratique, une crevasse se dessinait. Pourquoi le gouvernement turc tomberait-il dans un panneau aussi grossier ? La montagne était classée zone militaire ; l'autre paramètre du montage serait donc la déclassification. Avec les derniers événements, rien n'était acquis. D'après mes recherches, une partie du mont avait pourtant été déclassée en « zone sous contrôle » en évitant la levée des Kurdes. Pendant les temps forts de la guérilla contre le PKK, les grottes et crevasses avaient servi de caches d'armes aux résistants. La tendance de ces dernières années était favorable : le mont avait été déclassé en *« objectif militaire de deuxième classe »*. L'ascension était strictement interdite à tous les alpinistes il y a quelques années ; il suffisait aujourd'hui d'une autorisation spéciale délivrée par le ministère de la Culture et du Tourisme, pour le seul flanc nord-ouest.

Au paramètre juridique s'ajoutait donc le problème géopolitique que je ne pourrais pas résoudre à coup de crayon. Si la transaction devait vraiment avoir lieu, il faudrait que *« quelqu'un »* s'en occupe. Pas moins de six pays seraient potentiellement concernés par des remaniements territoriaux : Turquie, Arménie, Géorgie, Azerbaïdjan, Iran et Irak. Sans compter l'intérêt que manifesteraient les compagnies pétrolières, les trafiquants de drogue ou d'organes humains, la route de l'Afghanistan et de l'Asie n'épargnant pas la montagne de Noé.

La seule question à résoudre me paraissait maintenant claire : qui ? Qui avait les épaules assez larges pour signer une convention d'occupation du domaine public turc ? Qui pourrait le faire sans attirer l'attention démesurée de tous les services secrets du monde ? Qui pourrait canaliser les problèmes géopolitiques sans déclencher un nouveau conflit armé ? Et surtout : qui accepterait ?

15.

Trois jours s'étaient écoulés avant que je ne rentre à Paris. Nous avions travaillé sans relâche, tandis que le monde était à la dérive. Nous avions avancé minutieusement, pas à pas, à mesure que le chaos se généralisait sur la planète. Les conséquences des trois attentats avaient provoqué un délire collectif que personne n'aurait pu prévoir. Ça y était : ils devenaient fous. Tous. Les émeutes poussaient comme des pissenlits dans les villes foudroyées par les attentats. Les rues de Rome étaient inondées de manifestants traumatisés qui, sortis de chez eux, erraient à la rencontre de leurs semblables pour crier au scandale ; mais contre qui ? Personne ne revendiquait les attentats. Le silence de l'auteur provoquait des scènes de violence au sein même des populations civiles qui, devant l'incompréhension, dégénéraient d'angoisses collectives en violences gratuites. Les bandes de casseurs se multipliaient dans les rues, défenêtrant vitrines et façades dans les rues commerçantes ; bastons générales et lapidations des plus faibles mobilisaient policiers et hôpitaux, manifestement dépassés par les événements.

Je voyais tout cela assis devant la télévision, dans ce manoir de repli entouré d'une forêt luxuriante qui me préservait de la barbarie du monde réel. A Jérusalem, la tension était encore montée d'un cran. Pour Israël, il ne faisait aucun doute que les Chiites étaient derrière tout cela. L'État-major s'était réuni au grand complet pour décider rapidement de l'utilisation de l'arme nucléaire. Les Palestiniens criaient au complot organisé par les juifs qui, instigateurs de leur propre génocide, étaient capables du pire, quitte à faire sauter le Mur des Lamentations pour accuser les autres. Des dizaines de bombes humaines sautèrent dans des autocars bondés, ce qui paralysa tout le trafic du pays, stoppé par une violence devenue incontrôlable. La guerre totale était annoncée ; ce n'était plus qu'une question de temps.

Nous avions failli renoncer une bonne dizaine de fois à notre projet, tant il dépendait désormais des circonstances géopolitiques. Lorsque la Syrie raya le Liban de la carte en annonçant officiellement que cette « *province était retournée à la mère patrie* », l'Iran se félicita publiquement de « *l'entrée des Fidèles dans une nouvelle ère* ». Le message s'adressait clairement à Israël. En l'espace de quelques heures, les juifs du monde entier demandèrent par milliers leur enrôlement dans Tsahal ; tous les vols affichaient complet. Plusieurs fois, Jean-Grégoire m'annonça la fin par des « *C'est foutu : Cavalier blanc avalé par Reine noire en d5* » ; « *Le prochain coup est échec et mat à 99%* ». Mais le « prochain coup » était toujours retardé. Ce qui nous préoccupait le plus, autour de ce tumulte, était encore ailleurs : le silence pesant du responsable des attentats. Voilà plusieurs jours que les images des attentats rejouées en boucle monopolisaient les écrans et personne ne les avait encore revendiqués. Les analystes avaient passé en revue tous les groupuscules financièrement et logistiquement capables d'orchestrer une telle symphonie meurtrière à l'échelle planétaire, mais rien n'y faisait : personne sur Terre n'en avait la capacité.

Et pourtant : ils avaient bien eu lieu.

- Le diable en personne, peut-être ?

Jean-Grégoire avait esquissé un demi-sourire, m'expliquant qu'il n'était pas persuadé que le diable fut une personne, mais un principe :

- *La montée aux extrêmes*, je te l'ai déjà expliquée. C'est elle qui dirige le monde depuis l'aube de l'humanité…

- *Ou peut-être un fantôme*, insistai-je en vain, si tant est que l'humour avait encore un auditoire dans ce manoir qui m'offrait quelques jours de répit.

Le fantôme. L'idée m'avait traversé l'esprit plus d'une fois. Bélial, mon tueur à gage, avait hérité d'un alias qui lui allait comme un gant. A tel point qu'il avait échappé au listing scabreux des nominés établi par les médias, et n'était redouté que des services secrets.

- Sais-tu ce que veut dire « Bélial » ?

Je hochai la tête, avec un signe de curiosité.

- « L'inutile ». C'est l'autre nom de… Satan. On dit qu'il a été créé juste après Lucifer et qu'il a poussé à la révolte les anges du paradis. Il aurait été le plus séduisant et le plus crapuleux de tous. L'histoire raconte que le roi Salomon aurait réussi à l'emprisonner dans une jarre enfouie au fond d'un puits. Mais les Babyloniens, lors de leur conquête de Jérusalem, l'auraient libéré, croyant avoir trouvé un trésor. Il est également comparé à l'Antéchrist et à la bête de l'Apocalypse… Mais bon, tout cela est de la mythologie.

Sa petite histoire m'avait fait froid dans le dos. La violence déchaînée à l'échelle planétaire avait bien quelque chose de démoniaque. Cela étant, diable ou pas, quelqu'un était bien à l'origine de la planification des attentats les plus meurtriers de toute l'histoire du terrorisme.

**
*

Le garde du corps que Jean-Grégoire m'avait attribué ne me quittait pas d'une semelle. Je n'avais pas ouvert un dossier depuis plusieurs jours ; l'Ordre des avocats avait dû m'écrire et essayer de me joindre ou alerter la police de ma disparition. Bref, il faudrait se justifier devant tout le monde et je devrais y réfléchir. Les neiges avaient fondu à Paris, tandis qu'un soleil de plomb avait brutalement surgi comme pour rattraper son retard. La psychose des médias ne semblait pas encore avoir gagné les rues et les commerces parisiens. La réalité contrastait avec les images télévisées ; les parisiennes faisaient du shopping, les parisiens au volant conduisaient en insultant et klaxonnant : tout semblait en bon ordre.

En ouvrant la porte du cabinet, j'eus une vision d'horreur : l'appartement avait été mis à sac ; livres, dossiers, chaises, tables, tout avait été renversé, fouillé, dépecé. Dans ce champ de bataille parisien, seul mon tableau du lion et de l'agneau était resté accroché au mur, imperturbables. Mon garde du corps me plaqua contre le mur et passa l'appartement au peigne fin, arme au poing. Il décrocha son téléphone pour avertir Jean-Grégoire. Une voiture nous attendait en bas de l'immeuble au cas où les choses basculeraient.

- Rien à signaler.

A ce stade, plus rien ne m'étonnait. Je commençai à ranger mes livres machinalement ; je classai mes dossiers, remplis plusieurs sacs poubelles et, assez curieusement, ce grand nettoyage de printemps me fit du bien. La femme de ménage avait dû déserter à la vue du chantier ; je passai donc moi-même l'aspirateur en caleçon, Cohiba au bec, insultant de tous les noms d'oiseaux le responsable de ce foutoir.

En rangeant quelques manuscrits de collection, je me rendis compte que quelque chose manquait. Il y avait un livre ancien que je mettais toujours en bout de rayon car il était plus gros et servait de cale à tous les autres. Je le cherchai partout, jusque dans les sacs poubelle, pour lui réattribuer sa fonction pratique. Rien à faire : il avait disparu. Mes dossiers paraissaient complets, aucune valeur n'avait été dérobée. Mais ce livre n'était plus là. Etait-ce possible qu'il soit la cause de tout ce remue-ménage ? Pire, De mon escapade, ma tentative d'assassinat, ma mise sur écoute ? Quel rapport ? Tous les scénarios me passaient par la tête, paranoïa oblige. Je ne savais même pas de quoi il traitait !

Mon garde du corps avait l'ouie fine. Dans ce silence de plomb, il entendît des pas sur la moquette du palier extérieur et me fit signe de me cacher. Il retira le cran de sûreté de son revolver et j'entraperçus une grenade accrochée à la hauteur de sa hanche. La sonnette retentit. Derrière la porte, les gens semblaient discuter sans façon à voix haute. Je m'approchai pour regarder à travers le judas : c'était Igor, l'ami de mon père, accompagné de deux bruns basanés au nez protubérant. J'ouvris.

- Marc, mon fils !

Il me prit dans ses bras, au cas où j'aurais oublié son odeur.

- Nous sommes au courant de toute l'histoire. Il ne faut pas rester dans le coin.

- Qui a fait le coup ?

- Je l'ignore.

Tiens, pour une fois, il ne cherchait pas à me mythoner.

- Je l'ignore, mais d'autres que moi le savent. Je suis venu t'offrir la protection de qui tu sais.

- C'est gentil. Mais j'ai tout ce qu'il faut ici et je ne fricote pas avec les clients.

- Tu n'as pas bien compris. Chez nous, une protection signifie une invitation. Le général sait exactement ce qu'il s'est passé, qui est à l'origine de tout cela et ses motivations. Il pourra t'apporter toutes les réponses que tu veux. Et il pense que c'est le moment pour toi de faire le voyage.

- Le voyage ? En Arménie ? Ne le prends pas mal mais qu'est-ce que j'irais foutre dans ce trou perdu ?

- Sauver ta vie, mon fils.

Igor m'avait bluffé par sa sincérité. Lui qui n'ouvrait la bouche que pour embuer et vendre des produits périmés, il m'avait, sans artifice, témoigné de la compassion. Et ces mots-là sentaient bon.

- C'est le général qui t'a dit de me convaincre de faire le voyage ?

Il a pratiquement rougi à la question.

- Oui, il te propose de… « *réaliser ton rêve* », dit-il en se grattant une tête enrobée de pellicules. Il a dit que tu comprendrais.

J'avais pratiquement oublié son regard. Tout cela m'est revenu brutalement. « *Tu devras renaître de tes cendres. Alors, tu pourras vaincre la Peur. Aiguise ton esprit et je te guiderai* ». Cette phrase que je voyais en rêve depuis mon enfance prenait un sens. Réaliser mon rêve ? En temps normal, je n'aurais même pas sourcillé à une telle invitation. Mais ma vie était sans dessus dessous ces derniers temps. J'avais un contrat sur la tête et un commanditaire introuvable, un cabinet qui foutait le camp, des questions existentielles qui me taraudaient... Fallait-il donc que je fasse un voyage au fin fond du Caucase pour comprendre le pourquoi de tout cela et surtout, pourquoi j'avais ces visions ? Qu'avais-je à perdre ? Jean-Grégoire m'avait dit de me mettre au vert ; j'avais alors pensé aux Caraïbes ou à une île où il était interdit de descendre les amateurs de Partagas. Mais une telle garantie ne pouvait m'être donnée nulle part. Nulle part, sauf peut-être, si le général disait vrai, en Arménie.

Chaos

Trahison

« La Cour vous déclare coupable de viol sur mineur et vous condamne à quinze années de réclusion criminelle... »

L'émissaire se réveilla en sursaut. Il lui fallu quelques secondes pour se rappeler qu'il était à Paris, dans son petit meublé du sixième étage, et non dans sa cellule crasseuse de la Centrale. Tout cela était du passé mais ses cauchemars se faisaient de plus en plus fréquents. Il jeta un coup d'œil ravageur sur la boite de pilules qu'il ne touchait plus depuis des mois. Elles n'avaient pour but que de l'asservir et d'obscurcir ses pensées. « Fractionnement de l'esprit » ? Ce que les médecins de la prison appelaient schizophrénie paranoïde ; « altération de la perception de la réalité, troubles cognitifs, dysfonctionnements comportementaux », comme disait son dossier médical. Tout cela n'était que foutaises. Ces incapables de scientifiques n'avaient aucune formation théologique et ne comprenaient rien à la bataille qui était en train de se livrer. C'était eux qui souffraient de fractionnement de l'esprit. Le seul dysfonctionnement que l'émissaire reconnaissait volontiers était celui qui l'avait conduit en prison.

Trop longtemps, il avait culpabilisé. Trop longtemps, il s'était réfugié dans la prière et demandé à Dieu quelques consolations qui n'étaient jamais venues. Il rabâchait sans cesse les questionnements qui envahissaient ses nuits et ses jours. L'archevêque lui avait, ce jour maudit, demandé de présenter sa démission, tandis que la presse se bousculait aux portes de la paroisse. Tous l'avaient abandonné. Longtemps, il avait médité les souffrances du Christ, abandonné à son sort, renié par ses propres disciples. Matthieu était parfaitement sein d'esprit et avait plaidé sa cause dans la plus entière sincérité que son éducation catholique lui avait prodiguée. Qu'aurait-il dû faire ? Feindre l'ignorance, en passant son chemin devant cet enfant de cinq ans qui grelottait sous la pluie, abandonné à son sort, mourant de faim ? Ce jour maudit, il aurait dû faire comme les autres. Le malentendu avait pris feu et s'était rapidement transformé en suspicion de la part des autres religieux de la paroisse.

Christ n'avait pas fait quinze ans de réclusion pour viol sur mineur. Il n'avait pas connu le sort des pointeurs en détention, gémissant d'angoisse à chaque fois qu'ils se déshabillaient pour entrer sous la douche en sachant que, plus ils se débattraient, plus la douleur hebdomadaire serait vive. Longtemps, il avait médité les souffrances du Christ jusqu'à se persuader qu'il les avait dépassées. Désormais, plus personne ne pourrait le comprendre. Il ne pouvait compter que sur ses propres forces. De chétif et gringalet qu'il était, l'allure de coton-tige qu'il avait trainé toute son adolescence, dont la maigreur laissait apparaître ses côtes, se transforma au fil des mois et des séances de musculation, seule échappatoire du condamné. Son dernier viol collectif se termina par une triple émasculation qui mit fin à son statut de victime et lui procura un sentiment de toute puissance qu'il ne connaissait pas. Arrosé par l'eau glaciale de la douche collective, il venait d'inaugurer sa nouvelle vie en tenant à ses pieds les trois corps gémissant de ses bourreaux, recroquevillés en fétus, haletant autour de leurs organes broyés et en sang.

Dans les jours qui suivirent, Matthieu décida de pousser son expérience de la jouissance du pouvoir jusqu'au bout. Aucune preuve du triple assassinat qui avait eu lieu à la Centrale n'avait pu être apportée ; Matthieu avait été mis en examen et l'affaire s'était tassée d'elle-même. En rentrant dans sa cellule, le soir, il parlait à haute voix. Il remerciait son protecteur qui lui montrait la voie pour devenir invulnérable, lui promettant bientôt un avenir resplendissant. Aujourd'hui encore, l'émissaire remerciait son maître. Il avait échoué. Mais le Prince l'avait gardé en vie.

16.

C'était écrit, sans doute. D'une écriture simple et limpide, celle que l'Histoire seule peut écrire sans aucune plume, sans aucun remord des ratures, des brouillons de vie, des pages blanches plus belles à lire que les milliards de lignes écrites de main d'homme depuis l'aube de l'humanité. Et si c'était vrai ? Et si ma peur m'avait trompé, comme elle l'avait fait si souvent ?

L'Arménie. Un vieux souvenir familial qui, pour moi, appartenait à l'histoire de mes grands-parents. Ils étaient arrivés en France en 1915, après avoir miraculeusement échappé aux massacres, pour s'installer dans un 19,15 m² infecté de cafards et repartir à zéro. Je ne connaissais pas grand chose de cette histoire, sauf celle de mon grand-père maternel, avocat et parlementaire, qui avait été égorgé un 24 avril en regardant sa femme se faire violer par six soldats ottomans sous ses yeux inconsolables. J'avais sans doute hérité inconsciemment de ces souvenirs crasseux pour me sentir, dans l'univers du pénal, comme un poisson dans l'eau. Mais tout cela était du passé. Et pour être honnête, j'en avais honte. J'avais eu pour seul héritage ces pourritures de souvenirs enfouis dans mes gênes, et un livre qui, m'avait dit mon père, valait tout l'or du monde.

« Quand ta mère est morte, c'est un morceau de la mère-patrie qui nous a quittés. J'ai prié pour que tu grandisses sainement et deviennes un bon Arménien. Les paroles de notre poète, qui avait échappé aux massacres, me revenaient sans cesse : *« Vivez mes enfants, mais ne vivez pas ce que nous avons vécu »*... Ta mère est partie trop tôt, emportant avec elle l'âme de l'Arménie qu'elle n'aura pu te transmettre. Mais ne sois pas triste, mon fils : elle t'a laissé ce livre. Garde-le comme la prunelle de tes yeux. Un jour, peut-être, si Dieu le veut, tu comprendras. »

Un souvenir d'enfant grandi trop tôt, tirant sa revanche sur les feuilles séchées d'un Cohiba de fortune. J'aurais dû le jeter à la poubelle, comme le reste de mon héritage.

- Tu penses à quoi ?

- A rien.

L'invitation du général tombait à point nommé. En réalité, Jean-Grégoire et moi avions déjà anticipé ce paramètre. Nous avions passé une bonne quarantaine d'heures à tout planifier avant de décider que je quitterais le manoir. Non sans heurt : la mission que j'avais acceptée était désormais une question de vie ou de mort, et il m'était impossible de faire demi-tour. A ce stade, je ne savais plus trop si j'étais encore avocat ou agent de gouvernement, qui était le client, le donneur d'ordre, l'adversaire, si les enjeux étaient privés ou publics.

- Ton travail n'est pas évident mais tu n'as pas le choix. Tu sais ce que disait le poète ? « *Le hasard ne fait jamais les choses par hasard* ». Il faut te résigner, mon vieux : ta vie va changer. Alors, qu'elle change sans te quitter !

C'était bien complexe. Rien n'était blanc ou noir, et j'admirais plus que jamais les vertus du gris, la couleur la plus réaliste au monde. Je découvris aussi les talents de stratège de mon Jean-Grégoire. Décidemment, il était à la hauteur de sa réputation. Jamais je n'aurais imaginé l'étendue de son pouvoir si je ne l'avais constaté de mes propres yeux.

- Chaque événement de l'histoire politique est sous-tendu par une transcendance. En 1978, les négociations secrètes à Camp David avaient été permises parce que le Président égyptien Anouar el-Sadate et le Premier ministre israélien Menahem Begin étaient tous les deux Franc-Maçons. Cela n'a pas empêché leurs assassinats, bien au contraire. Tu verras, c'est toujours le même schéma dans l'histoire.

C'était donc cela qu'il appelait *transcendance.* La connaissance des fils conducteurs de l'histoire, les mécanismes du déclenchement de la violence, un dialogue imperceptible avec une force supérieure ; tout cela portait l'évolution de l'humanité vers la réalisation d'un dessein originel, et j'y étais désormais sensible. D'une humanité structurée en tribus et en sociétés, en clans et en adversaires, de tentatives en génocides pour aboutir à une paix précaire dont un perdant payait toujours le prix. Le problème était qu'on était arrivé au bout du tunnel. Le prochain conflit serait le dernier. Il fallait à tout prix l'éviter pour éviter le pire. Ou alors, le sublimer pour dépasser le pire et voir ce qui apparaîtrait après. A condition qu'il y ait un après.

- Le géopolitique et le spirituel n'ont jamais été séparés.

Jean-Grégoire m'expliqua longuement tout ce que le monde des initiés semblait connaître.

- La modernité a tenté une rationalisation tendant à cloisonner les deux domaines. Mais elle n'a servit que de voile. En Occident, cette évolution a abouti à la séparation de l'Eglise et de l'Etat qui apparaît aujourd'hui comme une évidence. Mais sur six mille ans de vie spirituelle de l'humanité, elle ne représente qu'une goutte d'eau. Leur dialectique est visible tout au long de l'histoire : Mayas, Indiens hopis, Croisés, jusqu'au Ku Klux Klan, islamistes ou scientologues – fanatiques ou discrets, intolérants ou humanistes, ils ont toujours été là. Il y a toujours eu des mouvements qui se sont consacrés à déchiffrer les signes du Temps. Cela étant, qu'il ait existé des mouvements de décrypteurs ou non est sans conséquence sur ce qui doit arriver.

- Ce qui doit arriver ? Tu penses que les événements sont irréversibles ?

- C'est toujours le modèle des Croisades, mon vieux... Depuis l'aube de l'humanité. Cela étant, les croisades n'ont rien à voir avec Christ.

Les fanatiques mal christianisés ont massacré au nom de Christ. Et le message géopolitique du monde islamiste est lui aussi profondément spirituel.

Toujours le même modèle. Le même schéma obsessionnellement répété, avec l'illusion d'une paix définitive tous les cinquante ans. Mais il fallait se rendre à l'évidence : sur terre, la guerre avait toujours été le principe, et la paix, l'exception. Même aujourd'hui, avec l'illusion d'une paix durable dans le sanctuaire européen dont avait rêvé quelques précurseurs. Après tout, l'Europe n'était en paix que depuis quelques dizaines d'années. Entre 1792 et 1945, elle avait même connu la guerre à outrance. L'Amérique, l'autre sanctuaire de paix, n'en était plus un et avait toujours maintenu son équilibre interne en provoquant, loin de son territoire national, des conflits armés qui l'avaient rendue riche.

- La nouvelle religion laïque s'est inscrite comme une nouvelle bible dont elle est pourtant immémorialement le produit, dans la Déclaration universelle des droits de l'homme. Le nouveau messianisme de la France et des Etats-Unis, dans l'importation à l'échelle mondiale des valeurs de leurs textes sacrés, est la suite logique d'un mouvement commencé au XVème siècle. Mais il n'est pas une fin en soi. Il faut comprendre pour cela les cinq grands repères de l'homme sur Terre. Il y a une blague à ce sujet. Connais-tu les cinq juifs de l'Histoire ?

- Non, mais je suis impatient de les connaître.

- Moïse, qui disait « tout est Loi » ; Jésus, qui disait « tout est Amour » ; Marx, « tout est Argent » ; puis Freud, « tout est sexe » ; enfin, Einstein *: « tout est relatif »...*

J'ai pouffé de rire pendant un long moment, comme une cocotte-minute chauffée au rouge, relâchant enfin la pression par son bec.

- Je me demande ce que dira le sixième, surenchéris-je, avant de revenir à la réalité.

- L'argent, le sexe, l'amour, les règles, et finalement, l'absence de règle absolue. L'émergence de la science comme discipline indépendante de la religion a été nécessaire au regard des abus de l'église ; c'est aussi une cosmologie plus empreinte de pouvoir et de superstition instrumentalisée qu'une véritable vision de l'humanité. Le problème est que la science déspiritualisée ne résout que les problèmes qu'elle comprend et refuse tout ce qu'elle ne comprend pas. Résultat : il y a beaucoup plus de questions irrésolues que de problèmes résolus par la science, à commencer par le premier : le mystère de la vie. Pourquoi y a-t-il quelque chose plutôt que rien ?

« *Pour pouvoir faire la guerre,* » pensai-je.

- Les concepts d'évolution, notamment scientifique, et de progrès ont fait croire que l'évolution pouvait être collective ; or, elle ne peut être qu'individuelle. La technologie a créé l'illusion du progrès et de la maîtrise des peurs de l'insécurité. Chacun a comme donnée de départ une vie et une seule. Chacun a pour devoir de régler ses propres problèmes, et non ceux du voisin. C'est bête, n'est-ce pas ? La solution au bonheur est très simple : « Règle tes problèmes ». Cela signifie d'identifier ce qui est de l'ordre de son problème, et ce qui n'est que copiage. Les sociétés extra-occidentales n'ont pas à copier les modèles occidentaux pour régler leurs problèmes sociaux. Qui dit que le Français est plus heureux que l'Indou ou le Bangladais ? L'Occidental a acquis les richesses matérielles mais a perdu le sens du bonheur. Le Karabakhien ne vit que de ses seules ressources naturelles ; crois-tu qu'il quitterait sa terre pour un palace new-yorkais avec eau chaude et internet ? Si tu le crois, c'est que tu n'es pas encore entré dans sa liberté. Il faudrait que tu voyages un peu…

Voyager, pour quoi faire ? Paris m'allait comme un gant. J'aimais Cuba l'hiver et Saint-Barth l'été ; le reste du monde m'était douloureux. Epicurien, moi ? Oui, surtout, le n°2. Surtout Cohibiste. Parfois fumeux.

- Il y a eu une évolution spirituelle de l'humanité tendant à augmenter son niveau de conscience et à s'élargir à de plus en plus de monde sur la planète. Mais, parallèlement, un autre mouvement est en marche depuis l'aube de l'humanité et obéit à ses propres règles. Le monde est entré dans une phase post-moderne où l'hyper-rationalisation et l'individualisme aboutissent à un grand projet diabolique de solitude…

Evidemment, le grand danger de tout cela était de virer très rapidement au discours fanatique ou au charlatanisme. Et pourtant. Une fois tout nettoyé, n'y avait-t-il pas là une vérité que chacun pouvait comprendre intuitivement ? Ce que je pouvais croire ou non avait peu d'importance. Il fallait se rendre à l'évidence : nous y étions. Le carrefour de l'histoire. Celui qui ne nous ferait plus de cadeau. Il fallait une solution. J'avais expliqué en détail le montage que je projetais pour acquérir la montagne, en indiquant le chaînon manquant.

- L'Union européenne. C'est ça, la solution.

- L'Union européenne ?

- Oui, nous allons impliquer l'Union dans ton montage.

L'Union européenne ? Quel culot. Je n'avais pas osé viser si gros, mais si la proposition venait de Jean-Grégoire, c'est que c'était faisable. Il y voyait même une symbolique. Et finalement, s'il disait vrai, c'est elle qui était visée.

- On croit que l'Union est un projet de cinquante ans. Mais n'est-ce pas en réalité un projet de deux mille ans ? Le drapeau bleu à douze étoiles est celui de la Vierge Marie. Il a d'ailleurs été adopté un 8 décembre, jour de la fête de l'Immaculée conception.

- Tu veux lancer une nouvelle croisade, mon vieux ?

- Non. Pas d'arme. Pas de bombe. C'est quitte ou double, mais nous n'avons plus le choix. Nous allons leur faire signer ta convention. Ils n'y verront que du feu.

Chaos

« Bientôt »

Humains, trop humains.

Ces idiots ne comprendraient rien au cataclysme qui venait de se déclencher. Seuls les fous, assez libres pour y voir le signe de la Bête, crieraient à s'en rompre les cordes que l'heure de l'ultime bataille avait sonné, mais personne ne les écouterait. L'Apocalypse... Un unique mot qui provoquait chez le Prince un mélange de fureur et de raillerie. Dieu avait tort de croire en l'homme. Il n'oscillait qu'entre soumission et trahison, et il appelait cela la liberté. Le Prince était chez lui sur Terre, et personne ne pourrait l'en déloger, malgré ce que les racontars de prophètes pouvaient inlassablement débiter. Bientôt, lorsque le doute aurait gagné les plus fervents défenseurs de la foi, le monde entier serait forcé d'admettre que personne ne viendrait les sauver. Que le monde ne pouvait qu'être contractuel et que la force appartenait au plus offrant.

Bientôt. Il lui fallait, pour cela, mener son plan à terme. Eliminer toute trace des choses cachées depuis la fondation du monde. Eliminer les 153.

Deuxième partie

Le silence de l'Agneau

« La violence et la vérité ne peuvent rien l'une sur l'autre ».

Pascal.

17.

L'avion s'est posé à Erevan à trois heures du matin. Jean-Grégoire avait mis à ma disposition un jet privé et deux *Men in black* qui me souhaitèrent bonne chance en remontant dans l'appareil. Au décalage horaire s'ajoutait le changement de climat qui se faisait ressentir dans l'atmosphère lourdement chaude et humide de la nuit. Désormais, je serais seul ; nous n'étions plus en territoire français et ma sécurité tenait à un fil. Je m'avançai d'un pas déterminé vers le salon VIP de l'aéroport où le général devait m'accueillir, plongé dans mes réflexions.

L'Union européenne. Je me demandais encore si la pilule passerait. Pour la douzième fois, je sortis, d'une sacoche qui n'avait pas quitté mon poignet de tout le trajet en avion, l'accord que j'étais venu faire signer à mes commanditaires, juste pour vérifier que le document était encore là. Demain, je devrais le présenter au général et obtenir le plus vite possible une audience avec les clients - ou au moins des noms. Une fois les formalités accomplies, je prendrais le premier avion pour Paris. Entre-temps, mon tueur à gage aurait été liquidé, son commanditaire identifié et son plan court-circuité ; je reprendrais mon travail et, avec un peu de chance, les conséquences des attentats se tasseraient bientôt. Je rêvais peut-être mais c'est tout ce que je voulais : donner les noms, rentrer chez moi et reprendre le cours de ma vie et de mes dossiers pourris-mais-pas-trop. Etait-ce vraiment ce que je voulais ? « *Réaliser mon rêve* »... Quelle formule sarcastique. Allais-je vraiment obtenir des réponses ? Le problème était aussi que Jean-Grégoire n'excluait pas que le commanditaire du fantôme et celui de la *Transaction Ararat* fussent la même personne.

- *Menag ek ?*

Une voix féminine m'interpela ; je tournai la tête en refermant rapidement ma sacoche, la coinçant sous mon bras. Je n'en croyais pas mes yeux : je venais à peine de poser le pied en Arménie qu'une bombe atomique, cheveux châtains et le teint mate, m'agrafait d'un sourire aussi généreux que ses formes.

- Je ne parle pas l'arménien... *I don't speak armenian,* répondis-je, titubant.

Elle n'avait pas l'air d'une prostituée mais l'idée m'effleura l'esprit. Elle était en jean et baskets, une grosse mallette de médecin ou de chercheur à la main. Elle voulait sans doute un simple renseignement que je n'aurais pu lui donner.

- *Would you mind if I...*

- *Mister Aram,* m'interpela une grosse voix masculine. Elle n'eut pas eu le temps de finir sa phrase. Un colosse de pratiquement deux mètres, costume noir, col roulé noir, chaussures noires, brun aux yeux noirs, le visage ridé et des mains de boxeurs : ce devait être mon nouveau garde du corps. Il me broya la main en guise de salutations :

- Gaguik. *Nice to meet you.*

Igor m'avait prévenu mais le personnage valait le détour : Gaguik sortait droit d'un casting italo-américain où mafiosos et hommes de main balafrés plongeaient le spectateur moyen dans l'univers hors-normes des affranchis. J'en avais plein mes dossiers, des *« comme lui »,* mais cette fois-ci, c'est ce profil de l'emploi qui assurerait ma défense. Je craignis un instant être passé du côté obscur de la force. Gaguik était lieutenant, corps et âme dévoué à sa fonction – un incorruptible, m'avait assuré Igor. La légende, que tout le monde ici connaissait, racontait qu'il était capable de tuer une vache d'un seul coup de poing assené dans le ventre de la pauvre bête. A l'aéroport, les douaniers lui disaient bonjour tour à tour d'un air tendu et respectueux. Mon tueur de vache semblait donc à la hauteur de la tâche.

Tandis que Gaguik récupérait mes maigres bagages, je regardai à travers la porte vitrée donnant de l'autre côté de la douane. Il était trois heures du matin et l'aéroport était bondé de monde. Les familles attendaient leurs proches ; tous les hommes étaient habillés en noir, costume noir, col roulé noir, chaussures noires, bruns aux yeux noirs, le visage ridé. Les femmes étaient très belles, sapées comme des reines de la nuit prêtes à sortir en boite. Je me retournai vers le salon VIP pour chercher du regard la douce apparition qui m'avait accosté en arrivant : elle n'était plus là. Tant pis, je n'étais pas là pour ça. Et si tout se passait comme prévu, mon voyage éclair ne me laisserait aucune amertume. Je regardai à nouveau dans le vaste hall derrière la vitre pour découvrir ces visages inconnus, basanés et marqués par le temps. Soudain, je vis une silhouette qui me paraissait familière : un homme, presque aussi grand que mon garde du corps, lunettes de soleil au nez, Skyphone à la main, qui regardait dans ma direction… Le type de la bibliothèque François Mitterrand ! Je ne l'aurais pas juré mais il me fallait en avoir le cœur net. Je tirai Gaguik par le bras pour l'avertir, mais le temps que je me retourne, le type avait disparu.

- *What's the problem ?*

- *The man, there !* Montrai-je du doigt, pointant la direction de la foule.

Gaguik posa les bagages à terre et passa sa main dans son blouson d'un même mouvement.

- *Which one ?*

Il fit un signe de la tête et un responsable de la douane en uniforme accourut comme un chien à ses pieds.

- *Which one ??*

J'hésitai. J'avais peut-être eu une vision digne de ma paranoïa du moment.

- *Forget it... I'm tired.*

- *Guenatsink.*

- *What ?*

- *I said « Let's go ».*

La route qui conduisait de l'aéroport au centre ville n'était pas très éclairée. Ma première approche de l'Arménie était donc obscure. Le long de la route qui menait à la capitale, les casinos posés côte à côte défilaient sous mes yeux. Gaguik me regarda dans son rétroviseur et sourit ; il baragouina quelque chose en arménien et éclata de rire. Par politesse, je lui demandai par le langage des signes ce qu'était l'énorme bunker devant lequel nous passions, s'il s'agissait d'un QG militaire. Il reprit son sérieux, presque agacé : *« This : US ambassy ! »*. Cette merveille qui s'étalait sans doute sur plusieurs hectares était donc l'ambassade américaine... Pour un petit pays de trois millions d'habitants, je trouvai disproportionné que les Etats-Unis y déploient une infrastructure qui fasse travailler plusieurs centaines, voire plusieurs milliers d'agents et de diplomates. A moins que ces murs et ses sous-sols abritassent autre chose que du personnel.

Pour changer de conversation, je lui demandai si l'on pouvait voir Ararat.

- *Ararat ? Not now. Ararat, tomorrow,* conclut-il.

Nous arrivâmes à l'hôtel ; je pris une douche et m'allongeai sur le lit sans le défaire. Je pensais à la journée qui m'attendait demain – ou plutôt, tout à l'heure. Le plan de Jean-Grégoire était très vicieux et j'étais venu, comme un asticot au bout d'une canne à pêche, me jeter dans la gueule du brochet. Sa préoccupation était bien au-delà de la montagne et il ne croyait qu'à moitié à un dénouement heureux, vu les circonstances. Il n'excluait pas que les commanditaires de la *Transaction Ararat* fussent une secte aux moyens financiers démesurés, ou peut-être le véritable protagoniste d'un conflit régional qui risquait de déborder sur l'Europe – ou pire, la visait. En bon espion de Sa Majesté Jean-Grégoire, j'étais parti violer mon serment d'avocat en dévoilant l'identité de mes clients à un tiers. Mais à chaque problème de conscience, je me rappelais que l'Ordre ne me protègerait pas du tueur à gage que j'avais aux trousses et qu'il ne commencerait à s'indigner qu'après mon enterrement. De toute façon, le secret était régulièrement violé lorsqu'un avocat devait assurer sa propre défense. Moi, je défendais ma vie. Et peut-être même, me dis-je dans un élan de vanité qui m'avait momentanément quitté ces derniers temps, l'humanité toute entière.

Chaos

Hallucination

Dans la ruelle sombre de l'hôtel Europe d'Erevan, l'émissaire s'enfonça dans son long manteau de toile gris anthracite, guettant la baie vitrée du deuxième étage dont les lumières venaient de s'éteindre. Un homme de sa corpulence se tenait à quelques mètres devant la porte-tourniquet inactivée à cette heure tardive de la nuit. C'était assurément le garde du corps, celui qui avait récupéré le Baveux à l'aéroport et veillerait à ce que rien de fâcheux ne lui arrive.

« Un seul garde du corps ? », se dit l'émissaire. Cela devrait faciliter sa tâche. Avant de passer à l'acte, il devrait soigneusement étudier le terrain ; le Prince ne tolérerait jamais un second échec. Cette fois-ci, il ne pourrait compter sur personne. Aucun martyr n'avait été désigné pour accomplir la mission des 153. Le Baveux n'avait aucune disposition intellectuelle pour comprendre ce qui était en train de se tramer. Mais il l'avait conduit, à son insu, au cœur de la mission. « Anomalie d'Ararat » ; le document récupéré à la bibliothèque François Mitterrand et, maintenant, le déplacement en Arménie. Tout cela coulait de source. C'était ici que tout allait se jouer.

- MATTHIEU, AIE PITIE DE MOI !

L'émissaire fut pris d'une angoisse paralysante en entendant la voix tonitruante inonder la ruelle. Il se retourna brusquement dans tous les sens pour voir qui l'avait interpelé par son ancien nom. D'un bout à l'autre de la ruelle, il épia la moindre parcelle, levant les yeux vers les fenêtres éteintes des immeubles accolés : personne. Il n'y avait personne. Le garde du corps écrasa son mégot sous son talon et rentra dans le hall de l'hôtel. L'émissaire était seul dans la rue sombre où un unique et vieux réverbère laissait cligner une ampoule défectueuse. Il regarda encore à droite et à gauche. Aucune fenêtre ne s'ouvrit. Personne n'avait été réveillé par le cri assourdissant qu'il avait été apparemment le seul à entendre.

Il savait entendre les voix. Celle de son maître venait chaque jour chuchoter à son oreille les indicibles secrets du plan. Chaque jour, il se manifestait à lui – à lui seul, pour l'affermir et lui offrir la place qu'il méritait. C'est au Prince qu'il devait sa renaissance, et à personne d'autre. Il n'avait plus de lien avec l'hypocrisie du monde qui chantait des louanges à la gloire d'être aimé, par pure faiblesse et soumission. Etre aimé ? Fantaisie venue du Livre et des racontars de prophètes qui étaient bien loin de la réalité du monde. Le monde réel appartenait au Prince, l'émissaire l'avait compris et accepté.

- MATTHIEU, QU'AS-TU FAIT ?

Un nouveau bourdonnement remplit son crâne de mille grésillements étourdissants. Soudain, il pencha la tête à ses pieds pour découvrir un clochard affalé sur des cartons puants, blottissant une bouteille de vodka entre ses doigts noircis par la saleté. L'émissaire le dévisagea longuement. Les yeux de son témoin dévoilé, remplis d'alcool et d'amertume, le fixèrent à leur tour, vides de toute intention. L'émissaire eut une bouffée de chaleur. Il se baissa à hauteur du malheureux et empoigna sa gorge de ses grandes mains jusqu'à la serrer sans fin. Le clochard fit à peine un couinement, les yeux grand ouverts pour laisser son âme s'échapper de son corps crasseux qui, toutes ces années, l'avait retenu injustement.

18.

J'ai ouvert les yeux au petit matin. Le soleil s'était levé. La baie vitrée qui longeait ma chambre laissait apparaître le spectacle grandeur nature. Je n'en croyais pas mes yeux : elle était là, en face de moi. Ararat. Le ciel était parfaitement dégagé, si bien que son sommet était entièrement visible. Elle inspirait le respect ; j'avais envie de l'appeler Madame. Deux cimes gigantesques dessinaient une courbe asymptotique inégale, enneigées au sommet, tel un tableau naturel qui semblait pointer la frontière entre le ciel et la terre. Elle était immense et trônait sur la capitale arménienne, bien qu'elle se situait géographiquement de l'autre côté de la frontière turque. Gaguik, cigarette au bec, me proposa de me conduire jusqu'à elle, le temps que la ville se réveille. Le monastère de *Khor Virab*, son observatoire privilégié, était à vingt minutes en voiture ; on avait donc largement le temps de faire l'aller-retour.

Il devait être sept heures du matin. Je suis descendu de la voiture, les yeux remplis de lumière à la vue de cette splendeur. A quelques kilomètres entre elle et moi, des barbelés et miradors turcs faisaient tache dans ce décor naturel magnifié par un ciel bleu parfaitement dessiné. Je ne sais pas ce qui m'a pris, mais Paulo Coelho aurait pu l'écrire : au pied du mont Ararat, je me suis assis et j'ai pleuré. Ça la foutait mal. Je n'avais pas pleuré depuis au moins quinze ans. Un peu sans raison, j'ai lâché quelques gouttes, j'ai dû me relâcher comme jamais, vider la pression de ces derniers jours ou de ces dernières années. Ou peut-être, la fatigue aidant, pour toutes les raisons qui m'avaient conduit à elle.

- *L'attente est un dialogue entre ton âme et le temps.*

- Comment ?

Je me retournai et aperçus un vieil homme qui me regardait apparemment depuis un moment et se mit à me parler en français, alors que mes yeux étaient embués par la vision d'Ararat.

- *L'attente est un dialogue entre ton âme et le temps, répéta-t-il. Ta raison n'y est pas conviée, et pendant toute la durée de leur conversation, un nouveau plan se met en place. L'attente prépare la réalisation de ton désir. Si celui-ci provient du Fleuve de Vie, sa réalisation est inéluctable.*

Il parlait parfaitement le français. Il devait avoir le coup d'œil pour repérer les touristes. Ses mots étaient lumineux et oxygénés. J'avais à peine vu son visage, mais ses paroles étaient bonnes. Et je trouvais délicieux d'entendre parler français dans le ravin du monde.

- Comment t'appelles-tu ?

- Aram. Marc Aram.

- Vraiment ?

Il sourit sans en dire plus.

- Et vous ?

- Nechane.

- Eh bien Nechane, je ne pensais pas trouver un francophone dans cette partie du monde...

- Le français est la plus belle langue du monde... et cette partie du monde est propice à *la Métanoïa.*

- Comment ?

- *Métanoïa.* C'est l'acte constant de purification dans la vie humaine et le processus de s'élever vers Dieu.

- S'élever vers Dieu...? C'est vrai que la montagne inspire quelque chose de... sacré.

Il m'observa un moment. Comme s'il me connaissait.

- Mon fils, sache que tu te tiens sur une terre sacrée. Il ne reste pratiquement plus d'anciennes civilisations sur cette planète. Elles ont toutes disparu. Toutes sauf celles qui ont encore un message à délivrer à l'humanité. L'Arménie est une terre chrétienne depuis deux mille ans. Mais l'évangélisation n'a pas eu lieu ici par vagues indirectes et tardives, comme en Occident, par les successeurs de Saint-Pierre. Elle s'est faite directement par les apôtres du Christ.

Une terre sacrée. Le soleil se levait à peine, et il faisait bon être là. Je n'avais pas envie de parler ; juste d'écouter. Je plongeai mes yeux dans la montagne ; ses deux cimes, la petite et la grande, étaient bien enneigées par ce joli mois d'avril.

- Alors, c'est elle, la montagne sacrée...

- Oui. C'est elle. Saint-Jacques de Nisibe, reprit-il, voulait gravir le mont Ararat pour voir l'Arche de Noé. Il marcha longtemps, et dans son ascension, il mourait de fatigue et s'endormit ; un ange lui donna un morceau de bois de l'Arche.

- C'était un rêve ?, demandai-je au vieil homme.

- Pas du tout. Le morceau de bois est conservé comme relique au Saint-Siège à Etchmiadzine.

Je connaissais la polémique sur l'emplacement réel de l'Arche de Noé, mais je n'avais aucune envie de plaider en sa défaveur, surtout devant Elle. Le vieil homme lui ressemblait. C'était presque physique. Ils avaient le même sourire, comme un vieux couple qui avait vieilli ensemble, traversé les coups durs main dans la main et retenu l'essence de la vie. Il était un peu comme le gardien de ce temple terrestre, celui qui faisait les présentations et racontait son amour pour elle.

- *« Nous sommes nos montagnes »,* mon fils. C'est important que tu le saches car le sang qui coule dans tes veines vient d'ici, mon bien aimé

Aram. Nous sommes nos montagnes, et vous les exilés de la terre, vous êtes les grains de poussière emportés par les vents fous. C'est bien que tu reviennes la voir, car il est bon que la poussière revienne à la poussière.

Je me suis senti poussière pendant un instant.

- Chaque peuple est une facette de l'humanité. La contribution des Arméniens à l'histoire de l'humanité n'a pas encore été dévoilée, mais on commence à entre-apercevoir cette mission. Il y a de nouveaux mouvements spirituels dont malheureusement les médias parlent peu. Si nous restons dans une société dominée par la matière, nous renonçons à la profondeur de notre humanité. C'est cela que les gens viennent chercher en Arménie.

- *Métanoïa*… répondis-je.

Il considéra ma réponse avec une espèce de fierté paternelle que je ne compris pas sur le moment.

- Tu as de la chance. Le ciel est dégagé, et ce n'est pas toujours le cas. Elle a accepté que tu la voies. Il est de coutume de prier à haute voix lorsqu'on voit Ararat pour la première fois. C'est une bénédiction.

Prier. C'est un mot que je n'avais plus entendu depuis longtemps.

- *Prie avec moi. « Notre Père qui Es aux cieux...».*

- Prie avec moi, répéta-t-il.

J'ai été surpris, presque honteux.

- *Notre Peur qui es aussi eux*…

Mon lapsus était double. Notre Peur qui es aussi eux ? Qu'est-ce qui m'avait pris ? Le vieil homme ne dit rien et continua de prier seul avant de me donner congé. Mon lapsus était double, et comme lorsque mes mots se mélangent, je craignis qu'il ne soit annonciateur de la nouvelle tempête qui me guettait.

19.

Mon garde du corps me ramena à Erevan. Il était à peine neuves heures du matin, et déjà un soleil de plomb nous inondait. Je devais aller saluer mon hôte, le remercier pour cette invitation, obtenir les noms des commanditaires de la Transaction Ararat et, peut-être, avoir, enfin, des réponses à toutes mes questions. Qui en voulait à ma peau ? Comment le savait-il ? La fin du monde, vraiment ? Qu'est-ce que l'Arménie avait à faire là-dedans ? Et surtout, qu'est-ce que j'avais à voir là-dedans ?

Nous arrivâmes devant un grand immeuble ; j'aperçu l'écriteau qui indiquait *« Ministry of Defense »*. La voiture contourna le bâtiment et nous passâmes par derrière. Un militaire nous ouvrit la barrière après avoir échangé quelques mots avec mon garde du corps.

Nous descendîmes de voiture et prîmes un escalier interminable. Une secrétaire m'attendait en bas.

- Bienvenue, Monsieur Aram. Le général vous attend.

En effet, le général m'attendait. Ses yeux étaient les mêmes. Bleu perçant. Il était débout au milieu de la bibliothèque où il m'accueillait.

- Vous gardez vos livres à la cave pour mieux les conserver ?, lançai-je amicalement en lui serrant la main.

- Les manuscrits gardés ici sont précieux, me répondit-il. Tout comme votre venue. J'espère que vous êtes bien installé.

Il faisait frais dans cette immense salle dont les quatre murs étaient couverts de livres rangés méthodiquement. Chacun était isolé, certains placés dans des coffrets ou des vitrines. Il n'y avait personne d'autre que nous deux ; j'en conclus que la bibliothèque n'était même pas réservée aux officiers. Sur une grande table de travail, un livre ; un seul. Je m'approchais ; il me parut familier. Un gros volume d'un noir austère, une reliure vieillie, à la calligraphie venue d'un autre temps, dorée à l'or fin. Je ne lisais pas l'arménien et pourtant… Mais oui, c'était le mien ! Le livre qui avait disparu de mon bureau et que j'utilisais pour caler les autres... Les questions s'enchaînèrent dans ma tête et mon sang ne fit qu'un tour : m'étais-je fait piéger ? Mais pourquoi mon livre était-il ici ? Etait-ce lui, le général, qui avait pillé mon bureau et commandité mon assassinat ? Comme une mouche somnolente qui vient faire une sieste sur une toile d'araignée, j'étais venu jusqu'à lui pour me prendre une balle dans la tête. Je l'aurais bien cherché.

- Ce n'est pas ce que vous croyez, mon ami, me dit-il sans que je n'aie ouvert la bouche.

- L'amitié a bien des masques, général, comme celui du cambriolage.

- Je ne suis pas votre ennemi mais votre protecteur.

- Alors, pourquoi êtes-vous entré par effraction dans mon cabinet pour me voler un livre ?

- Je ne suis pas entré par effraction, et ce livre ne vous appartient pas.

- Je ne comprends pas.

- Nous avons récupéré ce livre dès notre première entrevue ; vous ne vous en êtes simplement pas rendu compte.

J'allais donc rester en vie. Mais cela n'expliquait pas son geste.

- Asseyez-vous. Je vais tout vous dire. Vous vous trouvez dans un département du ministère de la Défense qui n'est inscrit dans aucun organigramme. Nous l'appelons le Centre des manuscrits anciens, et je le dirige. Il est composé de militaires, mais aussi de scientifiques et de religieux.

Je me calmai et tentai de rationnaliser.

- Le Centre des manuscrits anciens ? Quelle est sa fonction ?

- Le Centre a été créé peu après l'indépendance en 1991. L'Arménie était en conflit avec l'Azerbaïdjan à cause du territoire du Haut-Karabakh. Nous n'avions pas encore d'armée nationale. L'indépendance a été très durement acquise après six cents années de coma politique et quatre-vingts ans de communisme. En 1994, lorsque le cessez-le-feu a été signé avec l'Azerbaïdjan, les vétérans sont rentrés victorieux et sont peu à peu devenus les dirigeants du pays.

- Dont vous-même ?

- Je suis Karabakhien. J'avais 22 ans lorsque les manifestations ont débutées pour que le Haut-Karabakh soit rattaché à l'Arménie. Je faisais mes études de théologie et j'étais destiné à la prêtrise.

- Et vous vous êtes engagé dans l'armée ?

- Nous nous sommes tous engagés ; l'armée n'existait pas, vous dis-je.

- C'est là que vous avez appris le français ?

- Disons que je parle autant de langues que votre ami Jean-Grégoire…

- Vous connaissez Jean-Grégoire ?

Il ne m'a pas répondu. Il s'est tourné vers l'un des murs de la bibliothèque que des centaines de manuscrits ornaient impeccablement. Les mains croisées derrière le dos, il s'adonnait presque à une inspection des troupes de ces soldats de papiers dont il était apparemment le gardien.

- Le livre est le royaume des Arméniens, vous savez. La République conserve encore plus de trente mille manuscrits anciens. La plupart sont des livres religieux, des traductions de la Bible et des recherches scientifiques. Savez-vous que la découverte selon laquelle la Terre est ronde a été faite au VIIème siècle ici par un scientifique arménien, *Anania de Chirac* ? Les versions retenues par l'histoire sont tout autre.

Savez-vous pourquoi ? Parce que l'histoire est toujours écrite par les conquérants. Les Arméniens ont vécu à l'ombre des Empires tout au long des siècles. De l'invention de l'alphabet au début du Vème siècle par Saint-Mesrob, où une vaste entreprise de traduction de la Bible a commencé, à son entière traduction à partir du XIIIème siècle. Et pendant des centaines d'années, l'écriture arménienne a été très dynamique pour apporter au monde ce qui n'a pas encore été dévoilé…

- Quel rapport avec votre Centre ?

- J'y viens. Avec le temps, la dispersion des Arméniens à travers la planète, le trauma du génocide, beaucoup de manuscrits ont été égarés. Ma mission est de les retrouver et de les ramener chez eux.

- Et c'est au ministère de la Défense qu'incombe cette tache de conservateur de bibliothèque ?

- Non, la plupart des manuscrits anciens sont conservés au *Madénataran*. C'est un musée de l'écriture ouvert au public. Ceux qui sont conservés ici sont…différents.

- Différents ?

Il plongea son regard dans le mien, comme s'il allait encore percer mes rêves les plus intimes.

- Cc sont cux qui parlent des événements à venir.

Chaos

Phase IV – Détruire la carte

« DETRUIRE LA CARTE ! »

Son cœur était monté à cent cinquante pulsations par minute, l'arrachant à un sommeil de plus en plus trouble. L'ordre était clair. Détruire la carte ? Mais quelle carte ? L'émissaire se leva et marcha jusqu'au lavabo crasseux de sa chambre d'hôtel. Le miroir de fortune, accroché à un fil de fer, grossissait les cernes creusées sous ses yeux fatigués. Il jeta un filet d'eau glacé sur son visage rapidement à trois reprises, avant de s'essuyer avec un morceau de papier toilette annonçant le bout du rouleau.

- Mais Maître, la mission des 153 ? Dit-il à haute voix, levant les yeux vers le plafond.

Personne ne répondit.

L'émissaire se tordit d'une douleur au ventre que seule l'incompréhension mêlée à la peur d'échouer pouvait provoquer. L'ordre était clair et le Prince ne pouvait pas se tromper. Il devait avoir ses raisons, à lui donner brutalement une instruction de dernière minute, sans lui en dire davantage.

- Que dois-je faire ? Quelle carte ?

Un brouhaha de foule se mit à jacasser dans son crâne, occupant progressivement tout son espace auditif, à lui en couper le souffle. Des voix d'hommes et de femmes remplissant une salle entière, empêtrées de cris stridents d'enfants chahuteurs. « MATTHIEU, QU'AS-TU FAIT ? ». Suffoquant de douleur, il tomba au sol, les paumes collées contre ses oreilles meurtries. « MATTHIEU, POURQUOI ME PERSECUTES-TU ? »

- QUI ES-TU ?? cria-t-il dans la minuscule pièce qui résonna jusqu'à faire vibrer les vitres de la fenêtre.

L'unique question qui explosa de sa gorge fit sortir tout le surplus de tensions compressé dans son ventre. Soudain, les voix se turent. Le silence s'installa dans sa chambre où, essoufflé, l'émissaire se recroquevilla pour vider mille sanglots.

20.

- Le déclenchement des événements va partir d'une zone au confluent de cinq conflits : le pétrole, l'eau, la religion, la démographie et les frontières.

- Le *« déclenchement des événements »* ? Vous voulez dire l'Apocalypse ?

Le général savait que je n'étais pas convaincu. Que les théories de la fin du monde m'étaient douteuses. Que je ne voyais pas ce que l'Arménie venait y faire. Qu'il était temps qu'il m'explique tout, et surtout, ce que je foutais à Erevan.

- Vous n'avez pas beaucoup avancé avec la transaction, n'est-ce pas ?

Je gardai mes cartes en main.

- Ararat ? Pas jusqu'à ce qu'on attente à ma vie. Il est peut être temps de tout m'expliquer, non ?

- Vous avez raison. La question est de savoir si vous êtes prêt à tout entendre. La montagne est aujourd'hui une zone militaire turque, et nous pensons qu'elle a un rôle à jouer dans le déclenchement des événements. Le problème est que l'emplacement de l'Arche est un espace… mystique. Nous ne cherchons pas à tout prix à la retrouver ; seul Dieu la révélera au moment voulu. Mais la montagne doit être préservée.

- Arrêtez de m'embrouiller, général !

Je perdais patience.

- Vous vous pointez dans mon cabinet avec des théories de fin du monde, une mallette plaine de cash et des photos déclassifiées de la CIA, en me demandant d'acheter une montagne…

- *Vous n'avez rien vu,* me coupa-t-il brusquement. Les photographies déclassifiées ne sont que la face émergée de l'iceberg.

- Très bien. Alors, où sont les autres ? Avez-vous des preuves ?

- Elles ont été détruites.

- Ben voyons… Et pourquoi ?

Le général ne se laissait pas démonter par mes tentatives de le pousser à bout. Il restait de marbre comme pour me signifier que c'était moi qui ne voyais pas plus loin que le bout de mon nez.

- Savez-vous ce que représenterait la découverte de l'Arche pour l'humanité ?

- Oui, je sais, *« la plus grande découverte archéologique de tous les temps »*… Et après ? Ce ne sera pas la première fois qu'une découverte aura chamboulé les idées reçues.

- Pas cette fois-ci. Impossible. Au sein-même du monde judéo-chrétien, beaucoup pensent encore que l'histoire de Noé n'est qu'une parabole. D'autres disent toujours qu'elle a été copiée sur des mythes antérieurs. Tout le problème est là : si l'Arche existe, Dieu existe. Sa découverte provoquerait une nouvelle prise de conscience de l'humanité, voire même, une coopération des trois religions monothéistes, sans précédent dans l'histoire du monde arrivé à un stade critique de son évolution spirituelle.

- Et donc ? C'est vous qui allez sauver le monde ? Vous voulez vous emparer d'Ararat pour…

- Eviter le pire, tout d'abord. Mais c'est un peu plus complexe que cela. Eviter le pire consiste aussi à mettre en place un sanctuaire pour l'humanité entière. Là où le géopolitique et le spirituel se rejoignent est décrit dans la Bible, qui nous a laissé des cartes géographiques.

- Des cartes géographiques ? J'ai peur de ne pas saisir.

- Æden. Sa description a une portée géopolitique qui est à mettre en relation avec l'Apocalypse de Jean.

- Æden ? Le jardin d'Eden ?

- Oui. Le problème est que nous ne savons pas encore si la Bible nous a laissé cette indication géographique pour signifier que le jardin d'Eden est un refuge du passé ou… de l'avenir.

Il ouvrit un livre annoté et le lut à haute voix :

« L'Eternel Dieu planta un jardin en Eden, du côté de l'Orient, et il y mit l'homme qu'il avait formé (...). Un fleuve sortait d'Eden pour arroser le jardin, et de là il se divisait en quatre bras. Le nom du premier est Pischon : c'est celui qui entoure tout le pays de Havila, où se trouve l'or. L'or de ce pays est pur ; on y trouve aussi le bdellium et la pierre d'onyx. Le nom du second fleuve est Guihon ; c'est celui qui entoure tout le pays de Cusch. Le nom du troisième est Hiddékel ; c'est celui qui coule à l'Orient de l'Assyrie. Le quatrième fleuve, c'est l'Euphrate. L'Eternel Dieu pris l'homme et le plaça dans le jardin d'Eden pour le cultiver et le garder. »[8].

- Une ancienne tradition, *reprit-il*, place le jardin d'Eden, paradis sur terre, en Arménie. Des polémiques dans les milieux juifs anciens au Moyen-Âge chrétien ont remis en cause cette théorie. De nouvelles théories lui ont succédé à la renaissance pour le localiser dans le sud de l'Irak ou l'Ethiopie...

Il s'arrêta net, voyant que j'hésitais à le suivre.

- Vous avez toujours du mal à me croire, n'est-ce pas ?

Il avait volé un livre, déposé un sac plein de cash sur mon bureau, décrypté mon rêve le plus intime ; il citait la Bible quasiment de mémoire, sous-entendait qu'on allait tous mourir… Je ne savais plus

[8] Genèse, 2-7/15

identifier et mettre des mots sur mes sentiments : irrité mais passionné, énervé mais attentif, déboussolé mais… déboussolé. Le pire est que Jean-Grégoire m'avait, ces derniers jours, lui aussi exposé des théories similaires. Décidemment, Conseillers d'Etat, militaires et illuminés, tous étaient, avec les événements, devenus philosophes.

- Il y a 150 ans, Darwin a, pour la première fois, envisagé autre chose que la création de l'homme par Dieu. Darwinisme contre créationnisme biblique, théorie de l'évolution ou non, toutes nos croyances sont tyranniques. L'évolutionnisme est fondé sur la sélection naturelle ; seuls les plus aptes peuvent survivre. Et seules les espèces qui s'adaptent survivent. Cette approche n'est qu'une facette du problème. Nous pensons que la théorie de l'évolution est mathématiquement impossible. La création est tellement complexe qu'elle ne peut être que le fruit d'une intelligence. Et aujourd'hui, les seuls chrétiens qui étudient l'Apocalypse comme phénomène géopolitique sont les fondamentalistes. Ils ont une vision complètement mythologique.

- Parce qu'ils y croient ?

- Non, parce qu'ils sont convaincus que la violence de la fin des temps viendra de Dieu lui-même.

Il ressortait mot pour mot ce que Jean-Grégoire m'avait expliqué en développant la théorie des Choses cachées depuis la fondation du monde.

- Ce n'est pas le cas ? C'est ce que laisse entendre la Bible, non ?

- Non, cette croyance est fondée sur une interprétation infantile de l'Apocalypse de Jean. Le problème des païens mal christianisés est qu'ils ont toujours besoin de la punition d'un père pour être à l'aise dans leur foi. Une autre interprétation, sur laquelle travaille un ensemble de chercheurs dont je fais partie, se fonde sur ce que nous appelons « le mécanisme de la violence ». Pour faire simple, la violence de la fin des Temps ne viendra pas de Dieu, mais des hommes eux-mêmes dont le mécanisme, inscrit depuis la fondation du monde, annonçait son propre déclenchement... jusqu'à son paroxysme.

- La belle affaire ! Dieu ne veut pas la fin du monde, mais il sait que l'homme qu'il a créé est violent et qu'il va de toute façon tout faire sauter…

- Sauf s'il… prend conscience. La conscience est la clé de la paix. Mais elle ne se déclenche pas d'elle-même. La conscience s'est déclenchée au niveau planétaire par un sacrifice volontaire. Si vous saviez la terrible bataille qui a été engagée le jour où Jésus est entré à Jérusalem monté sur un âne... Et la bataille n'est toujours pas terminée. Cela ne fait que deux mille ans que le voile a été levé sur le miroir de l'homme. L'humanité est arrivée à un niveau de conscience supérieur, malgré tout ce que l'on peut écrire de négatif sur le monde actuel. Mais c'est une course qui est engagée : il faut que la conscience se propage à une échelle critique plus rapidement que l'évolution technologique et l'emballement mimétique qui provoqueront le prochain conflit irrémédiable.

- Une course ? En se laissant crucifier, Jésus aurait lancé…un compte à rebours ?

21.

Incroyable. Un compte à rebours humain.

- C'est un peu ça, oui… Car le sacrifice qui servait de fusible a sauté… Le problème est que nous n'allons pas assez vite car nous sommes freinés à l'intérieur même du camp chrétien. Le message qu'apportait le christianisme était la connaissance définitive des mécanismes de la violence humaine. Il n'a néanmoins pas été à la hauteur de son message.

Je restais perplexe.

- Vous avez du mal à faire le lien, n'est-ce pas ? C'est toujours le problème avec les Occidentaux laïques. Je me passerais bien de vous, mais je ne le peux pas. Alors, je dois vous expliquer.

J'aurais bien aimé savoir dès à présent pourquoi il ne pouvait pas se passer de moi, mais je le laissai finir sa démonstration, en espérant tout comprendre.

- Votre raisonnement est faussé pour plusieurs raisons. D'abord, la place de la science et du rationalisme vous éloigne de nous. Ensuite, les illuminés comme Tom Cruise, Travolta, sectaires et autres Opus Dei vous font tout mettre dans le même panier. Enfin, vous avez, comme chaque être humain, un vrai problème de discernement entre foi et superstition. C'est l'exercice le plus difficile au monde. Un mafioso qui prie la Vierge avant d'abattre un récalcitrant fait-il un acte de foi ? La mère de famille angoissée qui invoque son dieu du matin au soir est-elle croyante ou superstitieuse ? La réponse à tout cela est dans ce que vous savez depuis le début. En fait, depuis votre enfance.

La peur. Il me parlait de la peur.

- Vous l'avez compris, Aram. Vous avez démasqué l'ennemi de l'humanité très tôt dans votre enfance, et vous allez comprendre pourquoi. L'armée de la Peur veut faire aboutir son Projet de Solitude. Elle compte, pour cela sur l'Occident. Elle s'est appuyée sur la science et a exclu Dieu.

« L'armée de la Peur veut faire aboutir son Projet de Solitude »… Mais qu'est-ce qu'il raconte ?

- L'armée de la Peur ?

- C'est une armée, dans le sens que vous connaissez, qui a traversé le temps et les époques et n'a fait que changer de couleur d'uniforme. Au XXème siècle, elle a eu beaucoup de dirigeants : Staline, Mao, Hitler, Talaat. Mais elle existe depuis l'aube de l'humanité et a investi les doctrines religieuses les plus pacifiques pour s'introduire partout de la cour des rois aux foyers des petites gens. L'armée de la Peur a un projet mis en place à une époque très reculée où le concept de victime n'existait pas, ou plutôt : où la victime n'était jamais reconnue comme telle.

- Par quel moyen ?

- Naguère, par les divinités en tous genres ; hier, par les conquêtes territoriales. Et aujourd'hui par le pétrole.

- Le pétrole ?

- Total en Birmanie. Elf au Gabon et au Congo. Shell au Nigeria, BP en Colombie et dans l'Arctique, Mobil en Indonésie, *Texaco en Equateur. En cinquante ans, l'industrie pétrolière a réussi une évolution technologique que l'humanité n'avait pas connue en cinq mille ans.* C'est une révolution technique qui a pour objectif… disons mystique, de tout accélérer... - transports, alimentation, climat - et d'en décupler les effets. La seule industrie capable de relier les deux thèmes-clés de l'Apocalypse, l'environnemental et la violence de l'homme par la guerre, est celle du pétrole. Elle soutient les dictatures dans les pays producteurs. Dans votre pays, la société Total est un Etat dans l'Etat. Elle donne ses instructions à la présidence de la République. Pour certains, les réserves mondiales de pétrole vont perdurer au moins deux cents ans et pour d'autres, la production va décroître rapidement mais les compagnies vont garder le monopole des ressources alternatives : électricité, gaz naturel, carburant de synthèse, hydrogène. Les réserves mondiales ne seraient plus, à ce rythme, que de cinquante ans pour le pétrole, deux cents ans pour le charbon, soixante dix ans pour le gaz. Mais dans tous les cas, la peur créée permettra de vendre. Le problème est qu'il va y avoir de toute façon d'autres pénuries. Vu la croissance démographique qui amènerait à nourrir neuf milliards d'individus en 2050, la production agricole devrait théoriquement être doublée. Sans compter les forêts : cinq millions d'hectares disparaissent chaque année et l'humanité a déjà utilisé la moitié de son potentiel.

- Quel rapport avec l'environnemental ?

- Les chiffres[9], mon ami. Alors qu'au cours des cent dernières années, la température moyenne à la surface du globe n'a augmenté que d'un demi-degré, les dix dernières années ont pulvérisé tous les records. D'ici cent ans, la Terre se sera réchauffée de cinq degrés – si elle existe encore. En vingt ans, trois millions de kilomètres cube de glace sur les huit qui existaient au Pôle nord ont disparu. Le niveau des océans augmente de deux millimètres par an. Le désert africain progresse chaque année d'une surface égale à celle de l'Arménie. L'eau potable va devenir de plus en plus rare. La pollution va toucher bientôt la moitié des cours d'eau, 80 % des ressources d'eau douce naturelle ont déjà été consommées... L'eau

---

[9] Données scientifiques empruntées à l'ouvrage de Jacques Attali, *Une brève histoire de l'avenir*, Fayard.

est un enjeu essentiel dont va souffrir la moitié de la planète. Et il y a tellement d'indices. Savez-vous que dix mille espèces animales disparaissent chaque année ? Vous voyez, la trajectoire de l'humanité est clairement dessinée. Mais la grande différence de ces dernières années est, en comparaison avec les dix mille précédentes, que la violence humaine poussée à son paroxysme a techniquement la capacité d'éteindre la vie sur Terre. Voilà ce qu'est l'Apocalypse.

La Terre meurt, l'homme s'en fout,
Il vit sa vie, un point, c'est tout...

Aznav', *La bohème*, version salsa. Un nouvel air qui venait peupler les images de destruction massive qu'il m'avait m'injectées. Son raisonnement tenait la route. Mais il n'expliquait pas mes rêves.

- Ce n'est pas tout, mon ami.

Allons donc. La guerre, le pétrole, l'argent, les catastrophes écologiques ; que pouvait-il y avoir de plus ?

- Les attentats qui viennent de frapper les trois religions du Livre sont la dernière phase du mécanisme de la violence qui touche la fibre la plus sensible de l'humanité : l'espérance. Personne ne les avait jamais prévus, et pourtant, ils étaient bien prévisibles. Le raz-de-marée qu'ils vont provoquer vient tout juste de commencer...

Je le coupai net :

- Pourquoi moi ?

Le général lut dans mon regard un semblant de capitulation. Comme ébloui par trop de lumière, j'étais dépassé par cette grille de lecture de l'histoire de l'humanité, qui sonnait pourtant vraie. Il fallait que je digère, et surtout, que je comprenne enfin les raisons de mon implication.

- D'abord, par hasard. Le projet que nous avons ne peut être négocié d'Etat à Etat ; les Etats-Unis ne le permettront jamais. Nous étions donc à la recherche d'un négociateur, une fondation, ou un émissaire afin de réaliser l'opération en toute légalité. Ensuite, le hasard des recherches a fait que le Centre des manuscrits anciens a retrouvé la trace du livre de votre ancêtre. Nous allions donc prendre contact avec vous pour le récupérer – par tout moyen. Enfin, le hasard n'existant pas, nous avons su que vous étiez...des nôtres.

- Des vôtres ?

Son regard avait encore changé ; il posa sa main sur mon épaule avec une espèce d'émotion de compassion, comme s'il était... fier de moi - alors que j'attendais la réponse à toutes mes interrogations.

- Aram, votre vanité et votre honte mélangées vous font penser que vous êtes le seul à rêver de… « la Peur ». Cela vous a-t-il jamais effleuré l'esprit que vous n'êtes pas le seul à faire ce rêve ?

Mon rêve prophétique. La Peur. Renaître de ses cendres. C'est vrai, comment aurais-je pu en douter un seul instant ?

- Vous voulez dire que… vous rêvez de la même chose ?

Il décocha un sourire d'approbation.

- Et je ne suis pas le seul.

- Pas le seul ? Il y a du monde comme ça ?

Chaos

Jouissance du vautour

Il comprit. Le calme était revenu dans son crâne et les voix s'étaient tues. La carte avait sans doute son importance. Elle était peut-être aussi le prétexte à déclencher le retour des 153. Le Prince lui avait encore donné la clé du problème dont lui ne voyait qu'une facette. Comme les martyrs des trois Totems, il devait agir aveuglément. Ne faire que ce que la voix lui dictait. Renoncer au libre-arbitre, passe-temps insoluble des égarés. Mais si le Prince lui avait ordonné de détruire la carte, c'est que son pouvoir était immense.

Il crocheta la serrure d'un véhicule garé dans une rue vide de témoins, à quelques pas de son hôtel. Le quatre-quatre Mercédès se laissa ouvrir sans faire sonner d'alarme. Il referma la portière en s'asseyant à la place du conducteur, avant de relier le boitier de démarrage de l'injecteur à son Skyphone pour reprogrammer le calculateur et entendre le moteur ronfler paisiblement. Il prit la route calmement, ressassant la terrible découverte qu'il venait de faire. « Anomalie d'Ararat ». Le manuscrit de la bibliothèque qu'il avait dérobé au Baveux était posé sur le siège passager. La solution devait être là mais elle importait peu. Un soldat n'avait pas à connaître les plans stratégiques des généraux. Un soldat n'avait pas à discuter les ordres de ses supérieurs. Il était ce soldat, choisi pour l'ultime mission dont seul le Maître connaissait l'issue ; sa jubilation était suffisante.

L'émissaire sortit de sa poche le boitier de l'émetteur qu'il avait discrètement placé, la veille, à l'aéroport, sous le coffre de la voiture du garde du corps. Ils n'y avaient vu que du feu. L'appareil clignotait régulièrement alors que l'émissaire s'enfonçait dans les artères principales de la petite capitale érevanaise. Le Baveux était là, quelque part dans ces immeubles à l'architecture soviétique, inconscient du sort qui l'attendait.

22.

Mon rêve n'était pas le mien. Il était partagé, vécu par une poigné d'initiés, peut-être même une bonne partie de l'humanité. Se pouvait-il que ce que j'avais de plus intime, de plus inaccessible, inaudible, intangible, soit à la portée de fraternels inconnus ? J'aurais dû me sentir soulagé et crier à la face du monde que finalement, je n'étais pas un demeuré. J'aurais pu le plaider en citant Dali : la différence entre un fou et moi, c'est que je ne suis pas fou. Et finalement, j'attendais ce moment depuis longtemps ; il fallait bien qu'un jour ou l'autre, il se révèle. *Renaître de ses cendres...* L'allusion au phénix, l'oiseau légendaire qui brulait de lui-même et renaissait de ses cendres pour pouvoir vivre plusieurs siècles, avait toujours été évidente. Dans le langage courant, le phénix désignait aussi l'être d'exception, le génie, le caméléon ; celui qui était capable de s'adapter à n'importe quelle situation. Mais pourquoi un rêve ? Qui m'imposait de rêver de son oiseau à sensations ? Détenir un pouvoir sur les rêves était sans doute la marque du divin - ou du malin. Mais comme le Commanditaire n'avait jamais répondu à mes premières interrogations sur l'intérêt de la manœuvre, j'avais simplement joué son jeu en coupant les ponts.

- Nous sommes bien plus que vous ne le croyez. C'est ainsi que nous nous reconnaissons. Les rêves font partie d'un niveau de conscience supérieur qui est un don du Saint-Esprit. La plupart des rêveurs sont des chrétiens, mais pas uniquement, et pas forcément des pratiquants. Beaucoup rejettent d'ailleurs leur don lorsqu'il leur est enfin donné une explication aux événements de leur vie. Mais en général, il est à un moment ou à un autre, accepté de tous les membres de la Communauté.

- La Communauté ?

- Oui, la *Communauté d'Eden* - c'est son nom. Ce n'est ni une religion, ni une secte, ni un ordre initiatique. Il n'y a aucune association ni structure de pouvoir sur laquelle s'appuie la Communauté. Elle est incréée, c'est un état de fait, l'union spirituelle d'hommes libres qui ont renoncé à leur propre violence par la force du rêve.

L'existence même d'une communauté dont je faisais partie sans l'avoir demandé, me laissait pantois. Et comment était-il possible qu'une partie de l'humanité rêve exactement de la même chose ? J'interrogeai le général du regard sur mes co-rêveurs.

- *Guênêral !*

Un Officier en uniforme interrompit notre discussion. Il se mit au garde à vous et parla en arménien. Le général réfléchit quelques secondes avant de se retourner vers moi :

- Vous avez de la visite.

Je cru d'abord mal entendre. De la visite, moi ? Impossible. Je ne connaissais personne, ici. Qui plus est, au ministère de la Défense.
- Ne restons pas là, venez avec moi.
Nous remontâmes dans la partie émergée du bâtiment jusqu'au bureau du général. Il regarda par la fenêtre et aperçu un quatre-quatre Mercédès noir devant le portail principal du ministère.

- Ils n'ont pas perdu de temps.

- Qui ? Qui n'a pas perdu de temps ?

Je n'osais comprendre. Le stress m'envahissait comme un warning annonçant un danger imminent.

- ... *Bélial ?* lançai-je à mon protecteur, comme un joker sorti de mon jeu, pour lui signifier que j'avais mes sources. Il ne fut pas surpris :

- Un émissaire. Ils veulent parlementer.

Quel culot. L'adversaire était venu en terrain ennemi, jusqu'au pied du ministère de la Défense. En stratégie militaire - comme au poker, lorsqu'un protagoniste ouvrait ses cartes, c'est qu'il en avait les moyens. L'étape consécutive aux négociations engagées face à face annonçait l'irrémédiable alternative : la capitulation ou l'ouverture des hostilités. Le général calculait les coups à jouer ; je crois qu'il avait prévu celui-ci.

- Allons-y.

Nous nous rendîmes dans un bâtiment annexe, extérieur au ministère, où l'émissaire avait été prié d'attendre, une espèce de terrain neutre où anges et démons devaient s'asseoir pour se défier par des invectives avant de lancer la bataille. Il y avait des militaires partout, armés jusqu'aux dents. Nous entrâmes dans la salle principale : un homme assis devant une grande table de marbre, nous attendait. Il retira ses lunettes de soleil et posa son Skyphone sur la table. C'était mon type de la bibliothèque François Mitterrand, celui qui avait, sans aucun doute, subtilisé le dossier Anomalie d'Ararat. Je ne fus pratiquement pas étonné : je n'avais donc pas rêvé, à l'aéroport, en croyant l'avoir reconnu. La mauvaise nouvelle était qu'il m'avait suivi jusqu'ici.

- *La carte*, commanda-t-il.

- *Quelle carte ?* dis-je au général.

- *La carte contre sa vie.*

Il parlait de moi à la troisième personne comme si je n'existais pas. Je fronçai les sourcils en me demandant de quoi il parlait.

- *Ni la carte, ni sa vie,* répondit le général avec un regard déterminé.

L'émissaire resta de marbre. Je voyais ses yeux pour la première fois, si tant est qu'il en avait : l'iris, d'une noirceur inconnue à la gamme des couleurs, couvrait tout l'espace dédié, chez un être humain normal, à la cornée, entourant des pupilles bleues transparentes. Sa mâchoire protubérante n'avait sans doute jamais décroché un sourire, par respect pour sa fonction de broyeur de mots.

- *« Il » ne va pas apprécier.*

- *C'en est terminé. Les Temps sont accomplis.*

C'était tout. L'émissaire se leva et regagna la porte pour disparaître dans l'ombre des couloirs qui menaient vers la sortie. Ils avaient échangé trois phrases et aucun coup de feu. Ce n'était pas forcément une bonne nouvelle. Je venais d'assister à la scène la plus surréaliste de ma vie. Pire qu'une séance de spiritisme de mon adolescence où le guéridon avait soi-disant bougé, sous les coups de pied d'une mythomane névrosée qui m'avait servi de petite amie, dans le but de m'impressionner. Nous étions loin des effets spéciaux des films de science-fiction où gentils et méchants épuisaient leurs supers pouvoirs. Mais je sentais que quelque chose de littéralement anormal venait d'avoir lieu.

- Il n'y a plus de temps à perdre. Il faut réunir tout le monde…

Chaos

Phase V – Item de la fin du monde

Mont Ararat. Extrémité Nord-Ouest. Altitude : 4.724 m.

Les glaces venaient de fondre sur un morceau d'épave mouillé par quelques gouttes d'eau qui coulaient encore du bois noirci par les âges. La colère du Prince était sans limite. Etait-ce cela, la réponse du Créateur à la destruction des trois Totems ? Puérile. Une vingtaine de scientifiques, entourés de soldats américains, s'étaient déployés sur plusieurs centaines de mètres et installaient des appareils de mesure qu'il reconnut : inclinomètre, accéléromètre, tiltmètre. Ces incapables n'avaient pas encore repéré l'épave, alors que la nature leur donnait un sérieux coup de main. Mais alors, que faisaient-ils avec tous ces appareils de détection d'éruption volcanique ?

Le Prince n'osait comprendre. Il n'avait eu aucune vision d'une catastrophe naturelle que seul le Créateur pouvait provoquer volontairement. Pourquoi ? Pourquoi inonder la montagne de Noah de laves purificatrices et détruire par là-même toute preuve tangible de son existence ? Incompréhensible. « Les voies du Seigneur sont impénétrables »... Le slogan des gardiens du Livre avait quelque chose d'immature, digne des simples mortels. Mais la paranoïa du Prince l'amenait à envisager le pire, même l'inimaginable. Détruire la montagne ? Impossible. « Il » pouvait détruire Pompéi, enfouir un continent sous les eaux, anéantir des civilisations entières. Mais une montagne, jamais. C'est Lui qui les avait placées au-dessus des hommes, en en faisant des symboles de Sa gloire personnelle, où chaque prophète envoyé avait eu les hallucinations qu'Il avait dictées. A quoi jouait-Il ? A la fin du monde ?

23.

Un compte-à-rebours humain. Une Communauté d'Eden. Il ne manquait plus que ça. Se pouvait-il que mon client soit une secte ou une espèce de fraternelle de druides néochristique ? Acheter une montagne pour le compte d'une secte, voilà qui donnait un sens à la folie. Mais le général avait pris les devants en m'indiquant sans que je l'aie demandé qu'il ne s'agissait ni d'une religion, ni d'une secte, ni d'un ordre initiatique. Si son siège était au ministère de la Défense, il ne pouvait effectivement pas abriter une brigade de martyrs de la scientologie ou autre club de déjantés du spiritisme sociable. L'Etat était impliqué, et il ne pouvait pas être question d'une religion concurrentielle, le saint-siège d'Etchmiadzine ayant une place et une fonction bien ancrées dans la société arménienne.

« Aucune association ni structure de pouvoir sur laquelle s'appuie la Communauté. Elle est increée, c'est un état de fait, l'union spirituelle d'hommes libres qui ont renoncé à leur propre violence par la force du rêve ». Ce qui semblait être un projet politique était donc un idéal spirituel. Mais que l'Etat y accorde une importance particulière en la domiciliant dans un ministère était ce qu'il y avait de plus intriguant. L'Arménie n'avait pas d'argent, pas de pétrole, pas d'intérêts stratégiques à défier les puissances mondiales. Et pourtant. Il y avait cette espèce de cave au septième sous-sol de son territoire national où, ni bombe nucléaire, ni créature de Roswell n'étaient à débusquer. Rien que des livres. Des manuscrits d'un autre temps qui parlaient apparemment du nôtre.

Je partais toujours de l'évidence que le client ment tout le temps. Mais parmi les hypothèses retenues, j'envisageais cette fois-ci qu'il dît la vérité. Mensonges et vérités me laissaient, la plupart du temps, indifférent : seul comptait le contenu du dossier et la manière dont on pouvait l'exploiter pour arriver à ses fins. Mais là, je risquais ma peau. Et le temps géopolitique annonçait la fin d'un cycle. Voilà donc qu'après les femmes, les cigares et le vin, crise de la quarantaine oblige, j'allais expérimenter, sans trop sourciller, une nouvelle curiosité : la vérité.

**

*

L'anomalie d'Ararat n'en était peut-être pas une. Mais *« ils »* voulaient acheter la montagne sacrée. Je ne savais toujours pas qui étaient les clients, mais apparemment, une réunion allait avoir lieu. Il me fallait garder la mission en tête : récupérer les noms et rentrer à Paris. Mais était-ce aussi simple ? Je n'aurais jamais imaginé la tournure que prendraient les événements. Tout me dépassait. Etait-ce une mise en scène orchestrée par le général ? Dans quel but ? Un tel scénario n'expliquerait néanmoins pas mon rêve énigmatique qui devenait paradoxalement mon unique repère pour garder une bribe de discernement. Il fallait que j'avance.

- Qui a embauché Bélial ? Qui sont les commanditaires ?

Le général eut un rictus.

- Embaucher Bélial ? Vous êtes très loin du compte. Il est un peut comme... le Prince de ce monde. Que croyez-vous ? Il n'est pas recrutable : c'est lui qui recrute. On peut même dire qu'aucun patron ni aucun prince saoudien n'a jamais eu autant de personnel sous ses ordres. C'est le dirigeant de la plus grande multinationale qui ait... « jamais existé »... dans les deux sens du terme.

- Je ne comprends pas...

- Eh bien, on ne sait même pas s'il existe... physiquement. Par contre, son industrie existe bel et bien : la violence. Et son plus grand pouvoir, qui fait également sa singularité, est qu'il a la capacité de semer le chaos et de s'éclipser juste à temps pour que son royaume ne soit pas entièrement détruit. Croyez-moi ou non, la *« fin du monde »* est loin d'arranger ses affaires... C'est un peu son dépôt de bilan.

Je demeurais méfiant à l'idée que toute cette mise en scène ait pu être inventée par le général qui cherchait désormais à m'embrouiller l'esprit. J'imaginais les gros titres des journaux : *« Apocalypse : le diable a déposé le bilan »*... C'était grotesque. Il me fallait garder les pieds sur terre. Mais j'étais embarqué dans son paradoxe.

- Je suis perplexe... Vous me dites que Bélial voudrait... empêcher la fin de monde ??

- C'est un peu ça, oui. Connaissez-vous la formule « *Satan expulse Satan* »[10] ? Selon certains, elle est la clé de l'énigme du Prince de ce monde... Même si le chaos est son règne, il ne tolèrera jamais qu'il soit poussé à la destruction totale. Ce serait sa fin.

Le monde à l'envers, pensai-je. Voilà que les « méchants » voulaient sauver la planète, tandis que les « gentils » provoquaient sa destruction.

Le téléphone retentit dans le bureau, comme un gong qui me ramena à la réalité. Le général décrocha et entama une discussion en oubliant pratiquement ma présence. Tandis que je déambulais dans le bureau, attendant qu'il raccroche, un détail m'interpela. Je m'arrêtai, l'air de rien, sur le côté de la grande table en chêne massif, là où son champ de vision ne pourrait surprendre ma curiosité déplacée. Je plissai les yeux pour tenter de lire, à plus d'un mètre de distance, le document posé sous son nez.

- Attendez-moi ici, je n'en ai pas pour longtemps.

[10] Marc 3-23

Le général quitta le bureau d'un pas pressé. J'allais en avoir le cœur net. Une fois sorti, je regardai discrètement dans le couloir ; la secrétaire était occupée à tapoter sur son clavier. Personne d'autre à l'horizon. J'entrebâillai la porte avant de prendre rapidement le document entre les mains. Inespéré : c'était la liste. Noms, prénoms, vols, heures d'arrivée et de départ, chauffeurs et gardes du corps attitrés : la liste complète des clients. Un document en anglais qui s'offrait sur un plateau d'argent, à condition que le voleur à la tire qui sommeillait en moi se réveille assez vite. Mes yeux s'écarquillèrent à la lecture du document Excel qui ferait couiner Jean-Grégoire - qui n'en demandait pas tant. Je passai en revue tous ces noms, venues des quatre coins du monde - Buenos Aires, Los Angeles, Milan, Singapour - ils venaient de partout. Des noms à consonance étrangère que rien n'aurait pu lier d'un simple coup d'œil. Rien, sauf un rêve. Mille pensées s'enchainaient dans ma tête ; il fallait faire vite. Je déboutonnai ma chemise et glissai le document sur mon torse avant de prendre le couloir vers la photocopieuse de service, à quelques pas. Personne en vue.

« Si j'me fait gauler, chuis mort », pensai-je. Je soulevai le couvercle de l'appareil et posai, d'une main à demi-tremblante, la feuille contre la vitre.

« Start ».

La lumière phosphorescente cliqua brièvement ; je repris le document, ainsi que la photocopie que je pliai en quatre dans ma poche en me redirigeant vers le bureau.

Quelques secondes après moi, le général ouvrit la porte pour me regarder de dos, les mains posées sur son bureau. Je me redressai et enchaînai un propos hors-sujet, sans même le regarder :

- Général, je peux vous poser une question personnelle ?

Je crois qu'il n'avait rien vu. Ni vu-ni connu, je venais, en un clic, de mettre fin à la mission que m'avait assignée Jean-Grégoire.

- Allez-y.

- N'avez-vous jamais regretté d'avoir abandonné la prêtrise pour devenir militaire ?

La question n'a provoqué pas l'ombre d'une émotion, comme si les choses avaient toujours été claires pour lui. Je me retournai vers lui, les mains dans les poches, presque souriant.

- L'ai-je vraiment abandonnée ?

24.

« Qu'est-ce que je fais, j'me barre ? »

La grande réunion se préparait dans un quasi remue-ménage sous fond de chuchotements de couloirs qui tournaient au silence dès que je croisais les regards, interrogatifs. Je voyais des allées et venues par une porte dérobée. L'ennemi s'étant dévoilé, le général m'avait recommandé de rester là pour garantir ma sécurité.

« Trop risqué ».

Réfléchir vite. Trouver un prétexte pour rentrer à l'hôtel et récupérer mes affaires. J'avais laissé ma Transaction Ararat dans le coffre-fort de la chambre ; il faudrait, de toute façon, que j'y fasse un saut avant de rentrer à Paris. Etais-ce vraiment ce que je voulais ? Ma mission accomplie, je n'aurais plus qu'à laisser faire les pros ; Jean-Grégoire gèrerait beaucoup mieux que moi. Mais Jean-Grégoire ne savait pas tout. Je me voyais mal lui envoyer un email en lui expliquant qu'une communauté de rêveurs et moi avions des choses en commun. Je trainais des fantômes depuis plus de trente ans et tenais, peut-être ici, la clé de mon rêve mystérieux.

« Prévenir Jean Grégoire, pour la liste », me dis-je. Mais comment ?

En dépit de ses instructions, je décidai de rallumer mon Skyphone pour lui envoyer un texto. Court mais assez explicite pour que lui seul comprenne.

« VOUS-AVEZ-18-NOUVEAUX-MESSAGES ».

La voix féminine du répondeur se mit à jacasser pour me rappeler que j'avais un métier et d'autres clients, ce qui m'agaça royalement.

« Confrère Aram, merci de rappeler Monsieur le Bâtonnier, c'est urgent, nous n'avons pas de nouvelles de vous depuis plusieurs jours... ».

« EFFACER ».

Ce n'était vraiment pas le moment. Je mis fin à la jacasserie du répondeur et m'empressais d'écrire le texto :

« Je l'ai ».

« ENVOYER ».

Puis je réteignis mon Skyphone.

Pour convaincre le général de me laisser sortir de son bunker, il me fallait à présent un alibi en béton. Je réfléchis un instant avant de prendre la décision : il m'avait embauché pour négocier l'achat de la montagne ; je n'avais qu'à lui dire que j'étais en possession d'une transaction que je présenterais aux clients, mais qu'il fallait qu'il me laisse repartir à l'hôtel pour la récupérer.

Le général se contenta d'un « Je m'en doutais, vous n'êtes pas vraiment un homme à attendre que les choses se passent », en me collant tout de même Gaguik aux basques, avec de sévères instructions en arménien qui le raidirent comme un fil à plomb.

**
*

En entrant dans ma chambre, je pris discrètement une enveloppe à l'effigie de l'hôtel Europe, posée sur la table de nuit, tandis que mon garde du corps inspectait les lieux. Je prétextai un besoin pressant et m'enfermai dans les toilettes pour glisser la liste des clients dans l'enveloppe et l'adresser au Conseil d'Etat, à l'attention de Jean-Grégoire. En ressortant, je récupérai mes affaires, ainsi que ma *Transaction Ararat* enfermée dans le coffre-fort.

Nous redescendîmes à l'accueil.

- Mademoiselle, pourriez-vous poster cette enveloppe ?

Gaguik s'approcha pour me demander ce que je voulais de l'hôtesse. Je prétextai que j'allais payer la note.

- No, no, no ! You don't pay ! We take care.

Je lui souris hypocritement en guise de remerciement ; il était, bien-entendu, hors de question que je sorte un euro de ma poche.

Je repris la direction de la sortie, m'arrêtant devant le bar pour acheter un cigare et fêter discrètement ma petite victoire. Le choix était limité mais l'humidificateur était de qualité. J'optai donc pour un Churchill, l'Esplandidos de Cohiba, 17,8 centimètres de bonheur à savourer le plus égoïstement du monde. En allumant le pied du cigare, une envoutante sensation envahit mes sens. J'étais protégé par un nuage de fumée de luxe qui me rendit euphorique. Je refermai ma bouche en cul-de-poule sur l'extrémité du barreau de chaise qui annonçait le bout du tunnel. C'était, en tout cas, tout ce que j'espérais.

Chaos

Eloge de la traîtrise

L'émissaire glissa un billet de cent dollars sur le comptoir de l'accueil. Cent dollars ? La moitié d'un salaire pour la jeune hôtesse qui n'avait pas souvent l'occasion de voir des billets à l'effigie de Benjamin Franklin. De quoi subvenir aux besoins de sa famille sans avoir à se prostituer, ce qu'elle n'avait fait que très rarement, à cinquante dollars la nuit. Elle n'avait rien à faire. Juste détourner le regard. Elle laissa glisser le billet sous sa main et se dirigea vers l'ordinateur, feignant de terminer un travail urgent.

L'émissaire plongea sa main de l'autre côté du comptoir et prit l'enveloppe que le Baveux venait de déposer. L'imbécile laissait trop de traces. Comme le texto qu'il avait envoyé à son ami Jean-Grégoire et qu'il n'avait eu aucun mal à se faire forwarder. Il emporta l'enveloppe sans l'ouvrir jusqu'à une rue dérobée à quelques pas de l'hôtel qu'il avait quittée sans précipitation.

Jouissance.

Jouissance du pouvoir.

Il tressaillît à la lecture de la liste des noms qui défilaient sous ses yeux. Assurément, travailler sous les ordres du Prince ouvrait des portes insoupçonnées qui facilitaient les tâches les plus arides pour un simple mortel. La jouissance que lui procurait sa découverte l'inondait d'admiration pour son maître ; jamais, dans son ancienne vie, il n'avait acquis quoi que ce soit par une simple manœuvre, dictée par des forces transcendantes qu'il n'avait qu'à écouter, les yeux fermés. Dieu ne lui avait jamais procuré ce sentiment de toute puissance.

Ils allaient donc se réunir. Le militaire avait naturellement refusé de lui remettre la carte, mais son coup de bluff lui avait permis de découvrir la vérité : il y avait bien une carte. En dévoilant son existence, il avait signifié aux Gardiens que l'offensive finale était lancée... Le Prince lui-même avait donc anticipé leur puérile réaction d'auto-défense et provoqué la réunion. Humains, trop humains. Lorsque les hommes étaient en danger, ils se réunissaient. Ils croyaient agir de leur propre chef alors que leurs pensées, lancées comme des boules de bowling sur une ligne toute tracée, n'étaient que trop prévisibles pour celui qui avait une vue d'ensemble de l'avenir se dessinant sous son regard amusé. Le Prince connaissait aussi la vraie nature du Baveux. Un traitre en puissance, submergé de peur, qu'un marionnettiste avisé pouvait exploiter à volonté. Il était l'un des leurs. Mais la place qu'avait pris la peur dans sa vie l'aveuglait et le poussait à commettre l'irréparable. Grâce à lui, l'émissaire pourrait bientôt achever la mission des 153. Effacer toute trace des Choses cachées depuis la fondation du monde. Détruire la carte. Le Baveux ne saurait sans doute jamais le rôle macabre qu'il aurait joué.

25.

Gaguik me reconduisit dans les sous-sols du ministère de la Défense sans perdre un instant. Les dix minutes de trajet m'avaient suffi à prendre la seule décision qui s'imposait pour la suite : attendre. Attendre le bon moment pour prendre le premier avion pour Paris. Attendre, au pire, de rencontrer les clients, par simple curiosité, vu que j'avais rempli ma tache. Simple curiosité ?
« Tu devras renaître de tes cendres... »

Le Centre des manuscrits anciens était composé de plusieurs sous-commissions. Un jeune chercheur en habit civil, enthousiaste comme un adolescent, m'interpela dans un couloir et insista pour me faire une visite guidée, dans la limite de ce qui m'était permis de découvrir. Les nouvelles allaient vite ; ils savaient tous que j'étais le protégé du général et l'ancien propriétaire du livre qu'ils m'avaient dérobé. Je le laissai déballer le monologue passionné que seule la jeunesse s'autorisait. Apparemment, l'une des sous-commissions travaillait au décryptage du rêve de la Peur. Derrière ces portes entrebâillées, il y avait sans doute des explications à mes insomnies ou un genre de salon de psychanalyse pour visions prophétiques. Tout cela était bien loin de ma *Transaction Ararat* que je me préparais, malgré tout, à exposer aux clients. Mais j'étais toujours partagé entre la méfiance et l'exaltation. La sous-commission s'intéressait avec beaucoup de sérieux aux méthodes de gestion de la violence mises en place par les sociétés modernes, et particulièrement à ce que le jeune chercheur appelait les « trois soupapes de l'Occident » : le football, la télévision et le crédit immobilier. Le foot ou les sports nationaux représentaient, pour eux, des sortes de guerres civiles ou des clans s'affrontaient dans le cadre de règles et de terrains délimités dans l'espace et le temps. La télévision permettait de canaliser les frustrations individuelles, notamment des plus démunis, en hypnotisant de manière tout à fait légale des populations entières. L'une était la solution collective, l'autre la solution individuelle. La troisième soupape permettait aux plus ambitieux d'occuper vingt à trente années de leur vie à rembourser leur emprunt immobilier. Tout cela pour canaliser la violence d'une bonne partie de l'humanité.
Des démonstrations concrètes aux discussions philosophiques, j'avais toujours des explications à mes questionnements. Toujours, sauf pour un thème : la Peur. La colère, quant à elle, m'était familière, je ne l'avais jusqu'alors envisagée que d'un point de vue chimique : une décharge d'adrénaline quotidienne. Dans la colère, les choses étaient plus faciles. La peur disparaissait. Ou plutôt, elle devenait excitante. Je me souvins de ma toute première discussion avec Jean-Grégoire, lorsque la Transaction Ararat m'avait été confiée. *« Si tu étudies bien*

le concept de violence, tu pourras comprendre tout le reste. La violence est la clé, le carrefour du géopolitique et du spirituel ».

Les chercheurs parlaient sans cesse de « l'armée de la Peur ». Ils voyaient un lien logique entre toutes les armées de conquête qui avaient pu exister depuis six mille ans, comme si chacune ne représentait qu'un bataillon d'une seule et même formation militaire dirigée par un même commandement, malgré les siècles et les cultures qui les séparaient. Des Samouraïs aux Croisés, des tribus de guerriers cannibales aux pantins de Napoléon, il coulait de source qu'ils avaient tous servi la cause du Boucher suprême. Ils ne le nommaient pas ainsi, mais je devais bien lui plaquer un nom. En fait, ils ne le nommaient pas du tout. L'ennemi était l'armée de la Peur elle-même, dont les victimes étaient avant tout ses propres soldats, indécrottables, vampirisés jusqu'à extinction.

Une autre commission s'était attelée à décrypter le manuscrit qui m'appartenait. Je le voyais tantôt disparaître de l'étagère qui lui était assignée, tantôt réapparaître après avoir été étudié par un groupe de chercheurs qui n'était manifestement pas encore au bout de ses peines. Ils avaient néanmoins confectionné une grande carte géographique à partir du manuscrit, qu'ils déroulaient et annotaient de noms de lieux à mesure que les jours passaient. Des noms de villes, d'églises, de sites et de cours d'eau.

- Quand allez-vous m'expliquer, général ?

J'avais accès à son bureau sans rendez-vous, ce qui, à en croire les dires des secrétaires, était très exceptionnel.

- Il suffit de demander. L'important est de poser les bonnes questions. Que voulez-vous savoir ?

L'important est de poser les bonnes questions. Des questions, j'en avais des milliers. Il fallait sans doute les hiérarchiser. La scène de la négociation éclair qui avait eu lieu avec l'émissaire du fantôme jouait en boucle dans ma tête. *« La carte contre sa vie »... « Ni la carte, ni sa vie »... « Les Temps sont accomplis »...* C'était donc lui qui avait cambriolé mon cabinet. De cette négociation surréaliste, il ressortait finalement deux choses : 1 - Le général ne m'avait pas bradé comme une vulgaire marchandise 2 - La possession du manuscrit était un enjeu central.

- Qu'est-ce que mon livre a d'important ?

- Nous n'en sommes par encore sûrs. Mais il semble bien appartenir à un ensemble de manuscrits religieux qui remontent aux fondateurs de l'église arménienne. Nous les avions pratiquement tous retrouvés ; il ne manquait plus que le vôtre. Personne ne connaît leur existence et tout le monde la nierait s'ils venaient à être dévoilés.

- Pourquoi ? Quelle importance ?

- Il s'agit du Testament de Noé.

- Noé ?? Noé a rédigé un testament ?

- Bien-entendu.

- Comment ça, « bien-entendu » ? C'est la première fois que j'en entends parler.

- Réfléchissez, mon ami. D'après vous, d'où viennent les connaissances antérieures au déluge ? Adam et Eve, la création du monde, le paradis terrestre, Abel et Caïn… Si tout le monde a péri lors du grand déluge, qui a pu témoigner des temps anciens, si ce n'est… Noé ?

Les connaissances antérieures au déluge ? La question poussait quasiment à se demander qui avait écrit les premiers chapitres de la Bible. « Moïse », aurait répondu symphoniquement l'ensemble du monde judéo-chrétien. Moïse, sans doute. Noé, Jamais.

- Savez-vous ce que veut dire le nom « Noé » ? *« Celui qui soulagera le monde »…* C'était un génie. L'Elu, selon son grand-père Mathusalem, et surtout pour son arrière grand-père Enoch. On dit qu'il était circoncis de naissance. Bien des années avant la construction de l'Arche, Noé avait lui-même planté les arbres dont le bois allait servir à l'édifice. Il était très proche de sa mère et albinos, par-dessus le marché ; tout cela le prédestinait à la raillerie générale et à un destin hors du commun. Apprendre à construire une arche de 146 mètres de long, et surtout à y survivre pendant plusieurs semaines avec des animaux de toutes espèces relevait vraiment du génie…

Il était à fond dans son histoire, et à vrai dire, je n'en étais pas loin. Un quelque chose d'irrationnel, au-delà de l'intuition, me poussait à ouvrir les portes de cet inconscient collectif que nous avions apparemment en commun. Pour la première fois de ma vie, je pouvais enfin envisager que mon rêve ne fût pas pure folie de ma part et qu'il fût, bien au contraire, pris au sérieux par des gens qui subissaient le même harcèlement nocturne.

- Que Noé ait laissé un testament à ses enfants est une idée qui ne me dérange pas, général. Ce qui me dérange est qu'il ait été caché - sans doute par les religieux… N'est-ce pas ?

Il acquiesça :

- Sachez que quatre-vingt-dix pour cent des textes mystiques ont été cachés. Le XXème siècle a permis la découverte de vieux manuscrits, comme ceux de Nag Hammadi ou de la mer Morte, datant du premier au cinquième siècle, ainsi que de nouveaux évangiles dérangeants pour les pouvoirs en place. Cela étant, Dieu a un plan que même les religions ne connaissent pas…

- La Communauté n'est tout de même pas au dessus des religions…

- Non. Mais nous avons hérité d'un rêve. Un rêve… et des manuscrits.

- Comme le Testament de Noé...

- Comme le Testament de Noé, effectivement. Bien que nous ne connaissions pas encore son pouvoir. Pas entièrement. Mais, a priori, il semble décrire... une carte mystique de l'Arménie des anciens temps.

- Une carte mystique ? Je vois bien vos chercheurs dessiner une carte géographique, mais qu'entendez-vous par *« carte mystique »* ?

Il déroula, sur la grande table centrale de son bureau, une version mise à jour des croquis que j'avais aperçus du coin de l'œil à plusieurs reprises.

- Une carte mystique est une carte géographique qui ne tient pas compte des frontières politiques dessinées par les hommes. C'est ce que certains appellent la *« carte du Monde réel »* - celui qui préexiste aux conflits et aux traités internationaux qui ont établi des frontières politiques après avoir humilié et massacré les perdants des conflits armés. C'est une carte que les mystiques cherchent depuis des temps très reculés. En fait, nous croyons l'avoir reconstituée.

- Grâce à mon livre ?

- En partie, oui. Encore une fois, vous n'êtes pas le seul à faire des rêves, et vous n'êtes pas le seul à posséder des livres prophétiques. Mais l'apport de votre manuscrit est indéniable. Il va nous aider à localiser Æden.

Le général me remis un texte entre les mains.

- Commencez par là.

Je connaissais ce texte. Genèse 2-7.

« L'Eternel Dieu planta un jardin en Eden, du côté de l'Orient, et il y mit l'homme qu'il avait formé (...). Un fleuve sortait d'Eden pour arroser le jardin, et de là il se divisait en quatre bras ».

La description du Jardin d'Eden commençait donc par la localisation géographique d'un fleuve. Je pensai qu'ils voulaient le retrouver, et je ne pus m'empêcher de faire le parallèle avec la montagne sacrée. Anomalie d'Ararat. Acheter la montagne. La fin du monde. Eden, refuge de l'avenir. Il devait y avoir une explication mais il me manquait visiblement des éléments de raccord. On se serait tous trompé sur Eden ? Le mythe qui faisait référence aux temps immémoriaux où la paix, la joie et la prospérité avaient été possibles sur Terre était considéré comme d'un lointain passé révolu, si tant est qu'il ait existé. « Le problème est que nous ne savons pas encore si la Bible nous a laissé cette indication géographique pour signifier que le jardin d'Eden est un refuge du passé ou... de l'avenir », m'avait dit le général. C'était donc cela ? Eden était un refuge de l'avenir ? Jean-Grégoire avait envisagé que les clients fussent de puissants illuminés mais l'étendue de leur pouvoir m'était encore inconnue.

« Un peu de patience », me dis-je à demi-voix, « bientôt ». Il fallait tout de même que je sache s'il me menait en bateau. Et il n'y avait qu'un seul moyen de le savoir.

- Encore un point. Vous ne m'avez jamais dit comment vous m'aviez retrouvé. Admettons que je sois réellement... l'un « des vôtres ». Comment avez-vous su ? Je n'ai jamais parlé de mon rêve à personne. Comment avez-vous fait ?

- De tout temps, la Communauté a été composée de 153 membres - de tout temps. A chaque fois qu'un membre meurt, un nouveau apparaît. C'est ainsi depuis des siècles, voire des millénaires, nous ne savons pas exactement. Certains des nôtres ont le pouvoir particulier de retrouver les nouveaux membres. Nous les appelons les Oracles. Ce sont des gens très pieux qui passent toute leur vie dans la méditation et la prière. Ne me demandez pas comment ils font ; je n'en fais malheureusement pas partie. A partir des informations recueillies, nous repérons les nouveaux venus et nous les suivons pendant quelques années jusqu'à ce que leur mission soit dévoilée. Vous avez été repéré il y a trente trois ans de cela.

Trente trois ans ? Je n'étais alors qu'un enfant. J'avais sept ans. Cela collait effectivement avec mon premier souvenir. Ma sœur en avait dix de plus. Après la mort de ma mère, elle s'était occupée de moi sans relâche, comme pour effacer le vide affectif que le destin m'avait préparé. Je l'aimais par-dessus tout. Ma sœur est morte dans mes bras, alors que nous traversions la chaussée, foudroyée par une « panne du cerveau », m'avait-on dit. Je n'ai rien compris. La vie a quitté ses yeux plongés dans les miens, inanimés. On pouvait donc partir sans raison ? Etait-ce injuste ? Après cela, la notion de justice m'était toujours parue sans grande consistance. Les rêves ont commencé la même année. Mes premières expériences étaient au-delà du traumatisme ; je restais terré pendant des jours sous mon lit avec, pour seul consolateur, une peluche. Un petit lion. Je suffoquais pendant des heures ; les médecins disaient à mon père que les décès familiaux étaient lourds à porter pour un enfant de sept ans, et que seul le temps pourrait cicatriser les blessures. Mon père s'est occupé de moi comme une mère juive : lorsque je me levais la nuit pour boire un verre d'eau dans la cuisine, je revenais dans la chambre pour voir que mon lit était refait. Avec un tel bagage, j'allais nécessairement mal tourner, voire devenir avocat.

Mon rêve prophétique n'avait néanmoins rien à voir avec mon passé douloureux. Aucun psy n'aurait pu le repérer : il relevait de l'inconscient collectif d'une communauté de rêveurs qui connaissaient mot pour mot la phrase mystérieuse. *«Tu devras renaître de tes cendres. Alors, tu pourras vaincre la Peur. Aiguise ton esprit, et je te guiderai».* Je devais bien admettre l'évidence : le général ne me mentait pas.

Chaos

Phase VI – La fin des cycles

Place de la République. Erevan.18h00.

Un escadron de berlines avait envahi le parking à ciel ouvert de l'hôtel de prestige. Le directeur en personne se tenait au garde-à-vous sur le porche et serrait les mains à mesure que les voitures laissaient sortir les invités encadrés par des services de sécurité hors-normes. La terrasse de l'hôtel, adjacente à la rue, avait été fermée ; un périmètre de sécurité avait été délimité par un long cordeau rouge qui retenait les passants au bord du trottoir.

La transaction avait duré moins d'une minute. Dix mille dollars les trois kilos avec détonateur et chronomètre barométrique. Discret et sans odeur, le paquet de Semtex que l'émissaire venait de glisser dans une petite valise demeurerait indétectable avant l'ajout d'une empreinte chimique. Avec une telle quantité, personne ne pourrait en réchapper. Trois cents grammes avait déjà suffit à faire exploser la carlingue d'un Boeing 747. L'émissaire eut un rictus.

À l'arrière du bâtiment, le conduit d'aération qu'il devait emprunter n'était protégé que d'une vieille grille rouillée qu'il dévissa en quelques secondes. Il jeta sa valise à l'intérieur de l'embouchure et introduit son corps lourd dans le cylindre en aluminium qui devrait le supporter pourvu qu'il rampe le plus vite possible sur quinze mètres jusqu'à la salle d'entretien. Il avait appris par cœur le plan de l'hôtel, téléchargé sans difficulté sur son Skyphone. Une fois à l'intérieur, il n'aurait plus qu'à atteindre l'unique salle de réception capable d'accueillir une réunion d'une telle dimension. Tandis qu'il rampait dans le conduit obscur et étroit, poussant sa petite valise à bout de bras, les voix commencèrent à jacasser de loin dans sa tête, comme une foule innondante qui s'approchait en masse à mesure qu'il tirait sur ses bras musclés. Alors qu'il était plongé dans le noir total, la sueur envahit son front, laissant couler de chaudes gouttes sur ses yeux.

- MATTHIEU...

Le bourdonnement de la voix harcelante remplit le conduit. Il s'arrêta net. L'aluminium commençait à grincer sous son corps démesurément lourd, creusant des affaissements qui ne tiendraient pas longtemps. Paralysé par la voix qui l'appelait par son ancien nom, l'émissaire respira profondément pour reprendre ses esprits. « Pas maintenant », se dit-il à haute voix, déterminé à aller au bout du tunnel dont il ne voyait pas l'issue. Les craquements de l'aluminium se faisaient plus pressants ; il déploya tous ses efforts pour recommencer à ramper sur quelques mètres, jusqu'à ce que sa main touche une paroi métallique. Il poussa et tira dessus jusqu'à ce qu'elle se décroche. La lumière du jour perça l'obscurité du conduit ; il pu voir qu'il était juché à trois mètres du sol de la salle d'entretien, pratiquement au plafond.

26.

- Le chiffre d'affaires prévisionnel est estimé à cent milliards par grand patron…

La grande réunion avait commencé.

Je restai abasourdi en réalisant que le conflit à venir était conçu comme une opération commerciale. Et moi qui regardais de haut tous les nains du Barreau qui gagnaient moins de cinq millions par an. Décidemment, tout est relatif.

Mon garde du corps avait été prié par le général de veiller à ce que je sois à l'hôtel Marriott d'Erevan pour 21 heures pétantes en vue de la grande réunion. Dans le hall d'entrée, un écran géant diffusait encore les images qui avaient marqué le monde ces derniers jours, mêlées d'interventions et de réunions au sommet des chefs d'Etat de toutes les puissances mondiales. Les journalistes l'appelaient « The last one ». La *« der' des der' »,* auraient dit les vétérans du XXème siècle. On vit apparaître à la télévision le visage de Présidents de Républiques inconnus au bataillon ; la crise en avait propulsé quelques-uns sur le devant de la scène internationale malgré eux, marginaux qu'ils étaient du Club des Grands, et dont le budget d'Etat ressemblait au chiffre d'affaires d'un nain du Barreau.

Les allers-retours à l'aéroport avaient mobilisé beaucoup de monde durant toute la journée. Les membres de la Communauté, qui étaient arrivés la veille ou le jour-même en vue de la grande réunion, bénéficiaient, dans le plus grand secret, d'un service de sécurité digne de jeux olympiques tenus à huis-clos. La liste que j'avais photocopiée avant de l'envoyer à Jean-Grégoire mentionnait au moins une dizaine d'hôtels où les invités avaient été dispatchés, pour des raisons de sécurité évidentes. L'hôtel Marriott expliquait aux curieux qu'un congrès international d'hommes d'affaires devait avoir lieu dans la soirée, mais qu'il ne durerait que quelques heures.

J'entrai dans une salle immense à l'onusienne, alors que les discussions semblaient déjà bien entamées. Ils étaient une centaine, certains avec écouteurs pour traduction simultanée ; ils mélangeaient les langues et surfaient sur des concepts qui indiquaient d'entrée de jeu le niveau de voltige.

- Cent milliards ?, demandai-je à haute voix en guise de salutations.

Le général se retourna :

- Messieurs, je vous présente Marc Aram : le 153ème…

153 ? Décidemment, on allait parler chiffres. Une centaine de paires d'yeux braqués sur celui qu'apparemment on attendait me questionnèrent du regard avec une bienveillante attention.

Les *« grands patrons »,* comme ils disaient, se résumaient à une poignée de secrétaires d'Etat, conseillers et généraux américains et pro-américains. Une poignée d'hommes qui allaient faire une partie de Play-Station avec la planète pour s'engraisser à l'extrême. Apparemment, tout le monde avait croqué la pomme : les préparatifs du conflit étaient anticipés depuis longtemps ; des négociants israéliens avaient vendu des centaines de caisses d'armes à l'Iran ; la France avait approvisionné la Lybie en missiles longue portée pour engluer le Guide de la révolution dans des accords qui lui avait servis de tapis de bain, pendant que les stars du G8 fumaient le narguilé avec quelques islamistes bien loin de l'Islam, massées par des prostituées auxquelles n'avaient accès que les puissants de ce monde. Ils étaient l'armée de la Peur, eux tous, funestes funambules lancés les uns contre les autres tout en travaillant main dans la main.

153ème, moi ? Toutes leurs références étaient bibliques et je n'avais rien d'un élu. Rien, sauf un rêve.

Le conflit annoncé était profondément inégal. Alors que l'Occident raisonnait rationnellement, l'ennemi était animé par une flamme idéologique, bien plus qu'économique. Et cela, aucun radar ne pouvait le détecter. Le général lut mon désarroi sur mon visage.

- Vous savez, Clausewitz disait que la plupart des réflexions et des dilemmes qui précèdent une opération importante sont intentionnellement dissimulés. Vous allez comprendre pourquoi. Tout d'abord, le contrôle de la fabrication des armes nucléaires est devenu impossible. Chaque pays détenteur de la bombe ne va pas tarder à faire son coming-out. L'Iran l'a fait ; pour Israël, le secret de polichinelle était à l'époque à peine voilé, mais on ne connaissait pas l'étendue de sa puissance jusqu'à ce que l'Etat déploie, ce matin-même, ses six sous-marins nucléaires. Et comme le marché du nucléaire devient transparent, il va se densifier et les prix vont chuter.

- *Tout le monde va vouloir se procurer la bombe et les gaz qui vont avec, pour pouvoir se protéger au cas où les choses basculeraient,* ajouta un type, au fond de la salle, que je ne connaissais pas. Ses lunettes à triple foyer m'empêchaient de voir ses yeux.

- La grande illusion était de croire que les choses étaient... sous contrôle. Mais bon, cela aura eu le mérite de fonctionner cinq ou dix mille ans.

D'autres complétèrent cet exposé cataclysmique avec un ton monocorde tellement rationnel qu'on en aurait oublié qu'il s'agissait de tout sauf de café littéraire.

- Le Président des Etats-Unis a appelé à une prière nationale pour que Dieu donne à l'Amérique le pouvoir de vaincre le mal. Bref, c'est mauvais signe. La Chine s'en régale. Si les choses tournent mal pour les grands patrons, elle va rafler la mise. Alors, elle a armé tout le monde, les « gentils » comme les « méchants ». Tous les escadrons de l'armée de la Peur. Elle a déjà généré une montagne de cash avant que le conflit ne commence et a parallèlement lancé des appels d'offres scandaleux sur l'énergétique pour court-circuiter les détenteurs de contrats actuels. Les sociétés cotées en bourse sont furieuses, cela tombe très mal, évidemment.

Un autre poursuivit :

- Donc, pour contrecarrer la phase militaire, les pays producteurs de céréales vont boycotter le marché et un paquet de monde va crever de faim dans les pays les plus dépendants. La coupure des pipelines de gaz et d'essence ne tardera pas, à moins qu'elle ne soit concomitante. Le cash de l'économie parallèle va être, à ce moment de la crise, très apprécié, y compris des grands moralisateurs qui vont fricoter avec parrains de mafias et terroristes embourgeoisés. C'en sera fini : le reste n'est que descente aux enfers car personne ne pourra plus arrêter l'embrasement mimétique du nucléaire à l'échelle planétaire.

- Et personne ne fera rien ? Personne ne pourra rien faire ?

- Oh, bien sûr, les hommes de bonne volonté et les rationalistes *« heal-the-world »* vont se trouver des vocations de héros ; les sauveurs vont être légion. Le Vatican - ou ce qu'il en reste - va appeler les deux milliards de chrétiens à participer personnellement à l'œuvre de paix. Bouddhistes, pacifistes, écologistes, étudiants : le sentiment d'unité va être quasi-symphonique. Toutes les obédiences maçonniques vont même se réunir en Fraternité mondiale, y compris les plus antagonistes. La plupart des Frères vont se dévoiler, dans les milieux politiques, religieux, publics au nom de l'intérêt supérieur de la paix. Les tentatives de résorber la guerre promettent d'être vraiment prodigieuses. Cela étant, la vérité et la violence ne peuvent rien l'une sur l'autre. Cela marche dans les deux sens.

**

*

La nuit s'annonçait longue. Je descendis donc dans le hall acheter une boite de Piramides pour m'aider à digérer le scénario, présenter ma *Transaction Ararat* et comprendre enfin à quoi servait la Communauté d'Eden. J'avais le nez plongé dans mes pensées lorsque la porte de l'ascenseur s'ouvrit pour que je remonte à l'étage, une grosse boite de cigares à la main.

La surprise fut totale :

- *You still don't speak armenian, don't you ?*

La fille de l'aéroport, petites lunettes ovales pendouillantes sur le nez, venait de m'alpaguer une nouvelle fois. Mes yeux firent un va-et-vient vertical qui trahit sans doute un vieil instinct de chien de chasse. Elle avait troqué son jean-baskets contre un tailleur-chemisier et n'avait manifestement pas besoin de porter de collants pour dissimuler quelques grammes de cellulite : je retrouvai un semblant de sourire.

- *Not yet... Next time we meet, I promise !*

Malicieuse, en plus d'être jolie. Cela étant, bombe sexuelle ou non, je devais reprendre mes esprits. Qu'est-ce qu'elle foutait là ?

- Je dois vous parler. C'est important, Monsieur Aram.

Monsieur Aram ?? Elle parlait français et connaissait mon nom. Dans d'autres circonstances, la flatterie m'aurait sans doute ravi.

- Qui êtes-vous ?

- Eva Manoukian, *« SI AÏ EÏ ».*

« Si aï eï »... CIA ? Son petit accent américain confirmait son propos, et peut-être les raisons pour lesquelles elle semblait me connaître. CIA, vraiment ? Il ne manquait plus qu'eux. Elle me tira par le bras sans me laisser vraiment le choix ; seul le culot d'une femme fatale pouvait provoquer un geste déplacé sans risquer l'altercation physique. Je la suivis sans rechigner, cabotant, main dans la sienne comme un couple de touristes en lune de miel, dans le couloir jusqu'à une porte dérobée qui donnait sur la salle d'entretien de l'hôtel. Elle referma la porte derrière nous, ce qui provoqua en moi un regain d'excitation. Nous étions seuls, face à face, dans une pièce isolée et silencieuse, où seul le cliquetis d'une horloge retentissait lourdement.

- CIA, donc... J'en ai entendu des pipeaux, mais le vôtre est charmant. Nous aurions pu faire ça autrement...

J'allais poser mes mains sur ses hanches, juste pour en avoir le cœur net, lorsqu'elle m'en dissuada poliment en croisant les bras :

- Ecoutez-moi bien, nous n'avons pas beaucoup de temps. Vous êtes en danger.

- En danger ? Et c'est vous qui allez me protéger ?, la toisai-je de haut en bas.

- Décidemment, les Français méritent leur réputation de machos, même à deux doigts de la mort.

Je fis un pas en arrière, croisant à mon tour les bras pour toute barrière entre elle et moi. Manifestement, elle savait quelque chose.

- Dans quelques minutes, vous allez remonter dans la salle de réunion. Vous expliquerez à tout le monde que l'achat de la montagne est de la pure folie et qu'il n'est pas réalisable. Vous récupérerez votre transaction. Puis vous vous mettrez en colère en claquant la porte. Je vous attendrai sur le parking de l'hôtel.

- Bien sûr ! Autre chose pour vous faire plaisir ?

- Ne faites pas l'enfant, Monsieur Aram. Ou dans dix minutes, vous serez mort.

27.

Elle regarda sa montre pour la troisième fois en deux minutes.

- Pourquoi devrais-je vous croire ?

- Parce que vous n'avez pas le choix.

- Et pourquoi, alors, voudriez-vous me sauver ?

Elle hésita.

- Marc Aram. Vous êtes avocat au Barreau de Paris. Vous avez été contacté par le ministère de la Défense d'Arménie pour négocier l'achat du mont Ararat. Vos clients, qui se présentent comme les héritiers de la Communauté d'Eden, vont se servir de vous comme d'un vulgaire pion pour arriver à leurs fins…

- Mais pourquoi diable voulez-vous me sauver ??

Eva regarda sa montre une nouvelle fois :

- Nous n'avons plus le temps, je vous expliquerai dans la voiture. Foncez récupérer votre document et redescendez immédiatement.

Elle ouvrit la porte de la salle d'entretien et me jeta quasiment dehors. Seul dans le couloir déserté de cette partie de l'hôtel Marriott, je commençai à marcher en accélérant le pas. Décider vite. Etait-elle folle ? Elle avait des informations précises. Une manipulatrice ? Membre de la CIA, apparemment. Que risquais-je ? La troisième issue me traversa l'esprit : planter tout le monde. Elle, les clients, prendre tout de suite la sortie, direction l'aéroport. A bien y réfléchir, c'était la meilleure solution. Je n'avais pas à rester plus longtemps ici ; ma curiosité avait des limites et la balle était dans le camp de Jean-Grégoire.

D'un pas pressé, je me dirigeai vers la porte tourniquet de l'hôtel Marriott, jetant un œil sur l'écran géant du hall principal, qui continuait de diffuser les images de manifestations de masse tournant aux affrontements. En arrivant devant l'entrée de l'hôtel, je m'arrêtai net : sur le trottoir, à quelques mètres, un homme d'une corpulence familière était figé comme une barre de titane, lunettes de soleil au nez.

- Merde, l'émissaire !

Je ne pouvais pas sortir sans risquer de me faire tuer. Que faisait-il ici ? Etait-ce moi qu'il attendait… ou le général ? Les images de la négociation éclaire me revinrent à l'esprit. *« Ni la carte, ni sa vie ». « ''Il'' ne va pas apprécier »*… Soudain, je compris. Ce n'était pas moi qu'il venait chercher, mais eux. Eux tous. Cette connasse d'agent secret était au courant et n'avait rien dit ?

Je courus vers l'ascenseur, appuyant obsessionnellement sur le bouton. Il fallait que je les prévienne. Les portes ne s'ouvraient pas ; je cherchai finalement l'issue donnant sur les escaliers en essayant de me rappeler à quel étage se situait la grande salle de réunion.

« Troisième étage ! ».

Je grimpai les marches deux par deux, essoufflé dès le premier palier et m'en voulus presque de fumer autant. Mille insultes fusaient dans ma tête, comme à chaque coup de pression qui m'entraînait dans une course contre le temps. J'arrivai au troisième étage et saisis la poignée de la porte de l'escalier : elle était fermée.

Fermée ?

Je tapai dessus comme un forcené :

« OUVREZ ! OUVREZ LA PORTE !! »

Personne ne répondait.

Je remontai au quatrième étage et tentai le coup ; la porte de l'escalier s'ouvrit sans difficulté. Ils avaient donc bloqué l'accès au troisième en le limitant à l'ascenseur, que je dus attendre et emprunter pour redescendre d'un étage. Le couloir était vide - *« Tiens, il n'y a plus de service de sécurité ? »* - J'ouvris la porte de la salle de réunion, les fenêtres étaient embuées. La réunion se poursuivait normalement :

- Le compte-à-rebours est lancé. On a besoin, à ce stade, soit d'une intervention divine, soit...

Je n'entendis pas la suite. La seule chose dont je me rappelai fut un lourd son de tambour qui fit sauter toutes les fenêtres de la salle. Le souffle de la détonation me propulsa contre le mur du couloir, une décharge électrique me paralysa de la tête aux pieds avant que je ne tombe face contre sol. Un bourdonnement grognait à mes oreilles anesthésiées. Puis plus rien. A peine une odeur de viande grillée mêlée de caoutchouc fumé. J'entrouvris les yeux, avant de m'évanouir, pour voir des jambes du coin de l'œil, comme si tout le monde était allongé à terre.

Initiation

Dialogue d'un autre monde

Quelque part. Nulle part.

- D'où viens-tu ?

- De parcourir la terre et de m'y promener .

- As-tu trouvé ce que tu cherchais ?

- Mais, je ne cherche rien... Et Toi, que cherches-Tu ? Toujours la repentance du Glaireux, n'est-ce pas... Il n'en vaut pas la peine, Tu le sais. Ni lui, ni les autres. Ils Te lâcheront un jour ou l'autre, c'est ainsi. Le libre-arbitre leur sera fatal... Ils ne T'adressent des prières que par calcul.

- Te souviens-tu de Mon serviteur Job ?

- Je me souviens qu'il T'avait demandé des comptes. Qu'il ne reconnaissait pas ses pêchés.

- As-tu vu Mon fils ?

Le Prince garda le silence.

- Car celui qui a vu Mon fils M'a vu en vérité.

- J'ai tout vu, tout entendu. Que devrais-je écouter de plus ?

- Le silence de l'Agneau.

Pour la première fois de son existence, le Prince osa la question qu'il n'avait jamais posée :

- Qu'attends-Tu de moi ?

- Que tu te repentes, Mon fils.

28.

Le calme et le blanc immaculé de la chambre d'hôpital contrastaient avec la violence de mes derniers souvenirs. Que s'était-il passé ? Apparemment, j'étais resté dans le coma quarante heures et j'avais dormi plusieurs jours avant de revenir à la réalité.

- Restez couché, Monsieur Aram. Vous avez eu un accident, mais tout va bien maintenant.

L'infirmière se voulait rassurante en remontant le drap.

- Un accident ? Quel genre d'accident ?

Elle ne répondit pas et se contenta de sourire. La consigne, sans doute. Quelle chance : j'avais survécu, et en plus, j'avais échappé à la chambre double avec colocataire à supporter.

- Vous devriez être mort à l'heure qu'il est.

Je tournai la tête douloureusement pour identifier le son de la voix familière qui venait de m'alpaguer.

Eva Manoukian. *« Si aï eï »*. L'agent de la CIA qui voulait à tout prix me sauver la vie et laisser crever les autres. Je l'aurais insulté de tous les noms si j'en avais eu la force.

L'infirmière nous laissa seuls.

- Que faites-vous là ? Que s'est-il passé ?, dis-je à moitié somnolant.

Eva s'affaissa contre le mur de la chambre. Elle m'expliqua qu'ils étaient tous morts. Tous les 152 autres. Bien que passé pour défunt, j'étais le seul survivant du carnage qui venait de détruire pratiquement un étage entier de l'hôtel Marriott, en plein cœur d'Erevan. Trois kilos de Semtex avaient suffit à mettre fin à la Communauté d'Eden. Elle avait pris le risque de réunir tous ses membres au même endroit pour la première fois, fin du monde oblige. J'avais été sauvé par une boite de cigares. Pour une fois que le tabac aura sauvé une vie. J'étais le seul à ne pas être assis à la table des discussions, mais debout à la porte entre-ouverte, avec mon sauveur à la main.

Personne n'avait su la vérité. Les journaux avaient parlé d'un règlement de comptes entre mafieux qui avait débordé sur un congrès d'hommes d'affaires au Marriott. Eva m'avait fait transférer dans le secret le plus total à l'hôpital privé de l'ambassade des Etats-Unis sous une identité bidon. Parmi les malheureuses victimes, plusieurs patrons de multinationales et un général des armées qui était venu saluer un ami de passage à Erevan. L'affaire fut rapidement étouffée, le Centre des Manuscrits anciens, fermé jusqu'à nouvel ordre. Lorsqu'Eva sortit de la chambre pour me laisser dormir, je me sentis, pour la première fois de ma vie, vraiment seul. Le général et les autres étaient tous morts, j'étais supposé l'être et ne pouvais refaire surface avant un long moment. Je ne pouvais pas rentrer en France, ni travailler, sans compter que la Transaction Ararat n'avait plus de raison d'être. Game over. Un mal de crâne inconsolable me permit d'obtenir une double dose de morphine.

- Mademoiselle, s'il vous plaît, ma boite de cigares…

- Chhhh… C'est fini, maintenant. Dormez, Monsieur Aram.

Double dose. Quel kiffe. Dans mon délire de survivant shooté à bloc pour anesthésier ses derniers neurones aptes à raisonner, les images et les mots qui avaient tissé mon périple ces derniers jours me revenaient comme sur un écran de cinéma. Je revoyais le général, entrant dans mon bureau la toute première fois ; ma bibliothèque dépecée, vide comme au jour où j'avais emménagé au cabinet. Seul mon tableau du lion et de l'agneau était accroché au mur, imperturbables. J'entendais son murmure*, « Tu devras renaître de tes cendres », « Vaincre la Peur », « Acheter Ararat »…* Je crois que je souffrais. Je crois que j'avais mal. Mon délire éveillé, les yeux injectés d'un toxico de Barbès, me propulsa au pied de la montagne sacrée. Nechane, mon vieux gardien de la montagne, était là, souriant, et me montrait du doigt une grande embarcation en bois que je reconnaissais au sommet. J'étais en danger. Quelqu'un me poursuivait pour me tuer. Jean-Grégoire était derrière, quelque part dans ce décor sans fond, mon manuscrit à la main, décryptant son mystère et indiquant la solution. Il regardait vers l'Est en me signifiant qu'elle était là-bas. Des Choses cachées depuis la fondation du monde. *« Le compte-à-rebours a commencé »,* avertissait une voix venue du fond des âges. Une montagne de missiles nucléaires se dessinait à la place d'Ararat ; il faisait chaud, très chaud, je devais être en nage et entendais mon cœur battre comme un tambour. Soudain, le souvenir de l'explosion du Marriott nettoya tout le paysage ; je voyais des yeux partout. Des yeux de fantômes par centaines. L'image se brouillait pour ne plus dessiner que deux grands yeux. Ils n'étaient pas humains mais… animal. Un lion : c'était un lion, comme celui de mon tableau, un regard hors du temps, au-delà de toute peur. Le fauve me fixait ; j'étais nu comme un nourrisson. J'étais propulsé dans une nature verdoyante aux couleurs intenses : le vert des plantes géantes aux fruits d'une gamme de rouges infinie, elles étaient comme… vivantes. Je tournais la tête sur ma droite ; deux arbres encore plus imposants étaient dressés et avaient quelque chose de contrastant avec le décor. Une voix me parla dans une musicalité inconnue de toutes les langues que j'avais pu entendre de toute ma vie. Pourtant, il n'y avait personne autour de moi. Personne, sauf un serpent à mes pieds, qui me regardait, presque souriant.

Chaos

Phase VI – Item de la fin du monde

Mont Ararat. Extrémité Nord-Ouest. Altitude : 4.724 m.

Le Prince observait. Une bande de fourmis en blouse blanche. Que croyaient-ils, ces innocents ? Qu'ils pourraient déjouer les plans de la nature ? Il pouvait les écraser d'une simple pichenette, balayer leur vaniteuse conviction qu'ils détenaient, dans leurs petits cerveaux de créature glaireuse, toute la connaissance du monde. Humains, trop humains. Ils ne savaient rien. Des bribes de connaissances scientifiques qu'ils avaient stockées pendant des siècles, ils n'avaient retenu que des lambeaux. Détecter une éruption volcanique ? Et après ?

Là-bas, dans le reste du monde, la destruction des trois Totems commençait à porter ses fruits. Bientôt, ils s'entretueraient comme une fourmilière enflammée ayant perdu sa reine. Ils erreraient dans les méandres de leur inconscience, cherchant un nouveau guide pour les soumettre. Bientôt, un nouveau monde serait fondé, sur les ruines des anciennes croyances. Le Prince allait créer une nouvelle religion, plus puissante encore que tous les antidotes administrés aux malades de l'humanité. L'anéantissement des 153 ne laisserait plus de trace des Choses cachées depuis la fondation du monde. Les religieux eux-mêmes avaient déplacé le sanctuaire spirituel de l'humanité, reléguant la Montagne de Noah à un paysage de second plan.

Se repentir, lui ? Il n'avait pas de corps, comment aurait-il pu se repentir ? Le dialogue qu'il avait accepté avec le Créateur depuis la nuit des temps était donc arrivé à son terme. « A Dieu, rien n'est impossible », il n'en doutait pas. Mais sans Son intervention, les pauvres créatures glaireuses ne pourraient rien. Après la création des anges, la déchéance des révolutionnaires et l'échec de Son projet, le Créateur avait décidé de gratifier d'un corps physique sa nouvelle progéniture. Le Prince avait compris la puissance de Son geste : grâce au corps qu'ils quitteraient au terme de leur misérable vie sur Terre, les glaireux rachèteraient leurs pêchés. Les anges, eux, en étaient dépourvus ; comment diable pourraient-ils... se racheter ? La curiosité du Prince s'arrêtait au seuil de ses intérêts. De toute façon, il n'avait aucune intention d'accepter la proposition du Créateur, qui résonnait encore dans les tréfonds de l'univers... « Que tu te repentes, Mon fils.»

Mon fils ?

Seul le Créateur avait le pouvoir de s'incarner. Mais lui, le Prince de ce monde, avait celui de posséder. Il s'y était souvent donné sans mesure, en prenant possession des corps les plus tiraillés, toujours par pur plaisir. Mais le temps était venu. Il allait posséder l'âme la plus vile et soumise qu'il connût parmi ses serviteurs. Celui qu'il avait préparé depuis son enfance à devenir le maître du nouveau monde.

29.

L'hôpital de l'ambassade américaine était surveillé comme un bunker. J'étais traité en invité, mais, à y voir clair, j'en arrivai à la seule évidence : c'était un enlèvement. Le jeune MP posté devant ma chambre, les grilles aux fenêtres, la discrétion de mon transfert : tout indiquait que la CIA ne me laisserait pas sortir aussi librement. Que me voulaient-ils ? Eva m'avait sauvé ; cela ne devait néanmoins rien au hasard. Ils ne m'avaient rien laissé : passeport, argent, Skyphone, vêtements ; à peine un caleçon *Made in USA* offert comme cadeau de bienvenue. Le militaire jeta un coup d'œil dans la chambre ; je feignis de dormir. Il était hors de question de rester ici une minute de plus. Prévenir l'ambassade de France ? Prévenir Jean-Grégoire ? Mais comment ?

Le talky-walky du MP résonna dans le couloir. Il jeta à nouveau un coup d'œil dans la chambre et en déduisit que j'étais plongé dans un profond sommeil. Le son de l'émetteur se fit de plus en plus lointain ; je compris qu'il quittait momentanément son poste de surveillance.

« Maintenant ou jamais ».

Je me relevai brusquement de mon lit, la tête bourdonnante et le corps douloureux. Il me fallut quelques secondes pour ordonner à mes jambes de tenir debout et commencer à marcher. Je passai la tête par la porte : un groupe d'infirmières se tenaient à quelques mètres et discutaient à tue-tête. Pieds nus et en habit de convalescent, je pris le couloir sur la pointe des orteils dans l'espoir de dégoter un vêtement plus sociable, voire un téléphone à l'étage. Je tenais maintenant Jean-Grégoire pour responsable de ma périlleuse cavalcade ; il ne s'en sortirait pas à si bon compte. De l'autre côté du couloir, les infirmières continuaient à jacasser ; j'ouvris la première porte à ma gauche qui affichait *« No entry ».* Aucun téléphone ne trainait dans la petite pièce aux étagères remplies de serviettes et médicaments en tous genres. Dans une grande corbeille de linge sale, un fouillis de blouses blanches tâchées de sang, odorantes à souhait, ne me laissait pas d'alternative. Je plongeai mes mains avec un dégout déplacé dans le tas et enfilai la première blouse à ma taille. *« Ça ne marchera jamais », me* dis-je. Mais que risquais-je ? Au pire, je serais prestement raccompagné dans ma chambre et mon interrogatoire commencerait plus tôt que prévu.

Je repris le couloir d'un pas pressé en entendant, derrière moi, le talky-walky du militaire couiner autoritairement. Il était déjà revenu à son poste pour se rendre compte que j'avais filé.

- *MISTER ARAM !,* entendis-je, sans me retourner.

Je me mis à courir de toutes mes jambes, boitant comme un cabot trop vieux pour une course perdue d'avance. J'enfonçai la porte et dévalai des escaliers sans fin, appuyé à la rampe et haletant de douleur ; la porte de l'étage supérieur claqua, le militaire était à mes trousses et avait déjà dû avertir le poste de sécurité. Je fixai, pour ne pas me vautrer, concentré, les marches impeccablement blanches que j'enfilai trois à trois ; j'avais le tournis à force de répéter le même exercice titanesque d'enjambement de dalles de béton vernies. Les dernières marches annonçaient le sous-sol ; je pénétrai dans un parking géant où des dizaines de véhicules militaires étaient garés. Tandis que je cherchai une planque, une voix m'interpela :

- Aram !

Eva Manoukian. L'agent de la CIA qui m'avait traîné dans ce guêpier se pencha pour ouvrir la portière côté passager d'un petit véhicule poussiéreux qu'elle arrêta devant moi en me dévisageant. J'étais fait. A mon grand étonnement, elle me montra une couverture du bout du nez, flanquée sur un siège arrière aussi bordélique qu'une chambre d'adolescent, entassant documents, magazines et vêtements jusqu'au rebord du pare-brise arrière.

- Cachez vous derrière et ne faites pas de bruit !

Qu'est-ce que cela signifiait ? Allait-elle m'enlever, une nouvelle fois ? Je n'avais pas le choix. Je grimpai dans le véhicule et escaladai le siège passager pour me cloîtrer dans le mince espace dédié au plancher arrière, me recouvrant de la couverture.

« Mais qu'est-ce qu'elle me veut, cette folle... »

Plongé dans l'obscurité, j'entendis le véhicule rouler au pas et sortir de l'immeuble. Un faisceau de lumière transperça la couverture mais je restai immobile comme une vulgaire marchandise. La voiture s'arrêta. Eva échangea quelques mots en anglais avec un baryton sans descendre du véhicule. Puis elle se remit en marche. Le moteur bourdonnait sous mon ventre, tandis qu'Eva restait silencieuse. Elle roula un temps interminable sur des routes plates jusqu'à ce que des chemins caillouteux, balançant le plancher du véhicule de part et d'autres sous mes genoux endoloris, annonçassent la sortie de la ville.

Quelques minutes passèrent avant son feu vert :

- Vous pouvez sortir. Il n'y a plus de danger.

Je relevai la couverture pour voir, à travers la vitre, le paysage alentour. Aucun immeuble. Des terrains vagues et collines rocheuses à perte de vue, de petites maisons au toit en taule ondulée parsemées ici et là. Nous étions hors de la petite capitale et roulions vers une destination inconnue.

- Vous attendez sans doute que je vous remercie ?

- Venant d'un parisien, je ne m'attends à rien.

Je la regardai dans le rétroviseur qui renvoyait son regard imperturbable et concentré. Ses yeux couleur châtaigne captaient la lumière du soleil couchant avec une intensité déconcertante. Ce petit bout de femme, d'un mètre soixante cinq tout au plus, au doux visage angélique, n'avait rien d'un agent secret. Deux petites mains posées sur le volant, qui n'auraient jamais tué une mouche. Vue de derrière, elle semblait inoffensive. Gentille comme une petite fille à son papa. Relevant la couverture, je restai assis sur le plancher ; la masse de livres et de documents prenait toute la place réservée au siège arrière. Elle devait être bien seule pour côtoyer autant de livres. Nous avions sans doute cela en commun. Les trois quarts étaient en arménien, mais quelques-uns, en anglais, semblaient livrer une passion pour la préhistoire et les rites religieux ancestraux. Je ne savais trop que penser.

Nous étions désormais loin de l'ambassade.

- Merci, Eva.

Elle fit à peine un signe de tête, pratiquement fière et déterminée, comme si je n'avais aucune idée de ce qu'elle venait de faire pour moi.

- Où allons-nous ?, risquai-je.

Elle poussa un long soupir.

- Je n'en sais rien. Ce que je sais, c'est que je suis foutue.

- Foutue ? Pourquoi foutue ?

Elle n'avait pas l'air de jouer la comédie. Elle venait de me sortir du guêpier dans lequel elle m'avait fourré, qui n'était néanmoins qu'un hôpital. Peut-être me testait-elle ? Attendait-elle que je prenne l'initiative, en gagnant ma confiance, de la conduire à un lieu dont je n'avais pas l'ombre d'une idée ? J'envisageai aussi qu'elle ait pris un risque pour moi. Elle était vraisemblablement au courant de la tournure qu'allaient prendre les événements au Marriott et je ne décolérais pas. Mais pourquoi m'avoir sauvé ? Mes yeux se posèrent sur un vieux livre tout corné, dont la page de garde dessinait une vieille lithographie du mont Ararat.

- Allons voir la Montagne, proposais-je. Il parait que le couché de soleil y est sans pareil.

30.

Le sommet du mont Ararat était caché derrière quelques nuages. Le vieux gardien de la montagne m'aurait sans doute dit qu'elle n'avait pas envie, en cette fin de journée brumeuse, de se montrer aux étrangers. Nous descendîmes de la voiture, Eva et moi, au bas de la colline où était juché le monastère de Khor Virab, son observatoire privilégié. Pourquoi étais-je revenu ici ? *« Pour fuir, ou pour me retrouver ? »,* me demandai-je. J'étais en train de perdre mes repères. Je n'en avais aucun dans ce pays sans âge qu'était l'Arménie ; aucun, sauf peut-être, cette montagne qui m'avait amené jusqu'à elle, envoutante inconnue. Rarement un tel monument naturel m'avait ému. Derrière ces nuages, je devinais ses deux cimes enneigées, un manteau blanc qui la protégeait des barbelés et miradors turcs, étrange écrin pour territoire stratégique que ses hôtes ne savaient manifestement pas apprécier. J'en avais presque honte d'être venu l'acheter comme une vulgaire marchandise. Elle devait détourner le regard, pudique, pour ne pas me regarder dans les yeux.

- Elle est belle, n'est-ce pas ?

Le regard d'Eva avait changé. Elle aussi était subjuguée par la vision d'Ararat.

- Oui. La Reine des reines.

- Elle hypnotise tous ceux qui la voient pour la première fois. C'est l'une des raisons pour lesquelles le monastère a été construit ici, au VIIème siècle, en observatoire privilégié…

- Vous connaissez son histoire ? J'en suis étonné… Vous faites du zèle Agent Manoukian.

- Ne m'appelez pas comme ça. Je ne suis pas un agent.

- Ah, nous y voilà ! Vous m'avez donc mené en bateau…

Pas tout à fait.

Nous grimpions pas à pas les marches en pierre naturelle qui dessinaient la pente rugueuse menant au monastère. Mythomane en free-lance ou menteuse au service des Renseignements américains, elle me devait quelques explications. Le soleil allait maintenant se coucher quelque part derrière le pays que j'escaladais, accompagné d'une inconnue qui m'avait sauvé la vie pour de sombres raisons.

- Pas un agent ? Une contractuelle, alors ? Secrétaire à temps partiel, peut-être…

- Je suis archéologue.

- Archéologue ? Pourquoi la CIA embauche-t-elle des archéologues ?

- A cause du Testament de Noé. Vous savez ce que c'est, n'est-ce pas ?

Je tentai de rester évasif.

- Une carte géographique, je crois.

Elle s'arrêta net, ses yeux s'écarquillèrent :

- Une carte, vraiment ? *Holly shit...*

Eva n'attendait manifestement pas cette réponse et entra dans un monologue dans lequel je n'étais pas convié :

- Ils ont reconstitué la carte... Extraordinaire !

Elle emboîta le pas avec une énergie renouvelée, comme si ce que j'avais dit annonçait la découverte du siècle.

- La carte du Monde réel ! Je le savais !

Spontanée comme une écolière, la garce. J'essayais de suivre son rythme, essoufflé et boiteux :

- Non, apparemment, vous ne le saviez pas... Mais je vois que le Testament de Noé vous met dans tous vos états.

- Vous n'avez pas l'ombre d'une idée... dit-elle, grommelant, presque excédée par ma réaction.

- Expliquez-moi à la fin !

Elle s'arrêta de nouveau.

- D'accord. Je vais tout vous dire. Avant cela, vous devez me promettre de m'aider.

- A faire quoi ?

- A récupérer la carte.

Quel culot.

- A l'heure qu'il est, elle doit être enfermée dans un coffre du ministère de la Défense... La seule personne qui m'autorisait à y entrer est morte et enterrée. Même si je le voulais, je...

- Promettez-le-moi.

- Mais comment ? Comment voulez-vous que je pénètre au ministère ? C'est vous, James Bond, pas moi !

Nous nous connaissions à peine que nous nous disputions déjà comme un vieux couple grincheux. Elle avait du caractère, la petite Eva. Ce qui n'était pas pour me déplaire. Elle s'approcha à deux centimètres de mon nez :

- Aram... Tu es l'unique héritier. Promets-le-moi...

Ses yeux brillants me transperçaient. Un instant interminable qui me plongea dans un état second, envouté par son doux parfum qui envahissait mes narines. Un parfum subtile, sucré, qui se dilatait jusqu'au fond de mon âme. Au moment précis où mon ventre se nouait, je sus que j'allais rentrer dans une nouvelle galère, cent fois plus déroutante que la fin du monde.

« Et merde... ».

- Je vais voir ce que je peux faire, dis-je, sans l'ombre d'une idée. Dis-moi tout ce que tu sais.

Elle marqua sa petite victoire d'un indicible sourire juvénile. Puis, elle se reprit :

- Le Testament de Noé est une prophétie de la fin du monde alternative à Armageddon. Il regroupe des manuscrits qui font état du monde actuel, celui qui a la capacité de faire sauter la planète par la seule puissance des hommes…

- *« L'arme nucléaire »,* pensai-je.

- … au moment précis où le climat va se dérégler. C'est-ce que nous sommes en train de vivre. As-tu vu la neige tomber en avril ? C'est beau, n'est-ce pas…

Les scientifiques et artistes avaient ceci en commun qu'ils voyaient de la beauté dans les événements les plus désastreux. Eva devait être un peu des deux.

- L'Arménie possède aujourd'hui l'ensemble de ces manuscrits, qui appartiennent aux Pères fondateurs de son église. Une toute petite religion, qui est restée en marge des grands mouvements de conversion du christianisme… et qui a su garder intact les secrets des premiers jours. *Ararat est l'Alpha et l'Oméga. La vie sur Terre a recommencé avec elle, elle finira avec elle.*

- J'ai déjà entendu cette phrase dans la bouche du général…

- C'est possible ; ce n'est pas de lui. Ce sont les premières lignes du Testament de Noé. Mais ce n'est pas tout… Lorsque Noé s'est posé sur le mont Ararat, il a encore vécu de nombreuses années avec sa famille. T'es-tu déjà demandé ce qu'il en avait fait ?

- De l'Arche ?

- Oui, est-ce qu'il l'a parqué dans un hangar ? Est-ce qu'il l'a caché ? Démonté ?

- Je n'en sais rien.

- Exactement ! Personne n'en sait rien parce que ce morceau de l'histoire n'a pas été dévoilé… Et pourtant. Noé a laissé un testament avec toutes les indications qu'il nous manque aujourd'hui.

- Tu crois vraiment qu'il a existé ?

- Noé ? En tout cas, l'archéologie du mont Ararat est très riche d'enseignements. La montagne porte les traces d'une vieille inondation, avec une ceinture de coquillages à 3.000 mètres d'altitude et des résidus de sel à 2.000 mètres. Dans les années 1950, un français d'origine bordelaise, Navarra, avait organisé trois expéditions et finalement retrouvé du bois au fond d'une crevasse, à 4.200 mètres. Il en avait découpé un morceau de 1,50 mètre et l'avait ramené avec lui pour le faire expertiser.

- Et donc ?

- La première conclusion était que le bois était travaillé de main d'homme.

- N'importe quel alpiniste aurait pu laisser ça sur place…

- Possible. Mais la seconde conclusion est plus intrigante. Des archéologues du musée du Caire, en Egypte, ont fait des analyses dendrochronologiques…

- Dendro-quoi ?

- *Dendrochronologiques* - c'est la science de datation des matériaux.

Eva allait m'annoncer un chiffre mais elle se retenait comme pour dire *« Vas-y, devine »...*

-D'après la première datation, le morceau de bois a entre 4.000 et 6.000 ans…

Je restai perplexe.

-L'échantillon a fait l'objet de nombreuses études scientifiques et les conclusions étaient toutes aussi troublantes. Le morceau de bois appartiendrait à un Quercus du groupe des chênes à feuilles caduques, très favorables à la fossilisation.

- Du bois de chêne, travaillé de main d'homme, datant d'environ 5.000 ans… Tu penses qu'on pourrait la retrouver ?

- L'Arche de Noé ? dit-elle en esquissant un demi-sourire sous une délicieuse mèche de cheveux qui était retombée sur son visage. Possible… Ce serait, en tout cas, à la faveur de conditions climatiques exceptionnellement chaudes.

- Comme aujourd'hui ?

- Peut-être.

- Encore un détail. Pourquoi la CIA s'intéresserait-elle au Testament de Noé ?

- Elle s'y intéresse depuis quelques décennies, pour des raisons stratégiques. Après la seconde guerre mondiale, une Commission a été montée à Washington, dans le plus grand secret. Les photos satellitaires qui avaient été prises en 1949 ont créé une vive émotion parmi les membres du Congrès ; une lutte s'est organisée entre le lobby évangéliste et l'industrie militaire. Le problème est dérangeant pour tout le monde ; il viendrait chambouler la doctrine militaire des Etats-Unis, élaborée en 1945, redéfinir les orientations stratégiques, sans compter que les plus fervents défenseurs de la foi chrétienne verraient dans la découverte de l'Arche un signe fort de la fin des temps. La Commission s'intéressa donc à ce tout petit pays sans envergure qu'était l'Arménie, mais il fallait d'abord le sortir du giron de l'Union soviétique. C'est là que la CIA a découvert l'existence de ces manuscrits. Mais elle n'y a pas accès…

« ... parce qu'ils sont au ministère de la Défense », compris-je.

- C'est pour ça que tu veux que je t'aide ? Je ne travaille pas pour la CIA et je n'ai aucune sympathie pour tes patrons.

Eva soupira. Quelque chose la tracassait. Je crois que son employeur était le cadet de ses soucis.

- Ça n'a rien à voir avec eux… Mais je comprends. De toute façon, à l'heure qu'il est, ils doivent interroger tout le monde sur ton évasion et ne vont pas tarder à me chercher partout, avant de comprendre que j'en suis responsable. Je suis foutue…

« Laisse tomber, ne rentre pas dedans... », tentai-je de me convaincre. En vain.

- Ecoute-moi bien. Tu vas retourner à l'ambassade et jouer ta sainte-ni-touche. Ils t'ont vu sortir en voiture, et après ? Disparaître sans laisser de nouvelle serait un signe d'aveu.

- Et toi ?

- Moi ? Je reste là. J'ai quelqu'un à voir.

31.

Un canard boiteux sur une colline du Caucase. Voilà ce que j'étais.

Je n'avais pas réussi à prier avec le vieil homme devant la montagne lors de notre rencontre. A vrai dire, je n'avais pas prié depuis des années. Je n'avais pas tout à fait coupé les ponts avec le « Grand Patron », mais comme dans un dossier où il me manquait des éléments, j'attendais sans doute encore de voir la suite pour juger. J'avais demandé un sursis à statuer et attendais des pièces adverses. Ces derniers jours, une chanson de MC Solaar jouait dans ma tête comme un disque rayé *: « Ne m'parle pas d'anges qui volent, ça c'est du bluff ; en vrai, ceux qui kiffent sur Terre ont serré plein d'meufs »*... C'est un constat qui m'avait toujours fait rire, presque réconforté. Mais je n'avais plus envie de rire. J'étais en vie, mais quelle vie ! Je n'avais plus de statut social, plus d'existence civile, plus de billet retour, ni de projet. Le monde était à la dérive et je n'avais plus la force de consulter les journaux. La nuit précédente, j'avais sollicité une audience en référé au Grand Patron, car j'avais eu envie de prier. Une prière singulière était sortie de mes tripes : Que toutes mes insomnies soient bénies ; qu'elles soient capitalisées sur mon temps de guerre, mon temps de victoire ; ce sont elles qui m'ont appris à aimer la nuit. A descendre au fond de mes liens les plus obscures et à m'y sentir libre. C'est ça, l'insomnie ; c'est quand mon corps me dit qu'il n'a pas fini sa journée, même si la nuit est tombée. C'est quand ma pensée commencée plus tôt dans la journée n'a pas fini de se développer et qu'elle me retient comme on retient un invité pour finir cette discussion et trouver la conclusion.

Mais je crois surtout que j'avais besoin de voir le vieil homme pour lui parler du rêve de la Peur. Son avis m'était désormais précieux ; peut-être me dirait-il avec des mots simples ce que le général ne pouvait plus me transmettre. Je voulais en avoir le cœur net. Je montai donc voir Nechane et je lui racontai tout. De mon enfance à aujourd'hui, mon rêve de la Peur, qui me commandait de « renaître de mes cendres » pour la vaincre, Elle, celle dont personne ne m'avait parlé et qui allait accompagner mes nuits le reste de mes jours. De la vraie raison de mon exil dans cette partie du monde que rien ne m'aurait contraint à découvrir, sauf peut-être un contrat sur ma tête. Du général, du Centre des manuscrits anciens, de ses théories sur les temps apocalyptiques que je mettais désormais en parallèle avec les informations médiatisées. De l'attentat au Marriott, qui avait fait de moi le rescapé d'un crash dont la culpabilité d'avoir survécu m'ouvrit plus que jamais aux questionnements existentiels esquivés toute ma vie. Je me suis ouvert à lui comme à personne jusqu'à ce jour ; la

Montagne m'avait sans doute aidé à créer ce moment d'intense sincérité où plus rien n'avait d'importance. Je lui racontai ma vie, mes attentes, mes ambitions, mon quotidien à Paris, mes victoires et mes échecs. Il écouta longtemps sans m'interrompre, le regard plongé dans le livre ouvert que je venais de lui livrer.

- As-tu vécu ta vocation ?

La question me surprit.

- J'ai un travail que j'aime, je gagne bien ma vie, je…

Il se mit face à moi.

- As-tu vécu ta vocation ?

- Je… je pense qu'un homme, en général…

- As-tu vécu ta vocation ?

Personne n'avait jamais survécu à une même question posée trois fois. Désarmé, plus aucun mot ne me venait. J'avais perdu la parole avec l'angoisse déchirante qu'elle ne me reviendrait pas. J'avais à nouveau sept ans, je revoyais ma sœur mourir dans mes bras ; mes mots n'avaient pu la retenir. Je n'avais plus parlé car le silence avait pris toute la place.

Nechane me prit par la main.

- Prononce la phrase. La phrase exacte de ton rêve.

Avec une cruelle difficulté, je rassemblai toutes mes forces pour articuler et expulser la phrase que ma bouche n'avait jamais prononcée.

- *« Tu... Tu devras renaître de tes cendres. Alors tu pourras vaincre la Peur. Aiguise ton esprit et je te guiderai ».*

Le silence nous unit pendant quelques minutes. Je crois qu'il priait et qu'il se sentait responsable de chaque mot qu'il allait prononcer.

- Ce que je comprends, mon fils, c'est ce que je lis en te regardant : *« Dans les derniers jours, Je répandrai de mon Esprit sur toute chair ; vos fils et vos filles prophétiseront, vos jeunes gens auront des visions et vos vieillards auront des songes »*[11]. Ce rêve ne t'appartient pas. Il te livre un message que tu ne peux acquérir que par la souffrance. Il te faut d'abord comprendre ce qu'est la peur pour avancer. Il te suffit de poser les bonnes questions pour comprendre.

Poser les bonnes questions ? Mon général défunt m'avait dit mot pour mot la même chose.

- *Qu'est-ce que la peur ?*, risquais-je.

- La nature de la peur n'est ni bonne, ni mauvaise. C'est une émotion d'anticipation, un avertisseur qui prévient du danger qui guète. La peur est, depuis l'aube de l'humanité, liée au problème de la sécurité

---

[11] Actes 1-17

de tout être vivant, ce qui suppose d'avoir conscience de sa propre mort. Mais chez l'homme, la peur est avant tout le masque du désir : derrière elle, il y a le visage de ton être appelé à se réaliser.

J'avais déféqué une bonne centaine de fois avant d'atteindre l'âge adulte, et un bon millier depuis. Et si le vieil homme disait vrai, ce n'était que la face émergée de l'iceberg qui me servait de vie. Les moments où l'on démasquait la peur n'étaient donc qu'une goutte d'eau ? Un peu de sincérité : j'avais peur tout le temps puisque je n'avais pas vécu ma vocation. Je fumais comme un pompier, vidais mes tripes sur mes interlocuteurs et avais choisi un métier de combat permanent, comme mon général défunt et, du peu que j'avais pu voir, de mes corêveurs de la Communauté d'Eden.

- Sache néanmoins qu'elle peut te protéger, à condition que tu ne lui donnes aucun pouvoir sur tes décisions. Le problème est que son pouvoir est immense. Si tu la laisses sortir de sa fonction primaire, elle peut diriger ta vie, ta famille, ton peuple, ta planète. C'est ce qui arrive pour la plupart des peuples.

- Les peuples ?

- Oui, pour créer la cohésion interne, les nationalismes créent des ennemis à haïr. C'est grâce à la peur du danger externe que naît la solidarité interne. C'est aussi grâce à la peur de l'enfer que les religions rassemblent, loin du message mystique des Anciens. Je comprends que tu as grandi dans une société de la peur. Elle a donc grandi avec toi, et ton rêve est une… carte au trésor. Elle va te permettre de t'en libérer. Toi et ceux pour qui tu es né.

Mon rêve, une carte au trésor ? Je me rappelai soudain que je n'avais plus rêvé depuis longtemps. C'en était fini ?

- Comment ? Comment faire pour m'en libérer ?

En prononçant la question, l'angoisse m'envahit : si tous les membres de la Communauté étaient morts et enterrés, Bélial, homme ou démon, ne l'était pas. J'étais terrifié à l'idée que, tôt ou tard, il me retrouverait.

Chaos

Phase VII – Le réveil de la Montagne

Mont Ararat. 06h00.

La chambre magmatique était sous pression. L'arrivée du magma dans les antres du vieux volcan provoquaient des microséismes encore imperceptibles pour les populations avoisinantes. Mais les scientifiques avaient troqué leurs blouses blanches pour des combinaisons en aluminium et heaumes protecteurs couvrant leurs têtes. Le dégazage du réservoir avait entraîné les premières anomalies thermiques repérées à l'aide d'un thermomètre à infrarouge. Les compteurs Geiger commençaient à s'affoler. Mais seule la vibration continue du volcan pouvait annoncer l'éruption imminente, provoquée par la remontée du magma dans la cheminée. Les scientifiques mesuraient encore le gonflement de la montagne et l'accentuation des inclinaisons.

Ainsi, le Créateur allait lui-même effacer toute trace des Choses cachées depuis la refondation du monde. La Prince n'y voyait rien de bon. Il se demanda un instant si le Créateur signifiait là Sa capitulation, sans trop y croire. Pourquoi tant d'honneur ? Peut-être effaçait-il simplement les preuves tangibles de Son existence. Pour éviter que lui, le Prince... ne se les accapare. L'offensive était brillante. Le maître du nouveau monde, qu'il se préparait à posséder, aurait exploité à souhait la vieille épave de l'humanité. Il en aurait fait le blason de la nouvelle religion que cinq milliards d'égarés auraient vénéré. Il aurait fait de la montagne le nouveau sanctuaire que le monde entier serait venu visiter en pèlerinage... Par millions, ils viendraient se prosterner devant le Totem du nouveau monde, un Totem naturel qu'aucun veau d'or, qu'aucune étoile, croissant de lune ou crucifie n'aurait pu égaler. En détenant l'Arche, il les convertirait tous, croyants de tous horizons, athées, réfractaires.

Le Totem du nouveau monde devait être préservé de la destruction. Le Prince n'avait pas le choix : il devait empêcher l'éruption volcanique.

32.

- Tout le monde est mort et j'essaie de me convaincre que ma mission s'arrête ici. Et pourtant…

- Ta mission, je ne pourrais te dire. Mais ta quête… Ce qui est sûr est que tu ne trouveras plus assez de réponses dans le *monde « intelligible »*. Il faut… t'ouvrir l'esprit. Te laisser guider par ton intuition. Acheter Ararat n'a pas de sens, et tes amis le savaient très bien.

- C'est pourtant la mission qui m'était confiée… Et le *fantôme*… Qu'est-ce que je fais du *fantôme* ?

Le vieil homme garda le silence. Il était rempli de paix, même à l'annonce de ce qui me paraissait cataclysmique ; sa compagnie était apaisante. Nous marchions à quelques pas du monastère de Khor Virab ; le soleil s'était couché. La marche me faisait du bien et revigorait mes jambes de survivant de carnage.

- Il y a longtemps, à l'origine du peuple des Arméniens, il y avait un homme qui s'appelait Haïk. Son grand ennemi était Nemrod, connu ici sous le nom de Bel. Il avait participé à la construction de la tour de Babel ; c'était un géant. L'ambition démesurée de Bel était de se soumettre tous les peuples de la Terre. Haïk refusa de céder ; il s'exila, avec sa communauté, au Pays d'Ararat après avoir vaincu son ennemi lors d'une bataille historique. Là, il installa ses fils et poursuivit jusqu'à un territoire qu'il appela Hark, et son village Haïkachen. Le roi Haïk, également appelé Fils du Soleil, fit adopté un très vieux calendrier mystique pour marquer le jour de la victoire contre l'oppresseur ; un calendrier solaire qui consistait en douze mois de trente jours. C'était en 2.392 avant Jésus Christ…

Le vieil homme marqua un temps d'arrêt, qui sembla marquer la fin d'un périple où il allait m'annoncer ce qu'il devait me révéler depuis notre rencontre.

- Aram… Aram. Sais-tu d'où vient ton nom ?

- De la Bible, il me semble.

- C'est vrai. Aram est un descendant de l'un des fils de Noé. Mais le Aram dont il est question dans les textes n'est pas le bon. Il y a un Aram caché qu'il te faut découvrir pour comprendre qui sont les Arméniens. Es-tu prêt à me suivre ?

Un Aram caché dans la Bible ?

- Noé eut trois fils dont les lignées décidèrent du partage du monde : Sem, Cham et Japhet. Il y a deux Aram dans ces lignées. Le monde l'ignore. Le premier appartient à la descendance de Sem, qui donnera naissance aux peuples sémites et aux *Araméens*. Le second appartient à la lignée de Japhet, qui donnera naissance aux *Arméniens*. Tu portes un nom universel, symbole de force et de spiritualité. *« Comme c'était un homme aimant l'effort et la patrie,* disait Moïse de Khoren, *il jugeait préférable de mourir pour son pays, plutôt que de voir des fils d'étranger fouler le territoire de ses ancêtres, et des étrangers dominer sur ses frères de sang ».* L'historien disait encore : *« cet Aram fut si puissant et si célèbre que c'est d'après son nom que les nations qui nous entourent nomment notre pays »*... Et on peut aller plus loin, concernant ton nom, Ar-am, qui veut dire : *« Je suis Ar ».*

- Ar ?

- Ar était le dieu Soleil que les Arméniens ont vénéré pendant des millénaires avant la christianisation. Apprends la langue, tu verras que « ar » est la principale racine du vocabulaire arménien... Les noms de lieux et les noms propres ; les prénoms aussi. Ils n'ont pas changé depuis neuf mille ans.

Aram. Je suis Dieu. J'étais vieux de neuf mille ans. Je portais mon nom comme on porte un étendard, un sac rempli de blasons, de royautés et de combats. *Porter* un nom. Le porter sur mes épaules, le porter bien haut comme s'il était devenu ma seule possession, que j'avais dû épurer tout le reste pour m'apercevoir qu'il était la seule chose qui m'appartenait. Dépouillé de ma vie sociale, perché en équilibriste sur un fil entre la vie et la mort, une fibre inconnue se mit à faire vibrer tout mon être.

- *Métanoïa*... réalisai-je à haute voix.

Le vieil homme sourit.

- Mais que dois-je comprendre pour... la fin des temps ? Ma mission, l'Apocalypse ? Est-ce vrai, tout cela ?

- Le temps est peut-être arrivé à son terme ; ce qui doit arriver arrivera, on n'y pourra pas grand-chose. Ce qui est important est la vérité des Evangiles : *« Si l'Eternel n'avait abrégé ces jours, personne ne serait sauvé*[12] »...

Personne ne serait sauvé ? Ma vie ne tenait qu'à un fil, comme toute l'humanité à laquelle je finissais par m'identifier. Et ce que je comprenais du compte-à-rebours qui avait été déclenché avec la crucifixion de Jésus est qu'il n'avait finalement pas d'importance. L'homme ne changerait pas et l'humanité sauterait avec la planète sans une intervention... divine.

- Et pour Ararat ?

Le vieil homme lâcha pratiquement un rire.

- Il y a quelques années, un sommet politique eut lieu entre dirigeants turcs et soviétiques. Le représentant turc interpela son homologue arménien, sur le ton de la boutade, pour lui demander pourquoi les Arméniens plaquaient le dessin d'Ararat sur tous leurs tableaux,

[12] Marc 13-20

bouteilles de cognac et autres supports, vu qu'Ararat ne se situait pas juridiquement en Arménie. En guise de réponse, l'Arménien lui demanda pourquoi la Turquie faisait figurer la lune sur son drapeau national, vu que la lune ne lui appartenait pas...

Nous avons explosé de rire devant la grande Dame, les yeux presque mouillés, comme pour partager avec elle son bonheur d'être libre malgré ces ridicules barbelés.

- Ararat est une terre sacrée qui appartient à un espace mystique ; peu importe les délimitations juridiques acquises par conquêtes et expansionnisme. Ararat n'est ni aux Turcs, ni aux autres...

- Ni aux Arméniens ?

- C'est une question importante. Sais-tu ce qu'est un Arménien ?

Le vieil homme marqua un temps d'arrêt comme pour me laisser le temps de lui donner une réponse qui ne viendrait pas, avant de rompre mon silence.

- C'est un gardien.

- Un gardien ? De la montagne ?

- De bien plus que cela.

- D'un territoire ?

- De bien plus que cela.

Un gardien. Allons donc. C'est vrai que leur réputation de gardiens de chèvres, dans la littérature étrangère, les avait précédés. Mais Nechane ne parlait jamais pour dire des banalités. Je n'avais jamais vécu cela avant : chaque mot qu'il prononçait était une fenêtre ouverte sur un ciel bleu à l'air pur ; je les respirais un par un.

- Es-tu un gardien, mon bien-aimé Aram ? Il te faut le découvrir car tu pourrais y trouver la réponse à tous tes questionnements.

Je regardai la montagne dans le silence de la réflexion qui plonge l'homme dans les méandres de ses remises en cause existentielles. Je la regardai comme pour lui demander si nous avions un lien de parenté, elle et moi, comme un miroir dont mon image n'était qu'une émanation. J'étais hypnotisé par tant de majesté.

Suis-je un gardien ?

33.

- Tu parles tout seul ?

- Eva ? Je ne t'ai pas entendu revenir. Déjà ? Je voudrais te présenter…

Je me retournai vers Nechane ; il avait disparu. Eva ne releva même pas :

- Désolée d'être revenue aussi vite, mais ton idée était vraiment stupide.

- Quel est le problème ?

- J'ai eu un message de mon supérieur sur mon téléphone portable.

- Et donc ?

- Et donc, c'est ce que je craignais. Ils ont fait le lien entre ta disparition et ma sortie simultanée de l'hôpital de l'ambassade...

- Vas-y, qu'attends-tu ?

- C'est que… je ne passerai pas le détecteur de mensonge.

- Quel détecteur ?

- C'est systématique en cas d'incident interne aux services ; tout le personnel y passe.

Grosse mytho. « Pourtant, tu mens très bien », fus-je tenté de répondre. Une petite escapade de vingt minutes pour monter cette histoire ? Parano oblige, j'envisageai qu'elle ait reçu l'ordre de ne pas me quitter d'une semelle.

- Est-ce que je peux écouter la messagerie de ton portable ?

- Je l'ai jeté.

- Le téléphone ? B'en voyons...

Elle se mit pratiquement en colère en tendant les bras :

- Tous nos téléphones sont filés par satellite ; je ne peux pas le garder sur moi, je…

Elle s'arrêta net, me fusillant du regard :

- Tu ne me crois pas, n'est-ce pas ? *Why did I save you, asshole !*

Je crois qu'elle m'aurait giflé, si nous avions été plus intimes. Le seul fait de ne pas la croire la rendait hystérique ; elle me rappelait toutes mes ex. Une jolie petite fleur qui bombait ses épines pour toute défense ; je connaissais bien cette espèce. La prochaine étape était de la laisser chialer jusqu'à ce qu'elle se calme. Mais elle n'en eut pas le temps : au bas de la colline du monastère, le ronronnement de plusieurs véhicules se fit de plus en plus proche. Puis les moteurs s'éteignirent. Je m'approchai du rebord du rempart qui longeait la cour intérieure du monastère et me baissai discrètement pour regarder en-bàs : à quelques mètres de nous, un quatre-quatre Mercédès s'ouvrit pour laisser descendre plusieurs hommes. Mon sang ne fit qu'un tour. La CIA, déjà ? Les portières claquèrent une par une.

- C'est toi qui les as prévenus ?

- No ! I swear God I didn't !

Mais il y avait pire que les Américains : l'émissaire – ou le fantôme, m'avait-il retrouvé ?

- *Nechane !* chuchotai-je en me baissant machinalement, tirant Eva par le bras.

Le vieil homme ne répondit pas.

Je traînai Eva vers la petite porte de la sainte chapelle, et nous nous cachâmes à l'intérieur en barricadant l'entrée à l'aide d'un banc de fortune. J'allais me préparer à passer les épaules à travers la première fenêtre et à l'enjamber pour sauter dans le vide, unique alternative à la balle qui attendait ma tête, lorsqu'une voix familière cria derrière la porte :

- Marcus ? Tu es là ?

Marcus ? Une seule personne m'appelait de ce surnom ridicule : Jean-Grégoire !

- Ouvre ou je fais un scandale…

J'ouvris la porte pour découvrir le visage rayonnant de mon ami. Inespéré.

- Qu'est-ce que tu fous là ?, lançai-je en le serrant dans mes bras.

- Je suis venu jusqu'ici pour t'engueuler, pardi ! On avait dit « aller-retour Paris-Erevan-Paris », et Môssieur prend des vacances… Alors, comme ça, tu es mort ?

Son humour caustique m'avait manqué.

- Pas tout à fait. Mais cela ne saurait tarder. Je suis dans une merde pas possible…

- Mais, nous le sommes tous, mon ami…

34.

- Bonjour, Jean-Grégoire.

- Tiens, tiens… Eva Manoukian. Le monde est petit, n'est-ce pas ?

- Non, il est très grand. Mais la malédiction le fait rétrécir.

- Vous vous connaissez ?? demandai-je, effaré.

- Qui ne connait pas la Grande Maîtresse de la *George Washington Union*… Ou plutôt devrais-je dire : ex-Grande Maîtresse… Ta déchéance s'est bien passée, ma Sœur ?

Au quart de tour, Eva entra dans une furie ravageuse :

- Vous êtes une bande de filous ! Vous tous, au 33ème degré. Tout ce que j'ai fait a été de dénoncer…

- Règle tes comptes avec le G.A.D.L.U.[13], pas avec moi. *Elle n'est pas méchante,* me dit Jean-Grégoire d'un faux chuchotement, juste un peu idéaliste… Plus catholique que le Pape !

« Ça y est. J'ai compris… »

Je n'en revenais pas. J'avais enfin compris qui était mon ami Jean-Grégoire. Mon ami de quinze ans. Comment ne l'avais-je pas repéré plus tôt ? Tout s'expliquait : les *Men in Black*, les connaissances cachées, les réseaux qui m'échappaient… *« J'ai un pied dans la pratique du pouvoir politique et un autre dans un univers que tu ne comprendrais pas »,* m'avait-il lâché évasivement au manoir : Jean-Grégoire était donc Franc-Maçon… Cela étant, « Franc-Maçon » n'expliquait pas l'étendue de son pouvoir, malgré ce que la presse à sensation pouvait encore suggérer du complot judéo-maçonnique, fantasmé à l'extrême pour faire exploser les ventes. Sur les cinq millions de Frères de la planète, trop peu avaient un véritable pouvoir politique, qui plus est à l'échelle mondiale. Mais je les aimais bien. Ils étaient, un peu comme les boy-scouts de l'humanité collectionnant les badges sur leurs uniformes, sapés comme des sapins de noël lorsqu'ils étaient entre eux. Cela me suffisait à croire en leur innocente incrédulité. Que pouvaient-ils faire contre le Prince de ce monde ?

Eva et Jean-Grégoire se lançèrent dans un débat maçonnique à coup de charabia. La scission historique entre « loges régulières » et « obédiences laïques », déistes et athées, fervents défenseurs des « Landmarks » et progressistes invétérés favorables à la création d'un gouvernement mondiale impulsé par la Franc-Maçonnerie, était en passe de se transformer. Je n'y comprenais pas grand-chose, sauf qu'un nettoyage au karcher avait eu lieu dans les hauts grades, parmi ceux qui voyaient un danger à sortir de la mission traditionnelle de la

[13] Grand Architecte de l'Univers

Maçonnerie. Eva était passée à la trappe, « de son plein gré » selon ses dires, dénonçant un putsch organisé par une ribambelle de Grands Maîtres et Conseils des Sages déterminés à mettre en place une coalition sans précédent, du genre *« Fraternité mondiale »,* restaurant un nouveau pouvoir jusqu'alors réservé aux coulisses des sociétés civiles. Jean-Grégoire redoublait d'insolence à mesure qu'Eva s'époumonait. Leur partie de ping-pong commençait sérieusement à m'échauffer :

- Vous êtes des grands malades… Revenez sur terre, vous réglerez vos querelles de clochés plus tard. Il y a beaucoup plus important pour l'instant.

**

*

Nous avons débriefé toute la soirée. J'expliquais à Jean-Grégoire les derniers événements, tandis qu'il me donnait des nouvelles du front. Apparemment, tout s'accélérait ; les attentats n'avaient toujours pas été revendiqués, ce qui démultipliait les tensions d'un bout à l'autre de la planète. Le monde avait besoin d'un responsable qui, lui, avait choisi de rester dans l'ombre. L'Afghanistan avait quasiment implosée, l'Afrique multipliait de nouveaux génocides dont le Rwanda n'avait été qu'un tour de chauffe. Des alliances géopolitiques insoupçonnées étaient en train de se former et personne ne parvenait à dire qui était l'ennemi de qui. Les cellules de crise se succédaient dans toute l'Union européenne. L'Union était à présent préoccupée par un événement que tous les analystes géopolitiques avaient refusé de prévoir : les quarante-cinq millions de Kurdes disséminés entre la Turquie, l'Iran, l'Irak et la Syrie, étaient en passe de se soulever, appuyés par les Etats-Unis, pour mettre en place un gouvernement commun et proclamer l'indépendance de leurs territoires. Ankara criait à la trahison et réalisait les raisons obscures pour lesquelles Washington avait toujours milité en faveur de son adhésion à l'Union européenne – le cheval de Troyes.

Je regardais Eva du coin de l'œil tout en écoutant Jean-Grégoire, toujours méfiant à l'idée qu'elle soit beaucoup plus qu'une archéologue.

- Est-ce qu'on peut lui faire confiance ?, lançai-je à mon ami.

Il dandina la tête pour signifier une demi-approbation, mais que cela n'avait pas vraiment d'importance :

- Une sous-fifre de la CIA en CDD… Ils s'utilisent réciproquement. Elle est la grande spécialiste de l'archéologie préhistorique de l'Arménie. A vrai dire, je ne suis pas surpris de la voir ici.

- Je ne vous dérange pas, messieurs ? Vous, les Français…

- Eva, tu me saoules !

Je me retournai vers Jean-Grégoire :

- Comment m'as-tu retrouvé ?

- Mon ami, je te retrouverais même au fin fond de l'enfer... Plus sérieusement, ça n'a pas été très difficile. Disons que j'ai mes sources.

- Même ici ?

- Surtout ici...

Jean-Grégoire avait profité d'une réunion à Moscou où il avait été envoyé en émissaire par le gouvernement français, pour faire un détour à Erevan. *« d4, d5, e4, e5 »*. Le centre de l'échiquier. La levée des Kurdes. Ararat. Je n'osais comprendre : la montagne sacrée que j'étais venue acheter se trouvait géographiquement au Kurdistan turc. En accueillant la Turquie au sein de l'Union européenne, les grands humanistes de gauche et les défenseurs de l'économie du tourisme de droite n'avaient rien vu venir. Il était clair qu'ils ne comprenaient rien à ces civilisations et demeuraient persuadés que la maîtrise de la région n'était qu'un défi mineur pour ceux qui avaient christianisé les sous-hommes à coup de haches. Tout cela était finalement bien rationnel et n'avait rien de surnaturel. Je reposai les pieds sur terre un moment, avant de revenir à la paradoxale réalité, celle des derniers événements surréalistes qui manifestement me dépassaient.

- Voilà le topo. Dans exactement vingt-et-un jours, la République kurde va proclamer son indépendance. Les Etats-Unis vont immédiatement la reconnaître et déposer une proposition à l'ONU pour que le reste des pays-membres en fasse de même. Ils vont prétexter un soutien légitime aux mouvements de libération nationale, aux minorités opprimées, à l'expression du droit des peuples à disposer d'eux-mêmes. Un peu comme pour le Kosovo et toutes les Républiques autoproclamées qui ont été reconnues ces derniers temps. Voilà l'alibi.

- L'alibi ? L'alibi de quoi ?

Je n'osais comprendre.

- Washington veut montrer qu'il est toujours le patron sur Terre... quitte à employer les grands moyens. Les quatre pays concernés - Syrie, Iran, Irak et Turquie, vont être démantelés. Les Etats-Unis n'ont pas été touchés par les attentats... Le cheval de Troyes va s'enflammer dans l'Union, qui n'aura plus le temps d'éteindre l'incendie.

- Démantelés ? Mais, ils n'en ont pas les moyens !

- Effectivement. Sauf à recourir à l'arme nucléaire. C'est quitte ou double, pour eux. Soit ils réussissent ce coup-là, soit ils acceptent leur déclin.

Cette fois-ci, c'était la fin. Les *« Grands Patrons »,* comme les appelait la Communauté d'Eden, étaient prêts à employer l'arme atomique pour reconquérir le leadership que l'Empire américain était en phase de perdre. Le même procédé qu'Hiroshima... Le problème est que le marché du nucléaire avait craqué : les kits prêts-à-l'emploi commençaient à se vendre sous le manteau, un maximum de pays et de groupuscules pseudo-terroristes pouvaient se les procurer auprès de trafiquants d'armes qui développaient un créneau extrêmement juteux. Mais les Grands Patrons n'en avaient que faire ; ils avançaient comme des bulldozers sur les restes de la forêt amazonienne, pompant les dernières réserves d'oxygène de l'humanité.

Je savais désormais que l'Apocalypse viendrait des hommes, et non de Dieu. Vingt-et-un jours ? Le général et les autres avaient raison. A ce stade, nous avions besoin, soit d'une intervention divine, soit... d'une idée. Saint-Marc, le lion des évangiles, l'avait annoncé : *« Si l'Eternel n'avait abrégé ces jours, personne ne serait sauvé »*.

- Qu'est-ce qu'on va faire, JG ?

Jean-Grégoire semblait dubitatif. Il me répondit par une autre question :

- *...Un compte-à-rebours, dis-tu ?*

Je lui racontai chaque détail : mon cabinet avait été cambriolé par un émissaire de Bélial - le diable en personne ? Ils voulaient le manuscrit et avaient été coiffés au poteau par le Centre des manuscrits anciens ; le Centre était à la recherche d'Éden et s'était attelé à reconstituer une carte géographique. J'hésitai à lui parler de mon rêve. Mais Jean-Grégoire devait être suspicieux à m'écouter divaguer sur une espèce de caricature d'Armageddon version new age. Je n'avais pourtant aucune intention. Je décidai sonc de tout lui dire du rêve de la Peur. Jean-Grégoire ne sourcilla même pas.

- La communauté d'Eden ? Je n'en avais jamais entendu parler. Ce serait eux, les clients ?

Eva maugréa :

- Toujours un train de retard, vous les...

Jean-Grégoire restait silencieux : les clients étaient donc des illuminés, devait-il penser. Je n'avais pas eu le temps de comprendre ce qu'était le programme de la Communauté d'Eden, pourquoi ils avaient planifié une réunion au sommet à en risquer leur disparition ni surtout, pourquoi ils voulaient acheter Ararat. Il nous fallait donc deviner, monter l'enquête nous-mêmes, comme les juges d'instruction d'un pôle anti-terrorisme spécialisé dans le mysticisme. Jean-Grégoire voulait sans doute raisonner rationnellement avant de savoir si le dossier valait la peine d'être poursuivi. Pourquoi avoir anéanti la Communauté d'Eden ? Pourquoi acheter la montagne ? Quel rapport avec l'évolution géopolitique ? Un dossier d'enquête commençait toujours par l'identification des protagonistes : les auteurs, les victimes.

- Tu as le nom des clients, au moins ?

- Comment ça ? Je t'ai envoyé la liste par courrier !

- J'ai bien eu ton texto, bougre d'imbécile…

Nous nous regardâmes dans les yeux pour arriver, sans un mot, à la même conclusion : le message avait été intercepté.

- L'auteur de l'attentat ?

- Le diable.

La réponse appropriée eût été : « Je pense que tu t'es assez foutu de moi ». Mais Jean-Grégoire n'avait pas l'air de vouloir plaisanter et prit très au sérieux la tournure des événements.

- Tu aurais dû me dire depuis longtemps, pour tes rêves…

- Pourquoi ? Est-ce important ?

Il ne me répondit pas.

- Tu devrais rentrer à Paris. Dis au revoir à la demoiselle ; je vais demander au chauffeur de te conduire à l'aéroport pour que tu prennes le Falcon. Le Centre des manuscrits anciens, dis-tu. Je vais voir avec le ministère de la Défense. Il faut préparer l'Alliance. Nous n'avons plus de temps à perdre.

- L'alliance ? Quelle alliance ?

Initiation

Dialogue d'un autre monde

Quelque part. Nulle part.

- D'où viens-tu ?

- De parcourir la terre et de m'y promener .

- As-tu trouvé ce que tu cherchais, Mon fils ?

Le Prince était excédé par ce piteux qualificatif. Accepter le titre de fils supposait de Le reconnaître comme Père. Lui, qu'il avait renié.

- Je t'ai créé la plus grande et lumineuse des créatures célestes. Tu avais ta place dans Mon royaume.

- Tu m'as utilisé, comme tous les autres.

- Je t'ai créé, donc je t'ai aimé, Mon fils.

Aimer. Un courant d'énergie auquel il avait renoncé lorsqu'il avait découvert la puissance des forces obscures à laquelle il pourrait aspirer s'il refusait sa soumission à la volonté divine.

- Tu m'as créé, c'est vrai. Mais seulement pour faire de moi un vulgaire serviteur du Glaireux. Ne méritais-je pas mieux ?

- Renonce à l'orgueil, Mon fils. Renonce à l'orgueil et tout sera simple. Renonce à l'orgueil et tu auras ta place dans Mon royaume.

- Ton... royaume ? Je suis le Prince de ce monde, que me donnerais-Tu que je n'aie déjà ?

Le silence de l'Agneau.

Le Prince n'entendait rien au silence. Il ne voyait, dans l'obstination du Créateur à croire en sa rédemption, qu'une vulgaire manœuvre de plus pour mener à terme le plan divin. Il y décelait un aveu de faiblesse puisque le Créateur avait besoin de lui pour l'accomplissement parfait de Son royaume. Assurément, il ne cèderait pas.

- J'ai une proposition à Te faire. Après cela, nous verrons bien qui avait raison.

- A quoi bon ? Les Temps sont accomplis, tu l'as compris.

- Ils ne peuvent rien sans Ton intervention.

- Ceux qui ont des oreilles pour entendre ont entendu.

- Je sais ce que Tu prépares. Renonce à la montagne de Noah. Renonces-y et je Te montrerai définitivement que Tes créatures ne

valent pas mieux que moi. Si Tu leur avais donné mon pouvoir, ils T'auraient renié depuis longtemps...

« Les voies du Seigneur sont impénétrables »... Le Créateur n'avait aucune raison de céder au chantage. Mais Il y vît sans doute une ultime chance pour l'ange déchu de mettre un terme à sa vaniteuse entreprise.

- J'y renonce, Mon fils. Je fais cela pour toi. Mais sache qu'il n'y aura plus d'autre étape. Si tu échoues, Je te retirerai ton pouvoir et tu serviras Mes créatures. Et si tu refuses... Je t'annulerai.

35.

La route qui menait à l'aéroport était plus animée qu'à mon arrivée. Je revoyais défiler les casinos posés côte à côte en chemin inverse ; les voitures de luxe, innombrables, étaient stationnées devant ces terrains de jeu pour nouveaux riches. Des gosses de milliardaires d'à peine vingt ans, attroupés devant leurs bolides flambant neuf, regardaient passer le quatre-quatre avec insistance en se demandant sans doute à quelle famille mafieuse appartenait le passager. L'ambassade des Etats-Unis, que j'avais pris pour un énorme QG militaire à mon arrivée, était lourdement silencieuse. Mon regard avait changé. Ses satellites protubérants avaient quelque chose d'obscène, à se pavaner ainsi devant tout le monde. L'implantation américaine en Arménie était donc loin d'être neutre. A quelques kilomètres du pays, la levée des quarante-cinq millions de Kurdes des territoires frontaliers démontrerait bientôt que Washington demeurait le plus grand stratège militaire du XXIème siècle. C'est en tout cas ce que la Chine et ses nouveaux alliés contre-nature devraient comprendre.

J'espérais toujours, en arrivant à l'aéroport, que tout cela se calmerait. JFK et Khrouchtchev avaient été à deux doigts de déclencher la troisième guerre mondiale en 1961. Washington avait installé quinze missiles Jupiter en Turquie et trente en Italie, tous capables d'atteindre l'URSS ; trente cargos soviétiques, dont quatre équipés de missiles nucléaires, avaient fait route vers Cuba. La guerre nucléaire avait été évitée de justesse car l'homme, aussi pourri soit-il, était doué de raison.

Le chauffeur descendit de la voiture garée en double fil pour sortir un bagage du coffre. J'étais assis à l'arrière et m'apprêtais à descendre. Je réalisai soudain que quelqu'un me regardait fixement. Nos regards se croisèrent et je fis mine de ne pas l'avoir vu. Mon sang s'est glacé un instant mais il fallait prendre une décision très vite : l'émissaire du fantôme m'attendait de pied ferme, la main glissée dans son manteau. Comment m'avait-il retrouvé ? Comment savait-il que j'étais vivant ? Je bondis à l'avant du véhicule et appuyai sur le champignon d'un même mouvement. Le chauffeur resta abasourdi sur le trottoir, valise à la main. A grande vitesse, je slalomai entre voitures et autocars, manquant d'écraser les foules de piétons qui ne voyaient pas l'utilité d'emprunter les trottoirs. Mon quatre-quatre Mercédès fut rapidement poursuivi par un autre, de même puissance, décapant routes et ruelles à vive allure. Le rétroviseur tremblait sous les vrombissements du moteur poussé à bout ; il était toujours derrière moi et ne me quittait pas d'un pouce, feignant de bousculer mon pare-choc à chaque décélération. Le semer ? Comment le semer dans ces toute petites rues mal foutues, au bitume abimé et aux crevasses trop profondes pour ne pas bousiller les amortisseurs ? Plein phares allumés, je clacksonnais comme un forcené pour contraindre les malheureux piétons endimanchés à dégager le passage, cognant le véhicule contre pompes à incendie et poubelles de fortune. Nous traversâmes les banlieues pendant un temps interminable, bifurquant dans les ruelles jusqu'à un cul de sac qui m'obligea à piler pour déraper sur dix mètres et éviter de justesse d'enfoncer le capot dans l'immeuble qui m'avait pris au piège. C'en était fini.

- *Descends.*

L'émissaire se tenait debout, derrière la vitre de ma porte. Je lâchai le volant, ma main se posa machinalement sur un objet métallique. La sueur avait envahi mon front mais je n'eus pas le temps de décompresser.

- *Descends !* cria-t-il une nouvelle fois.

C'est ce que je fis : je le descendis.

En ouvrant la porte du quatre-quatre, je réalisai que je venais de tuer un homme. Le chauffeur avait laissé son revolver armé d'un silencieux à portée de main, coincé sous son siège. Mon corps était devenu lourd comme une enclume, une statue de marbre sans âme, figée devant sa macabre tragédie. Une mare de sang se dessinait sur le sol poussiéreux de la paisible banlieue érevanaise. Personne ne m'avait vu mais je ne devais pas rester dans le coin. Je dus mettre une bonne minute avant de reprendre mes esprits et commencer à marcher d'un pas pressé vers le boulevard principal dans l'intention de prendre un taxi. Mais il était hors de question de laisser trace ou témoignage. Je continuai donc à marcher. Je marchai longtemps sans m'arrêter en revoyant mille fois la scène qui venait de faire de moi un tueur. Mon vieux Code pénal commença à m'annoncer la couleur ; je revisitais sans cesse, de mémoire, les qualifications juridiques qui pourraient être retenues : assassinat, homicide involontaire, violence ayant entraîné la mort sans intention de la donner… *« Légitime-défense »,* me répétais-je à haute voix. *« Légitime-défense ».* C'était la stricte vérité mais si une enquête policière devait arriver jusqu'à moi, je nierais en bloc. En stratégie judiciaire, un dossier vide valait toujours mieux que des aveux. Pas de témoin, pas d'arme du crime. Les plaques d'immatriculation ne m'appartenaient pas ; Jean-Grégoire, intouchable, serait informé que son véhicule avait été volé, mais il ne me balancerait jamais. Dans ce pays, un règlement de compte entre mafieux était beaucoup plus probable qu'un duel entre avocat et démon. D'ailleurs, avais-je vraiment tué un homme ? Etait-il vraiment mort ?

Je marchai pendant des heures. Sans trop savoir pourquoi, je suivis les panneaux d'indication *« APAPAT »,* qui signifiaient, en russe, Ararat. Dans ma longue marche nocturne, je réalisai que j'avais inconsciemment choisi d'aller me réfugier chez le vieil homme. Le pays ne me laissait pas partir et j'errais sur ses routes avec un sentiment crasseux qui ne me quittait pas. Il devait être cinq heures du matin lorsque j'arrivai au monastère de Khor Virab. Nechane était déjà réveillé, comme s'il m'attendait. En voyant mes cernes et ma face décomposée, il dut comprendre que j'avais besoin de son asile.

- *Que l'Eternel soit ton refuge.* Entre, mon ami.

36.

Le soleil insistait pour traverser le fin rideau qui était supposé faire écran pour me laisser dormir à satiété. Les cloches du monastère annonçaient midi. A vrai dire, je n'avais pas beaucoup dormi. J'entrouvris les yeux sans grande conviction jusqu'à ce que mes neurones aient reçu assez d'oxygène pour me ramener à la réalité. Je ne me rappelais pas avoir rêvé. Mais j'avais l'amère impression d'être passé à un nouveau stade de ma vie. Si un jour on me demandait *« avez-vous déjà tué ? »,* désormais, je pourrais répondre oui. Légitime défense, mais oui. Une âme, aussi noire fut-elle, était sortie d'un corps parce que je l'avais décidé. Un corps s'était fait rigide parce qu'un petit morceau de métal l'avait transpercé pour qu'il se vide de tout son être. Ce pouvoir appartenait à n'importe quel homme poussé à bout, dont la survie était liée à l'extinction d'un autre.

Le vieil homme ne me posa aucune question sur les raisons de mon arrivée précipitée. Il était toujours au-delà des événements, hors du temps profane, et passait, je le voyais, le plus clair de ses heures à prier et méditer. Je sortis dans la cour intérieure. Une messe venait d'être célébrée dans la chapelle que trois ou quatre fidèles quittaient discrètement. Les chants grégoriens avaient dû bercer mes dernières minutes de sommeil. Une douce brise me caressa le visage ; je sentais que je ne risquais rien ici. Ce sanctuaire devait être un terrain neutre où, ni les démons, ni les mauvaises pensées n'avaient séjour.

- *« Délivre-nous de nos ennemis visibles et invisibles »...*

- Comment ?

Nechane avait terminé de célébrer la messe. Je savais bien qu'il était religieux, mais je le voyais en habit de profession pour la première fois. Je n'avais jamais perçu autant de lumière irradier un être humain ; son visage et son corps étaient comme entourés d'un halo, je crois que la messe y était pour quelque chose. Il devait en sortir revigoré et vivifié comme tout un chacun sortait de sa douche frais et dispo. Ses mots résonnèrent en moi sans retenue.

- *« Délivre-nous de nos ennemis visibles et invisibles »*... C'est l'un des thèmes-clés du rituel de l'Eglise arménienne. *« Mon âme est parmi les lions ; je suis couché au milieu des gens qui vomissent la flamme... »*[14]. Un peu comme toi, n'est-ce pas ? Notre messe est un antidote, mon ami. Pratiquement un exorcisme hebdomadaire. Tu devrais essayer, un jour...

[14] Psaume 57-5

Nechane devait lire dans mes pensées. Peut-être, savait-il que j'étais poursuivi par un ennemi invisible mais rien de tout cela ne semblait le perturber. Comme s'il était normal d'avoir des ennemis, visibles ou invisibles. Etait-ce aussi simple ? Suffisait-il de demander au Grand Patron de nous délivrer de nos ennemis, fussent-ils le diable en personne ? Je n'avais pas réussi à prier avec lui au pied de la montagne, la première fois ; j'en étais toujours incapable aujourd'hui. *« Notre Peur qui es aussi eux »...* Notre peur qui nous entraîne loin des chemins vertueux. Notre peur qui me fait chier.

- *Oui, un jour, peut-être,* répondis-je évasivement.

J'étais ailleurs. La carte était donc la cause de ma cavale permanente mais je ne l'avais pas.

La carte. Eden. Eden, vraiment ? Eden ou pas, le fantôme ne me lâcherait pas tant que les secrets de la carte ne lui seraient pas connus. Pourquoi était-ce si important pour lui ? Les premiers versets du Texte me revinrent à l'esprit. *« L'Éternel Dieu planta un jardin en Eden, du côté de l'Orient, et il y mit l'homme qu'il avait formé. Un fleuve sortait d'Eden pour arroser le jardin... ».*
J'avais besoin de lui parler mais j'avais trop honte de lui confesser le meurtre. Qu'aurais-je pu lui dire ? Que j'avais tué un homme ?
- … Connaissez-vous les quatre fleuves ?

Nechane compris sans doute l'échappatoire mais il sourit sereinement à la question. Il récita par cœur :
« Un fleuve sortait d'Eden pour arroser le jardin, et de là il se divisait en quatre bras. Le nom du premier est Pischon : c'est celui qui entoure tout le pays de Havila, où se trouve l'or. L'or de ce pays est pur ; on y trouve aussi le bdellium et la pierre d'onyx. Le nom du second fleuve est Guihon ; c'est celui qui entoure tout le pays de Cusch. Le nom du troisième est Hiddékel ; c'est celui qui coule à l'Orient de l'Assyrie. Le quatrième fleuve, c'est l'Euphrate ». C'est une jolie quête, *Kédarudz...*

- Kédarudz ? Qu'est-ce que cela veut dire ?

Il se contenta de sourire et pris une tige de bois séché. Sur le sol terreux de la cour du monastère, il commença à dessiner. Quatre traits. Une montagne. Un bateau.

- L'Euphrate est le plus simple à identifier. C'est le plus grand fleuve d'Asie occidentale, et il prend sa source dans les montagnes d'Arménie. Il a arrosé toute la Mésopotamie et s'est jeté, réuni au Tigre, dans le Golf persique.

Je me penchai vers le sol en essayant de reprendre mes esprits. Je regardai de plus près pour repérer le Tigre, en comprenant que ce fleuve avait pris un autre nom dans le texte de la Genèse :

- *Hiddékel.* En Assyrien, on l'appelait Diglat, ce qui désigne dans cette langue le Tigre. Eh bien, sache que ce fleuve prend également sa source dans les montagnes d'Arménie. Il traversait du nord au sud la Mésopotamie septentrionale pour se rapprocher de l'Euphrate au-dessus de Babylone et se confondre avec lui, avant son embouchure, dans le Golf persique.

Son dessin me rappelait la carte que j'avais vue à plusieurs reprises. Cela commençait à faire beaucoup. Que les montagnes d'Arménie aient abrité Eden n'était pas en contradiction avec la Bible ; ni, plus tard, le fait que l'Arche de Noé s'y soit posée. Cette coïncidence de lieux m'interpellait. Je ne savais pas encore pourquoi.

- Et les deux autres fleuves ?

- *Pischon et Guihon.* Le « premier » et le « second ». Ils appartiennent au monde antérieur au déluge. Tu ne pourras pas les voir, *Kédarudz.* Ils ont disparu.

Disparus ? Ils étaient pourtant indiqués sur la carte. L'un était très long et semblait s'étendre vers les territoires actuels de l'Arabie saoudite. Et pourquoi m'appelait-il *Kédarudz ?*

- Nechane, je crois que je vais avoir besoin de vous.

- Je sais, mon ami. Je le sais depuis le début. Je le sais parce que tu es un gardien. Tu es un lion des villes qui a fait le voyage de l'Occident à l'Orient pour... réaliser son rêve. Sais-tu que le lion est l'animal symbolique de Saint-Marc, dont tu portes le prénom ? Tu es un carnassier des villes qui n'a pas laissé étouffer en lui le dessein de l'univers et tu souffres de ton ambivalence. Mais tu es aussi *Kédarudz,* un lion à la recherche des Fleuves de Vie. Chaque être humain est supposé faire ce cheminement mais tous n'ont pas la chance d'avoir des cartes pour voyager...

Ar-am. *Kédarudz.* Le paysage qui nous entourait était purement magnifique, au-delà des mots. Aucun artifice n'y avait cours ; la pauvreté avait donc un royaume que seul l'homme acculé dans les derniers retranchements de ses profondeurs pouvait connaître. J'étais sur une terre sacrée. J'étais un gardien. J'étais un lion des fleuves. J'étais... un meurtrier.

Chaos

Phase VIII – Totem du nouveau monde

Le mont Ararat avait sensiblement grogné, provoquant la cohue générale parmi les militaires et scientifiques qui s'étaient mis à courir en remballant leur matériel, manifestement pris de court. Mais soudain, le silence s'installa. Les appareils de détection affichèrent simultanément des aiguilles retombées à zéro. Comme s'il ne s'était rien passé. Incompréhensible. Une anomalie ? Un instant immobiles, ils reprirent chacun leurs positions devant leurs écrans ; chacun confirmait les informations des autres : sans explication rationnelle, la montagne s'était subitement rendormie. Comme si le magma avait fait demi-tour dans les antres du vieux volcan. Assurément, le monde scientifique ne tarderait pas à commenter l'étrange phénomène que les premiers témoins baptisèrent, sur le vif, l'anomalie d'Ararat, sans savoir que l'expression avait déjà été inventée par la CIA pour désigner un objet voguant non-identifié, repéré sur un versant du Mont.

Le Créateur avait tenu parole. La montagne de Noah serait épargnée. A quelques mètres du camp installé par les chercheurs, une épave en bois se laissait dénudée de son manteau de glace, qui fondait à mesure que le soleil irradiait sur les hauteurs. Personne ne l'avait encore repérée mais le Prince ne tarderait plus à user de son influence pour la révéler au grand jour.

Le Totem du nouveau monde ne pouvait être dévoilé qu'à l'aune du chaos final. L'armée de la Peur, dans son déploiement le plus total, allait bientôt permettre la montée du chaos universel. Le Prince allait tous les doter de l'arme décisive, celle qui rétablirait l'équilibre et l'égalité entre les puissants et les faibles. Voilà six mille ans qu'il attendait cet instant. Ils avaient mis du temps à y venir, mais leur imagination bien disposée à servir la guerre avait enfin porté ses fruits. Le Prince allait distribuer l'arme nucléaire à tout le monde. Non pour l'utiliser – il ne permettrait jamais la destruction totale de son règne -, mais pour accroitre en eux la peur de la mort, et distiller son antidote dans leurs âmes d'éternels esclaves.

37.

Vingt-et-un jours.

J'étais à mille lieues de l'excitation du joueur d'échecs.

C'était donc vrai : nous allions tous mourir. J'avais atteint le point de non-retour : entre renoncement et préservation, je puisais dans les dernières réserves de mon ego. Dans le ravin du monde, ma panoplie de golden-boy ne me servait à rien ; je n'étais plus moi-même qu'illusion. Je pris conscience que j'avais physiquement changé. J'avais besoin de marcher. Marcher sans but, dans ce désert de campagne qui entourait le monastère à perte de vue. Dans la pénombre, je regardai mes mains un long moment et me demandai si elles avaient vraiment servi un jour. Elles n'avaient jamais soulevé que des stylos qui n'avaient pas d'ancêtre dans ce monde sans écriture. Les rituels de l'homme-écrivant étaient trop archaïques pour accéder au langage de la vallée. J'étais cet homme-là ; soucieux des apparences, pour mieux me préserver, j'investissais volontiers dans l'illusoire ; ma tour d'argent était mon garde-fou. J'étais un mégalomane réservé, déchiré entre mon besoin de paraître et mon désir de croître ; j'avais pris le temps de souffrir de mon ambivalence. L'un des deux sortirait sans doute vainqueur tôt ou tard – l'ambitieux éperonné ou le sage inhibé ? Il remporterait mon âme, ce trophée intransigeant qui n'aimait pas les demi-mesures. Le temps était venu de choisir car ma torture était exutoire. Je devais comprendre ce que je voulais. L'orgueil était jouissif mais, à vrai dire, on n'était en paix que dans l'humilité.

« Pourquoi ? ». Cette question devenait envahissante. Et depuis mon périple, l'emballement de la violence, mon chemin initiatique, une autre chanson de MC Solaar me trainait obsessionnellement dans la tête : *« Pourquoi ? Car c'est la faute au biz, au Bif-ton-fis-ton, ton-vice-est-devenu-dic-ton »*... Je sentais le vide. Ce vide qui laisse un trou dans la conscience de l'homme jusqu'à le faire suffoquer d'étourdissement, instant sans repère valeureux où l'on croit avoir gâché le meilleur. Un peu de franchise : j'avais raté ma vie. Elle n'avait de sens que dans le combat pour la gloire, pour faire briller ce qui n'éclaire pas. Au fond, qu'avais-je vraiment voulu dans ma vie ? Être un homme, plus d'une fois. Rester de marbre devant l'échec, applaudir la trahison, rire de l'ennui. Je marchais dans la nuit et n'y voyais pas grand-chose devant moi. Il faisait frais ce soir-là ; le sol rocailleux balançait sa poussière humide à mesure que mes pas s'enchaînaient dans ce grand vide de campagne. Pas un chat, pas un bruit ; juste le son de mes pas qui battaient la mesure, mes yeux fixés sur le sol que je ne voyais pas.

Je revins au monastère, moralement épuisé. Je les vis venir de loin, ces palpitations qui annonçaient une nouvelle crise d'angoisse accompagnant le rêve de la Peur, qui me harcelait maintenant tout éveillé. Je voyais trouble. Soudain, le sol s'est dérobé sous mes pieds, je glissai brutalement. Je roulai un temps interminable comme un tonneau qu'on jette aux ordures, pour finir allongé en croix sur le dos, sonné et essoufflé, le visage et le cœur poussiéreux. J'aurais dû me relever. J'aurais dû me mettre debout, insulter le sol et tapoter mon jeans comme un maniaque pour ôter la poussière et retrouver ma dignité. J'aurais dû remonter la descente rocailleuse qui m'avait fait injure et m'avait défié, l'idiote. Mais rien de cela. Je restai crucifié à terre. Ma chute avait été longue et douloureuse, mais je ne ressentais plus rien à présent. Mon corps était engourdi par le froid et je ne le distinguais plus du sol. Je ne sentais ni mes bras, ni mes jambes ; seul mon regard existait encore, plongé dans les étoiles du ciel qui pourraient me regarder mourir, impassibles. Mon corps appartiendrait désormais à la terre ; mon regard, au ciel ; le partage était équitable, et ma mort s'annoncerait harmonieuse. J'aurais pu en sourire si j'en avais eu la force. Mais mon visage n'existait plus. J'étais donc suicidaire ? Au fin fond du Caucase, je pouvais décider de mourir. Mourir sans gloire, comme je l'avais mérité. Je n'avais visionné le film de ma mort que très tard dans ma vie ; le devoir accompli envers ma carrière de grand homme ; mes amis par centaines se recueilleraient autour d'une plaque dorée pour se rappeler que j'avais laissé un nom. Le ravin du monde n'avait plus d'importance ; il serait tout au plus mon cercueil naturel. Je retournerais à la terre, celle que j'avais abandonnée il y a longtemps, pour mieux fuir vers la civilisation de l'oubli. Cette nuit-là, allongé sur le sol, je regardai le ciel étoilé. Je me rappelai Othello qui se délivrait de son amour meurtrissant : *« Je vais éteindre cette lumière »*. Les lumières du ciel pouvaient s'éteindre, maintenant. J'avais renoncé à briller.

Rien n'annonce la fin avant le court instant qui sépare l'ignorance de l'étonnement, l'étrangeté assourdissante des quelques millièmes de seconde qui remplissent l'espace et le temps de tensions irrationnelles, venues de loin et qui, pourtant, étaient déjà là, derrière la porte, attendant le bon moment pour gifler le quotidien. Voilà que le monde avait dérapé. Je n'y comprenais pas grand chose, à soupeser les peurs et mes courages, à déchiffrer les signes autour de moi, les morceaux de bonheur et de malheur qui tissaient mes semaines, ce que j'appelais ma vie.

Mais quelle importance, si nous allions tous mourir ? Aurais-je dû me relever ? Aurais-je dû me battre pour sauver la mémoire de la Communauté d'Eden, alors que les signes du Temps annonçaient la fin d'un cycle ; à moi tout seul, défier les démons qui déchaînaient l'armée de la Peur, de tous ses pauvres bougres toxico-dépendants de l'excitation que pouvait procurer une bouffée d'adrénaline. Soudain, je compris. Il me fallait être en croix sur le sol pour comprendre. Il me fallait avoir abandonné l'orgueil, l'ambition, mes réflexes d'Occidental invétéré qui place toute sa confiance dans son diplôme universitaire. Abandonner tout cela, s'allonger sur le sol dans le ravin du monde, ouvrir les yeux et voir : il avait raison. Il a toujours eu raison. Je ne sais pas d'où il vient, ni pourquoi il a hanté mes nuits depuis mes sept ans, mais je sais maintenant qu'il m'avait toujours accompagné en bien. Renaître de ses cendres. Je venais à peine de me consumer comme un phénix qu'une bouffée de chaleur traversa mon corps engourdi. Je fondais : tous mes poids s'étaient détachés, la pression qui m'avait tenu debout ces quarante dernières années s'était ostensiblement relâchée, à ne rien y comprendre : j'étais vraiment en train de mourir ?

Alors, j'attendis. J'attendis toute la nuit qu'elle vienne, curieux de faire sa rencontre mais elle ne venait pas. Et je compris : ma peur m'avait lâché. Pas un gramme de peur. Elle était partie. La salope. Depuis le temps qu'elle me faisait chanter, tyrannique décideuse de vie et de mort. Elle était partie pour un autre, sans doute. Elle trouverait toujours un faiblard à qui s'accrocher comme une sangsue pour le vider de son essentiel et l'éloigner de sa vocation. Je respirai une grande bouffée d'air frais ; mes poumons furent surpris de tant d'égards. D'habitude, je leur envoyais de la fumée de Partagas sans me soucier de leur avis. Alors, mon premier acte de nouvel Adam fut de leur présenter mes excuses. Les premières lueurs du jour se dévoilèrent comme une récompense ; je me rappelai d'un souvenir de nourrisson - était-ce possible ? - dans le berceau, j'avais ouvert les yeux, ma mère est entrée dans la chambre, souriante, pour me dire *« Pari Louïs, Hokis »*[15]. Je me rappelai de ces premiers mots d'amour, d'une langue maternelle retrouvée, enfouis dans mon inconscient. Je respirai comme jamais.

J'étais libéré parce qu'on ne pouvait rien faire. Absolument rien. La solution était de renoncer à la violence, mais l'homme en était incapable. Tout ce qu'avaient annoncé les Textes était vrai. Notre faculté d'autopréservation était désormais concurrencée par notre capacité d'autodestruction totale. Nous avions été bernés par une religion archaïque. La violence poussée à son paroxysme avait été menée à son terme alors que l'image du Crucifié était sous nos yeux depuis toujours, partout dans les rues, sur les cimes des églises, autour du cou de toutes les femmes, portés en bijou doré ou argenté, pour oublier le bandeau qui ornait tous nos yeux.

Je le savais, maintenant : en acceptant de se faire crucifier, Christ avait fait surgir à la lumière ce qui restait caché depuis la fondation du monde. Le politique était incapable de contenir la montée aux extrêmes. Les puissances n'en étaient pas. Le problème était insoluble car il tenait au pouvoir lui-même et à l'organisation du pouvoir dans

---

[15] « *Bonjour, mon âme* ».

les sociétés humaines. Le pouvoir, ce rêve d'Icare, avait toujours contenu en lui son processus d'autodestruction. La montée vers le pouvoir était brûlante pour n'importe quel être humain. Il ne pouvait y avoir de salut dans la maîtrise du pouvoir car elle n'était qu'illusion. Les empires avaient incarné la réalisation du pouvoir démesuré, revendiquant la domination sur le maximum de territoires et d'êtres humains. Mais le cours de l'histoire était clair ; la durée de vie des empires de plus en plus brève. L'Empire romain avait perduré mille ans, comme le Saint-Empire germanique ; les empires d'Orient, quatre cents ans chacun ; les empires chinois, moins de trois siècles ; les empires perses, mongoles et européens, deux à trois cents ans ; l'Empire hollandais, deux siècles et demi ; l'Empire britannique, un siècle ; l'Empire soviétique, soixante dix ans. Et l'Empire américain, un peu plus de cent vingt ans . C'en était fini.

Troisième partie

Vaincre la Peur

« Nous étions en paix comme nos montagnes,
Vous êtes venus comme des vents fous.
Nous avons fait front comme nos montagnes,
Vous avez hurlé comme des vents fous.
Eternels nous sommes, comme nos montagnes,
Vous passerez comme des vents fous. »

H. Chiraz.

38.

- Remonte !

Je m'étais endormi sur le sol, couvert de poussière. Une lueur lointaine me permit d'identifier le lieu de ma chute. Je me relevai, plein de courbatures et de bleus sur les bras, pour réaliser que j'avais atterri dans une espèce de fosse profonde. J'entendais la voix de Nechane à la surface sans pouvoir identifier son visage ; vu la hauteur, j'avais encore une fois échappé à l'accident mortel. L'endroit était étrange, presque aménagé. Une fosse aux murs terreux apparemment creusée de mains d'homme à plusieurs mètres de profondeur ; des cierges fondus, devant un vieux tableau religieux représentant un homme en prière ; une échelle. Ce que j'avais pris pour les étoiles du ciel n'étaient que le reflet de gouttes d'eau qui inondaient le plafond d'un édifice : j'étais à l'intérieur du monastère.

- Tu as passé la nuit ici ?

- Je crois, oui.

Je remontai à la surface par l'échelle rouillée vissée à la paroi. Nechane y voyait tout un symbole. Sans le savoir, la nuit m'avait accompagné jusqu'à la prison de Grégoire le Parthe, un saint du quatrième siècle qui était à l'origine de l'adoption du christianisme par l'Arménie comme religion d'Etat et qui avait passé treize années de sa vie dans cette fosse avant d'accomplir son destin. Il y avait miraculeusement survécu. Nous étions donc deux dans le même cas.

- Nechane… peut-on vaincre la Peur ?

J'étais revenu auprès de la montagne pour mettre à profit les vingt-et-un jours qu'il nous restait. Nechane était heureux à chaque fois que je posais une bonne question.

- Oui, mon fils. Mais seulement avec la force du Maître.

J'étais toujours subjugué par la puissance de ses mots. En une phrase, il pouvait éclairer ma journée, réduire mes doutes en poussière et booster mon énergie. Mon regard l'interrogeait encore sur ce qu'il entendait par *« la force du Maître »*. Il le savait puisqu'il avait lui-même lancé ces petites bombes dans ma tête pour réveiller mes neurones.

- Un soir, un homme dormait, en pleine mer, à l'arrière d'une barque. Un grand tourbillon se leva et les flots se jetèrent dans la barque au point qu'elle commençait à se remplir. Ses disciples étaient tétanisés et le réveillèrent en lui disant : « Ne t'inquiètes-tu pas de ce que nous périssons ? ». Sais-tu ce que dit l'homme ?

- Non.

- *« Silence ! Tais-toi ! »*

- Il a envoyé bouler ses disciples ?

- Non, il a ordonné à la mer de se taire. Le vent a cessé et il y eut un grand calme.

La force du Maître était celle qui était capable de faire taire la nature. Nechane me parlait donc de Jésus.

- Ce qu'il a dit à ses disciples est important pour toi : *« Pourquoi avez-vous si peur ? Comment n'avez-vous point de foi ? »*.

Je rentrai dans une nouvelle méditation qui allait accompagner ma journée. Pourquoi avez-vous si peur ? Mais comment peut-on répondre à cette question ? En arrêtant de réfléchir, sans doute.
Ce *« Silence ! Tais-toi ! »* m'était tombé dessus comme une gifle. Je la connaissais bien cette phrase, comme un soldat connaît sa kalachnikov. Ma première audience de correctionnelle m'est revenue à l'esprit comme un lointain souvenir d'une autre vie. *« Mais Maître, comment faites-vous pour défendre des assassins ? »* était la question favorite des dîners en ville. C'est ce jour-là que j'avais compris. A bien y réfléchir, j'en étais venu au pénal un peu par révolte. Avant cela, j'avais toujours pensé que le monde judiciaire était adulte, qu'un homme était jugé par des adultes objectifs et impartiaux. Mais ce jour-là, j'ai compris. Ils s'étaient déchaînés contre lui. Tous. Juges, Procureur, public présent dans la salle qui s'émouvait à la lecture des faits. Le client n'était pas tout à fait blanc, mais le dossier avait été lu en diagonal par le Procureur et sans doute pas assez par le Président. Le brouhaha de la salle augmentait à mesure que le juge accélérait la cadence. J'avais crié vers la salle :

« Silence ! Tais-toi ! ».

J'avais ordonné à la mer de se taire. Le vent avait cessé et il y avait eut un grand calme.

Le déferlement contre l'homme coupable m'était aussi insupportable que celui qui se déchaînait contre la victime innocente. La punition était juste, mais sous prétexte qu'un homme était coupable, que tout le monde s'autorise à décharger sa haine sur lui me paraissait aussi immature. Guantanamo et autres prisons européennes enfermaient des milliers de rebus de la société qu'il était autorisé de détester et de laisser crever dans des neuf mètres carrés puants. L'emballement était mimétique pour tous, innocents ou coupables. Le seul moyen d'en sortir était de ne pas y entrer.

- *« Silence ! Tais-toi ! »*.

J'ordonnai à la mer de mes émotions de se taire. Le vent cessa et il y eut un grand calme.

Nechane me prit dans ses bras comme s'il avait senti la transformation qui s'était opérée en moi.

- Voilà, mon fils. Tu devras renaître de tes cendres. Alors, tu pourras vaincre la Peur. Aiguise ton esprit, et je te guiderai.
Je te guiderai ? Nechane était donc… mon guide ?

Vaincre la Peur. Quel magnifique destin. Vaincre ma compagne de tous les jours. L'ennemie que j'avais invitée, sans savoir qu'elle ne me quitterait plus. Quand cela s'était-il produit ? Dieu seul le sait. Elle avait grandi dans mes rêves ; je l'avais ignorée bien souvent. Je l'avais snobée, croyant qu'elle m'oublierait pour un autre ; mais elle restait à mes côtés, comme pour me protéger de l'inconnu. Je l'avais laissée grandir à mes côtés, flirtant avec ses humeurs de jeune fille aguichante. Quarante années que je l'emmenais partout où j'allais. Dans mes bains de foule quotidiens, elle me surveillait jalousement, pour que j'évite de trop me donner à l'autre. Dans mon travail aussi ; avant chaque audience, chaque fois que je la mettais, cette robe au ton sobre, à chaque montée d'adrénaline, chaque fois que je voulais me montrer à la hauteur d'un désir. Elle me jugeait en permanence. Quarante années qu'elle me jugeait. Notre relation me fatiguait ; je devais y mettre fin. Elle l'avait compris, je crois. Depuis que j'avais pris mes distances. Elle m'avait laissé faire. Mais à chaque coup dur, elle était revenue à l'assaut, comme pour me dire : *« Tu vois bien que j'ai raison »*. La Peur qui a raison ; quel foutu paradoxe. Cette grande dame qui croit tout savoir ; c'est elle qui n'avait vécu que par moi, même si je l'avais laissée me soumettre. Elle avait longtemps pris beaucoup de place, mais il m'avait fallu y mettre fin. Je dû lui annoncer notre rupture.
- Voilà. C'est fini.

J'avais rompu avec elle. J'avais rompu avec mon passé. La seule chose qui me restait était le souvenir d'une carte au trésor qui dessinait, je l'avais compris au fond du gouffre, le chemin du retour. Le chemin d'Eden à Ararat avait été celui de la chute symbolique de l'humanité. Le chemin d'Ararat à Eden était celui du fils prodigue qui, après avoir dilapidé tous ses biens, crevait d'envie de rentrer au bercail en ramant contre vents et marrés, abrité dans l'Arche du retour. Ararat. J'y étais.

- Tu devrais aller la retrouver.
- La carte ? Cela m'étonnerait qu'ils me donnent une copie…
- Je ne te parle pas de la carte, mon fils.
- Alors, quoi ?
- Non pas « *quoi ?*», mais *« qui ?».*
- Qui ?
- Va la chercher, mon fils. Elle est ton destin.

Chaos

Phase IX – Possession

Le 153ème avait du cran. Peut-être aussi de la chance. Comme s'il était... protégé. Il avait échappé au sort commun des Gardiens et avait trouvé assez de ressources pour tirer à bout portant sur un mortel. Le Prince savait reconnaître les talents cachés des misérables glaireux, qui ne demandaient qu'à s'épanouir. Capables du meilleur comme du pire.

Son émissaire avait, une fois de plus, partiellement échoué dans sa mission, comme tant d'autres qu'il avait mis du temps à préparer. Décevants. Des siècles de déception s'enchainaient, et aucune créature glaireuse n'était jamais à la hauteur. Politiques et militaires qu'il avait lui-même modelés arrivaient toujours au bout de leurs limites, enfermés par des convictions personnelles, à vouloir changer le monde. Ils se croyaient libres. Ils se croyaient tout puissants et partaient en fumée au moindre souffle du vent.

153ème... Un cœur à prendre. Un corps à soulever, une âme à renifler jusqu'au tréfonds de son essence. Peut-être devrait-il simplement engager le dialogue, comme il l'avait fait avec d'autres. En général, le Prince ne parlait qu'avec les religieux. Il les affectionnait tout particulièrement, ces âmes sans bandeau qui prenaient le risque d'entrer dans le Monde réel et de voir, avec les yeux de l'âme, la vertigineuse bataille qui s'y livrait. Il prenait grand plaisir à titiller la libido des plus faibles et à allumer des brasiers dans ces forêts asséchées. Rien ne l'amusait autant que de regarder les moralisateurs pédophiles lapidés par les athées. C'était l'indice le plus simple à déceler pour comprendre qu'ils n'en finiraient jamais de s'entredéchirer. Cinq milliards de yoyos lancés dans tous les sens ; rien de plus...

Cinq milliards... et le 153ème. Un survivant sans mérite ? Méritait-il que le Prince de ce monde s'adresse à lui ? Oserait-il, de lui-même, franchir le pas de la porte du Monde réel ?

39.

« Carahunge ».

La conscience de la mort change beaucoup de choses chez un homme. C'est un sujet tabou en Occident, mais dans le ravin du monde, j'avais l'impression qu'elle faisait partie de la vie. Tout était spirituel ici, ritualisé ; la profusion des églises qui avaient poussé même dans les coins de nature les plus reculés aurait pu occuper un touriste en pèlerinage à plein-temps. Le vieil homme m'avait bluffé. J'avais repris la route à bord d'un vieux quatre-quatre Lada qui appartenait au monastère. Les clés étaient sur le contact. Il m'avait ouvert la portière en posant sa main sur mon épaule. J'étais encore abasourdi par tous ces déraillements de mon train-train quotidien. Mais le moment était venu : je devais le quitter.

- Sais-tu le grand secret de la vie ?

Le grand secret de la vie. Nous y étions donc. Etait-ce là ma dernière leçon ? J'avais fait le voyage de l'Occident à l'Orient, traversé mon miroir, échappé à la mort, vaincu la peur. Etais-je prêt à l'accueillir ? Je regardai Nechane comme un hôte qui attendait un invité, heureux qu'il soit enfin arrivé.

- *Il n'y a pas de peur en amour.*

Pas de peur en amour, vraiment ? Il fallait aimer pour le comprendre. Aimer sans calcul.

Eva.

Elle, mon destin ? Il la connaissait à peine - s'étaient-ils seulement vus ? Comment aurait-il pu comprendre, rien qu'en me regardant, qu'une femme était entrée dans ma vie ? Un mage. Un sage. Un homme qui ne voyait que l'essence des hommes, sans aucune carapace, aucun masque. J'étais démasqué. A sous-peser sincèrement mes sentiments, sans peur ni artifice, en nettoyant le superflu de mes pensées, je sentis sa présence, intensément. Aurais-je pu me surprendre à aimer, sans un guide ? Je sentis le fond de son âme. Eva, vraiment ? Et elle, que dirait-elle ? Si j'allais la chercher pour lui parler sans artifice, de cœur à cœur, d'âme à âme, comme je pouvais le faire avec mon guide… serait-elle prête ?

Pour la première fois de ma vie, mes sentiments étaient limpides. Je devais lui dire. Une bouffée de lumière m'envahit ; une sensation inconnue. J'eus envie de tout pardonner. Tout le monde, vivants ou morts depuis longtemps, instituteurs de mon enfance, famille, amis fâchés, tous : j'aurais voulu les réunir tous pour, d'une accolade, tout effacer. Au pied du mont Ararat, je me suis assis et j'ai pleuré. J'ai pleuré un temps interminable, vidant toute ma tristesse trop longtemps retenue, malheureux possessif.

Nechane était ému :

- Cela sert à ça, la prière. Les âmes se rencontrent lorsque la peur disparaît.

J'ai acquiescé, désarmé. Au milieu du monastère, nous avons prié. Pour me réconcilier avec le Grand Patron et cette arménité lointaine, il m'avait fallu au moins trois guides : un militaire, un religieux et une femme.

J'étais donc un gardien. Je savais que je ne resterais pas plus longtemps avec le vieil homme et qu'il était temps de vivre ma vocation. J'étais un gardien. Ma vocation ne faisait que commencer. Qu'elle se matérialise à travers le métier d'avocat ou un autre, peu importait. Je trouverais un terrain fertile. Le problème était néanmoins de taille : allions-nous survivre ? Dehors, le monde était en feu et Dieu seul savait où en était le Temps.

- Ne t'inquiète de rien, tu n'es pas seul. L'autre facette de la Révélation est qu'un grand mouvement spirituel est en marche. Une grande transformation de la nature et du règne animal est en cours, mais tu le sais déjà *: « Le loup et l'agneau paîtront ensemble, le lion comme le bœuf brouteront de l'herbe*[16] »…

Je revis mon tableau du lion et de l'agneau, couchés l'un contre l'autre. Un tableau géant qui avait orné un mur entier de mon cabinet, un carnassier et un compagnon de berger ayant apparemment renoncé à leur nature primaire.

- Mais une dernière chose, mon fils... Si tu rencontres un démon sur ta route, rappelle-toi : ne lui adresse pas la parole.

**

*

Eva avait dû lui dire où elle se trouverait si je changeais d'avis. Les derniers mots de Nechane m'avaient plongé dans un grand vide immaculé.
Eden. Aram. Lion des fleuves.

« Carahunge. 200 kilomètres ».
Le temps s'était arrêté. Je me laissais pousser la barbe. Je passais la tête à travers la vitre tout en conduisant pour sentir un vent chaud me frapper le front, au fil des routes de campagnes qui dessinaient les trois quarts du pays. Des chaînes montagneuses entouraient la toile de maître qui me servait de paysage. Deux cents kilomètres. Mais une éternité. Vu l'état des routes, j'étais contraint d'adopter une vitesse de

[16] Esaïe 65-25

croisière peu soutenue. Contraint à la lenteur et à l'observation. Le pays était rempli de signes. Il y avait des églises partout. Dans les villages, les forêts, les collines et les ravins. On aurait pu commercialiser une carte touristique des églises d'Arménie, entièrement noircie de petites croix. J'étais sans doute entraîné dans ce doux courant, à côtoyer des gardiens de montagne, à ne plus parler d'argent et à penser à autre chose qu'à ma propre gloire.

Tout était parfait. Tout, sauf un détail. « Il » était là. Je le sentais. Ce n'était pas de la paranoïa puisque je n'avais plus peur de rien. C'était la sensible impression du regard de l'observateur posé sur ses gestes, qui accompagnait en trame de fond les moments vécus en public. Il m'épiait depuis que j'avais quitté le monastère, attendant sans doute le bon moment pour faire connaissance. Et plus, si affinité. *« Rappelle-toi, m'avait dit le vieil homme avant de me donner congé, si tu rencontres un démon sur ta route : ne lui adresse pas la parole ».*

« Carahunge. 150 kilomètres ».

Je poursuivais mon périple dans les recoins du pays et de l'histoire posés sur ma route, jusqu'à comprendre ce que les livres ne nous montraient pas, dans cette Arménie profonde qui, loin des casinos de la capitale, vivaient parfois sans électricité, sans calendrier, incapable de dire quel jour on était. Loin du modèle parisien du vivre-ensemble-mais-chacun-dans-son-coin, le sens de l'hospitalité de mes interlocuteurs, à chaque fois que je m'arrêtais pour prendre des vivres ou demander mon chemin, m'était presque insupportable. Mais dans ce monde sans écriture, la vodka était le meilleur ami de l'homme et participait à ma guérison de vieux parigo habitué à soupçonner un calcul intéressé dans toute relation humaine. Pourquoi étaient-ils aussi sympas ? A n'y rien comprendre. Peut-être n'y avait-il rien à comprendre. Ils vivaient, c'était tout. Ils vivaient sans un sou, sur un sol auquel ils vouaient un amour éperdu ; c'était suffisant.

Avec le temps, aucune boutique de cigares à des kilomètres à la ronde, j'arrêtai carrément de fumer pour m'adonner à ma nouvelle passion partagée avec des inconnus que je ne recroiserais sans doute jamais : l'art du guénats, des toasts enchaînés au cours de grande tablées improvisées au bord des routes, où quelques brochettes et herbes au goût de pelouse nous transportaient dans le monde des vœux de bonheur, de santé et de longue postérité.

Ce matin-là, je me réveillai avec le vague souvenir d'avoir participé la veille, sans aucune invitation, à un mariage arrosé et chaleureux où, complètement bourré et debout sur une chaise, j'avais plaidé un toast à la santé des jeunes mariés, dépeignant l'enfance et le merveilleux parcours de mes parfaits inconnus, le tout traduit grosso modo par mon voisin de tablée qui avait veillé à ce que mon verre ne désemplisse. Ils étaient sympas. Jeunes et vieux assis à la même table, sourires édentés des anciens, sourires malicieux des enfants ; leurs visages se gravaient en moi comme un cadeau à emporter en souvenir. Ils étaient tous étonnés qu'à quarante ans, je sois toujours célibataire et s'inquiétaient de la pénurie de jeunes vierges dans ce pays sans honneur qu'était la France. *« Marié, moi ? Allons donc, je n'en ai nulle envie, j'aime ma liberté, et puis de toi à moi, je n'ai pas rencontré la femme de ma vie »...* C'est sans doute ce refrain d'Aznavour qui m'a rappelé ma délicieuse cuite.

« Carahunge. 100 kilomètres ».

Je commençais à les regarder d'un œil nouveau, ces descendants de Japhet, fils de Noé. Ces descendants d'une arche échouée sur leurs montagnes sacrées où toute l'humanité avait repris vie. Terre sacrée, espace mystique ; *Ar*-méniens, adorateurs du dieu Ar. Leur sincérité m'avait apaisé. Libre. Je me sentais libre, à rouler aussi paisiblement sur les chemins d'Arménie. Rien ne pouvait m'arrêter, ni les routes caillouteuses parsemées d'embuches, ni l'impression du regard silencieux qui m'observait sans se manifester. La peur m'avait définitivement quitté ; les nuages pouvaient désormais s'écarter : j'avais une fille à retrouver.

40.

J'arrivai au milieu de nulle part et je n'avais plus d'eau. Je ne devais plus être très loin. Je vis un puits au bord de la route et j'arrêtai mon quatre-quatre pour aller remplir mes bouteilles en plastique. Tandis que je remplissais ma cinquième bouteille, une voix féminine m'interpela. Je ne compris pas et me retournai. Au milieu d'une nature aride, la soif aidant à l'hallucination, je crus qu'il s'agissait d'un mirage : une beauté immaculée, jeans déchiré en short, T-shirt *« I love USA »* ; le soleil, qui avait mordu ses joues et ses cuisses brillantes, m'empêchait de voir son visage. Je dus m'approcher assez près pour comprendre. C'était elle. Elle voulait de l'eau. Elle vit mon étonnement et prit conscience :

- Qu'est-ce que tu fais là ? Je te croyais rentré à Paris.

Visiblement, elle était encore fâchée.

- Je crois que le pays ne veut pas me laisser partir… Le vieil homme m'a dit où tu étais.

- Quel vieil homme ?, dit-elle, sans trop m'écouter.

A en croire son accoutrement et ses mains pleines de terre, elle n'était pas dans ce trou perdu pour bronzer.

- Rentre chez toi. Nous n'avons plus rien à nous dire.

Elle voulu s'éloigner ; je cherchai mes mots pour la retenir :

- J'ai tué un homme.

Eva s'arrêta net et me regarda avec intensité.

- *Légitime défense,* justifiai-je.

Je me sentais tout penaud, presque stupide d'avoir ravalé ma fierté et fait tout ce chemin sur les simples mots du vieil homme. Dans ces moments-là, je ne tardais jamais à m'enfoncer :

- My name is… Aram.

Je lui tendis la main, comme pour tout effacer et reprendre à zéro. J'avais donné mon nom de famille, en lieu et place de mon prénom ; une inversion qui, je le sais aujourd'hui, fut ma conversion.

Je restai le bras suspendu en l'air jusqu'à ce qu'elle me hèle :

- Viens, bougre d'idiot.

Eva m'emmena sur le site archéologique sur lequel elle travaillait. Il s'agissait d'un site préhistorique à deux cents kilomètres d'Erevan, appelé Carahunge. Le seul mot que le vieil homme avait prononcé avant de me donner congé.

- *Carahunge* ? Qu'est-ce que cela veut dire ?

- Littéralement, *« Echos rocheux »* ou *« Pierres qui parlent ».*

- Un peu comme Stonehenge, en Grande-Bretagne ?

- Tu ne crois pas si bien dire… Stonehenge est plus jeune que Carahunge de 3.500 ans. Les deux mots ont la même racine[17].

- C'est de l'anglais, donc.

- Pas du tout. C'est de l'arménien.

- Stonehenge, de l'arménien ? Vraiment ?

- La *racine « henge »* n'existe pas en anglais. Et *« stone »* veut dire « pierre » - c'est-à-dire *« car »* en arménien…. Stonehenge et Carahunge sont le même mot. Il y a également *Callanish* en Ecosse - ce qui signifie en arménien « signe de pierre ». Le même principe s'applique pour le nom de *Carnac* en Bretagne ou en Egypte.

- Carahunge, Stonehenge, Callanish, Carnac… Si tout cela est vrai, c'est extraordinaire…

- C'est la vérité. Ce n'est pas la vérité historique mais l'archéologie progresse chaque jour pour la faire éclater.

- Je me dis que c'est à cela que sert l'archéologie, tu sais… Faire éclater la vérité face aux versions de l'histoire réécrites pour des raisons politiques…

- Je ne m'intéresse pas à la politique. La nature écrit beaucoup mieux que nous et elle ne peut pas mentir. Avec elle, au moins, on ne peut pas tricher…

Je sentis presque une déception amoureuse, ou peut-être la raison de son exil à l'autre bout du monde. Mais, par pudeur, je ne lui demandai rien, surtout pour ne pas passer pour un dragueur invétéré venu panser les blessures d'une égarée. Elle était belle comme un soleil et épanouie comme je n'en avais jamais connu. En fait, j'avais toujours collectionné les névrosées ; c'était nouveau pour moi.

Nous marchions à travers le site qui était composé de centaines de pierres tenant debout. Curieusement, beaucoup d'entre elles étaient percées : elles comportaient des « trous » de forme sphérique dans leur partie supérieure. Eva m'expliqua que les recherches archéologiques avaient débutées très tard, en 1994, afin d'en percer les mystères. Deux cent vingt-trois pierres avaient été dénombrées.

- C'est étrange, ces trous dans certaines pierres… Sais-tu ce que c'est ?

- Oui, c'est tout l'intérêt du site. Nous pensons que ce sont des instruments de mesure préhistoriques. Leur datation remonte à 7.500 ans. Plusieurs instruments astronomiques ont été identifiés parmi ces pierres, servant à l'observation du soleil, de la lune et des étoiles.

---

[17] Les données scientifiques relatives au site de Carahunge sont empruntées aux recherches inédites du professeur Paris Herouni, in *Armenians and Old Armenia,* Erevan, 2006.

- Un site astrologique ? Vieux de 7.500 ans ?

- Effectivement… Il s'agit donc du plus ancien observatoire du monde. Les trous découverts dans les pierres sont un phénomène unique des anciens observatoires. Ils ont quatre à cinq centimètres de diamètre ; l'intérieur est lisse. Ils sont l'indication la plus claire que Carahunge avait une fonction astronomique. Des tubes devaient y être introduits, ce qui permettait d'observer le soleil, la lune ou les planètes. L'utilisation, comme la conceptualisation et l'invention de ces instruments supposaient d'avoir la connaissance nécessaire en astronomie, en mathématiques et technologie, mais aussi d'avoir un langage écrit.

Je demeurai pensif à l'idée que la datation de trous dans des pierres était suffisante pour remettre en cause toute l'histoire de l'humanité.

- A cette époque, les scientifiques arméniens étaient déjà capables de mesurer une latitude ; ils savaient que la Terre était ronde, que son radius était égal à 6.300 km. Ils connaissaient les mathématiques, la géométrie, le langage écrit, l'astronomie, la philosophie. Le premier alphabet arménien comprenait dix-neuf signes et date de douze à quinze mille ans. L'alphabet de trente-six lettres existait au VIème millénaire avant Jésus-Christ. Selon certains sages, il a servi de base à tous les alphabets du monde...

- L'écriture ? Je croyais que c'était Saint-Mesrob qui avait inventé l'alphabet arménien au Vème siècle ? Et les premières lettres d'alphabet n'ont-elles pas été inventées par les Phéniciens ?

- C'est ce que pense la doctrine majoritaire, pour l'instant. Jusqu'à la prochaine remise en cause. Certains disent que l'alphabet arménien a été dessiné sur le modèle de l'alphabet grec. C'était le seul alphabet comportant à la fois des voyelles et des consonnes. Le syriaque ne comportait à l'époque que des consonnes. Les voyelles étaient donc importantes pour les Arméniens. Les lettres ont été déformées dans le but d'être rendues méconnaissables. La raison en était historique ; les Perses regardaient jalousement tout rapprochement qui pouvait avoir lieu entre les Arméniens et les Byzantins. En tout cas, l'alphabet arménien a été élaboré en une seule fois et n'a pas fait l'objet d'une longue évolution, comme les alphabets grec ou latin. Mais on ne sait pas encore si son véritable modèle vient du fond des âges…

Eva était passionnée et passionnante. Ce que sa voix m'inspirait était… musical. Tout en elle était musique ; je l'aurais écoutée pendant des heures. Le soleil avait doré ses cheveux qui, l'hiver, pensais-je, devaient être châtains. Ses yeux humides pétillaient en permanence ; rarement un regard m'avait autant touché sans raison. Dans ce décor de pierres datant de la nuit des temps, la voix d'Eva ouvrait des chemins invisibles tracés dans ma mémoire qui sortait d'un long sommeil. Bach, Beethoven, que sais-je. Elle, les « pierres qui parlent », sa voix retentissant tout au fond de mon âme. Le vieil homme disait vrai. J'avais rencontré une femme.

Mais le ciel s'obscurcissait de manière anormale. Tandis qu'Eva continuait de me parler des secrets de l'arménologie, une éclipse solaire se dessinait dans le ciel, gommant les quelques nuages timidement parsemés. Le vent commença à souffler. Aucune éclipse n'avait pourtant été annoncée cette année. Je regardai autour de moi pour décrypter quelques signes annonciateurs.

- *Qu'y a-t-il ?* Me demanda Eva, sans trop prêter attention. On dirait qu'un orage se prépare…

Elle ne croyait pas si bien dire. « Il » était là. Mais je la laissai continuer, l'attention rivée sur l'environnement.

- Quoi qu'il en soit, l'alphabet arménien est beaucoup trop…mystique. Il y a beaucoup trop de mystères non élucidés sur les temps anciens pour attribuer la paternité d'un pouvoir aussi important que l'écriture à qui que ce soit. La connaissance de la préhistoire arménienne est importante pour comprendre l'histoire de l'humanité tout entière. Mais la science moderne n'en est pas encore là. L'histoire des anciennes civilisations de la planète comprend pourtant tellement d'énigmes et de faits irrésolus... Beaucoup de ces réponses sont peut-être dans cette histoire. Certains scientifiques pensent même que Carahunge démontre que l'Arménie est la première civilisation de la Terre, propageant la connaissance partout ailleurs…

- Les Arméniens, la première civilisation du monde ?

Noé, si tant est qu'il ait existé, était le patriarche de l'humanité. Il avait posé son Arche sur les montagnes d'Arménie et je pouvais comprendre qu'Ararat fût le berceau du monde. Mais *Carahunge* était un mystère profond venu du fond des âges. Le vent se leva d'avantage autour de nous ; la poussière du sol commença à former des tourbillons à quelques mètres. Eva se protégea les yeux avec son avant-bras. Mon attention était décuplée, atteignant un niveau de vibration au-delà de toute émotion. J'étais pratiquement… enthousiaste.

- *Nous devrions nous abriter*… suggéra Eva.

- Continue. Cela va passer.

- Tu crois *? Whatever,* certains chercheurs actuels pensent qu'ils étaient impliqués dans la construction de futurs monuments comme la Grande Pyramide d'Egypte, plus jeune de trois mille ans... Ce n'est pas tout. Carahunge n'était pas seulement un observatoire astronomique. Sa fonction était également de servir de temple au dieu Ar, le soleil, le Père et dieu principal des Arméniens.

- Comme *Aram*…, répondis-je.

Le vent décupla et commença à siffler.

Le vieil homme disait donc vrai. J'étais arrivé sans l'avoir consciemment cherché au cœur de mon périple. C'est ici qu'étaient célébrés les rituels ancestraux les plus mystiques de l'humanité. Tandis que le vent me bousculait, l'épisode des disciples de Jésus embarqués sur les flots menaçants me revint à l'esprit. *« Ne t'inquiètes-tu pas de ce que nous périssons ? ».* Il était là. Quelque part dans ce décor obscurci par un ciel rougeâtre qui semblait se rapprocher de nous. Je pensai très fort, en regardant le ciel oppressant, aux trois mots qui explosèrent dans ma tête comme une prière compressée et autoritaire jaillissant de mon âme *: « SILENCE ! TAIS-TOI ! ».*

La force du Maître m'avait accompagné : le vent s'apaisa ; le ciel se découvrit comme si de rien n'était. La rencontre n'aurait pas lieu aujourd'hui. « Il » devait tester mes forces et attendait sans doute le moment propice.

- C'est la providence, Eva…

- *Really ?*

Eva me transperça du regard. Comme le général, la première fois. Comme le vieil homme, la deuxième fois. Ses yeux interrogeaient le fond de mon âme, et dans le ravin du monde, mon cœur battait la chamade. Mais pour ne pas me mettre mal à l'aise, elle reprit :

- Plusieurs monuments anciens ont été bâtis à des distances latitudinales égales de Carahunge. Ainsi, la différence de latitude entre Carahunge et Stonehenge est de plus dix degrés ; entre Carahunge et la Grande Pyramide, de moins dix degrés ; entre Carahunge, Callanish et le plus ancien observatoire égyptien et temple principal du dieu Ra - Ar -, de plus ou moins seize degrés.

Le site aussi était étourdissant. Il y avait un cercle central, un bras nord, un bras sud, une allée nord-est, un raccord qui traversait le cercle, et des pierres debout séparées. Les pierres mesuraient jusqu'à trois mètres de hauteur et devaient peser plus de dix tonnes. Elles semblaient avoir été ramenées des canyons environnants, sans doute traînées par des chevaux ou des bœufs. Eva m'expliqua que le célèbre professeur Hawkins avait confirmé que l'avenue principale qui partait du cercle central était similaire à celle de Stonehenge, ainsi qu'à celle de Callanish… Cela étant, la communauté scientifique n'en était pas arrivée aux conclusions révolutionnaires de ces nouvelles fouilles.

Beaucoup de scientifiques avaient envisagé que les grands monuments d'Europe, d'Egypte ou d'Amérique ne fussent pas de culture locale mais qu'ils aient été introduits de l'extérieur - on ne savait pas d'où. L'une des grandes énigmes de l'humanité était de savoir pourquoi les grands monuments avaient été construits à de tels emplacements, nécessitant le transport de pierres monstrueusement lourdes. Certains pensaient qu'il y avait six mille ans de cela, une civilisation très avancée avait existée ; on ne savait toujours pas qui. Selon Eva et une nouvelle vague de chercheurs, Carahunge était la preuve de l'existence d'une civilisation qui possédait une connaissance avancée dans les temps anciens.

Nous passâmes la journée à décrypter les secrets de ce vieux sanctuaire de l'humanité ; mon joli guide en savait plus sur l'arménologie que tous les écrits qui avaient construites les versions officielles de l'histoire. Pour qu'Eva s'intéresse aux secrets des temps anciens avec une telle clarté d'esprit, je me disais qu'elle avait le feu sacré en elle.

Je devais prendre une décision : passer mon chemin ou tout lui dire. Et pour la deuxième fois de ma vie, je décidai de m'ouvrir entièrement à un inconnu.

41.

La nuit tomba sans crier gare. Nous avions parlé pendant des heures. Je lui avais tout raconté : de la vraie raison de ma présence en Arménie à la Communauté d'Eden, des événements géopolitiques qui annonçaient l'Apocalypse au temps qui nous était compté, tout. Les relations humaines étaient-elles si simples, finalement ? La conscience de la mort change la vie. Elle transforme les relations humaines, et les lions des villes en lions des fleuves. Après le 11 septembre 2001, le chiffre des mariages et naissances avait explosé aux Etats-Unis. La mort arrivait aux survivants comme un ami gifle un ami, le secouant par le col en lui lâchant au fond des yeux : *« Espèce de crétin ! Ne vois-tu pas que tu n'as pas le temps ? »*. Nous n'avions plus le temps. Et pourtant. Elle avait écouté sans m'interrompre, sans étonnement, sans jugement. Nous étions en phase. Il était beaucoup trop tard pour que je reprenne la route et aucun hôtel n'était visible dans ce trou perdu. Je n'avais d'ailleurs aucune envie de partir.

- *Reste, si tu veux.*

Et je suis resté. Sa délicieuse invitation indiquait un campement de fortune à la belle étoile, un feu de bois au milieu de nulle part éclairant le ciel étoilé au milieu d'un observatoire des astres conçu à l'aube de l'humanité par nos ancêtres à tous les deux. C'est aussi pour ça que je me sentais proche d'elle ; la proximité de l'âme-sœur qui m'ouvrait les horizons du passé, le délicieux silence qui jouait une symphonie en parfait chef d'orchestre avec la voix d'Eva : le temps s'est arrêté.

Cette nuit-là, j'ai dormi. A n'y comprendre : j'avais toujours été nul en sommeil. Mais cette nuit-là, une nuit sans rêve, sans sursaut, sans insomnie, le repos du guerrier m'était révélé comme la fin d'une guerre de cent ans. Au petit matin, Eva était dans mes bras. Nous avons ouvert les yeux. Elle a souri. J'ai souri. Nous nous sommes embrassés. J'ai gouté un instant de paix qui semblait m'attendre depuis longtemps. Nous aurions pu rester là le reste de la journée, à distiller des sourires d'osmose partagée ; ne rien dire, juste s'écouter sourire. Au loin, le tumulte d'un village criard nous sortit lentement de notre état second. Des villageois criaient à s'en rompre les cordes. Eva cligna des yeux en tendant l'oreille pour tenter de déchiffrer le brouhaha. Puis, son visage se décomposa.

- Qu'est-ce qu'il y a ?

- *Ce n'est pas vrai... Ils n'ont pas osé !*

42.

« Toute la révélation est pour vous comme des mots
d'un livre cacheté
Que l'on donne à un homme qui sait lire,
en disant : lis donc cela !
Et qui répond : je ne le puis car il est cacheté ;
Ou comme un livre que l'on donne à un homme
qui ne sait pas lire en disant : lis donc cela !
Et qui répond : je ne sais pas lire ».

Esaïe 29-11

Ils ont fait péter une bombe nucléaire.

Tous les villageois ne parlaient que de ça. Il y avait des poulets et des enfants dans la rue ; mais à ce stade, plus rien ne m'étonnait. Nous rejoignîmes un attroupement de villageois regroupés autour d'un petit poste de télévision noir et blanc des années soixante-dix dont l'antenne avait été bricolée avec un vieux fil de fer. L'image n'était pas nette, mais je compris l'essentiel : la Communauté avait raison. La bombe avait explosé loin du continent, dans une ville extrême-orientale dont je ne connaissais pas le nom, à l'initiative d'un groupuscule terroriste inconnu au bataillon. La course au nucléaire était donc engagée. Elle verrait bientôt se succéder des réponses disproportionnées. Le marché aux puces du nucléaire avait craqué ; on en trouvait désormais partout. Hiroshima n'était plus un lointain souvenir de lycée, mais un doigt pointé sur l'avenir devenu bien réel. C'était donc cela, la crainte silencieuse de la Communauté d'Eden, qui savait que ce jour était arrivé : l'arme atomique accessible à tous.

Quel bordel. L'histoire de la guerre n'avait connu que deux grosses gifles et quelques essais dissuasifs qui avaient propulsé Greenpeace au rang des sauveurs du monde. J'étais horrifié de comprendre que tout cela était finalement très logique. Le raisonnement était purement économique : comment maîtriser un marché ? Impossible. Si l'on n'avait jamais réussi à maîtriser aucun marché parallèle, pourquoi celui du nucléaire, plus lucratif que jamais, aurait-il échappé à la règle ? Il n'y avait pas de raison que la violence poussée à son paroxysme n'entre dans les foyers des petites gens, que les kits nucléaires de fabrication artisanale tombés du camion n'arrivent chez des lascars affutés, tels des dealers de shit espérant découvrir un kilo de cocaïne sous leur sapin de noël, comme par magie.

La bombe avait pété et personne ne mesurait encore sa signification profonde. C'était donc vrai et ce n'était que le commencement. L'angoisse de connaître par avance le malheur qui allait avoir lieu n'avait pas son pareil. Jésus avait sué des gouttes de sang le soir où il devait être arrêté ; la Terre pouvait suer aujourd'hui.

« Alors on va s'quitter... comme ça ? »...

La ville m'avait fabriqué de toute pièce. J'étais un kit mains-libres, libre de croire au règlement du trottoir, de monter mes échafaudages autour de moi et de vivre dessus si cela me chantait, puisque j'étais libre. Cette liberté-là, le lion des villes en est friand : il aime son cv, comme on aime une femme avec qui l'on ouvre une bouteille de vin, un soir de juillet sur une terrasse de Provence. Il aime négocier son crédit revolving comme on fait la cour à la pétillante inconnue pleine de promesses d'avenir. C'est ça qui le fait jouir, le lion des villes. C'est une promotion, cuisante de dévotion, accrochée comme une médaille du mérite. Le lion méritant est celui qui sait se tenir à table - celle des négociations, des réprimandes et des grilles de calcul ; la table de la nouvelle ère, sans doute. Mais voilà : j'en étais repu.

La route est toujours longue, je le sais. Rien ne m'y contraint pourtant. Ni les hommes, ni les jours que je fuis de mon mieux sans pour autant m'obliger au repli dans la civilisation de l'invisible. Ce doit être ça, l'aventure : dérégler ses repères, quitter ses conforts taillés sur mesure, incendier sa mémoire du temps, le clapotis des pendules internes, celles qui vous disent de vous taire quand tout crie en vous que la vie, ce n'est pas ça ; que ce n'est pas un disque rayé chaque sept heures du matin, réveillé en sursaut par la dictature des pendules. Ce n'est pas un trottoir parisien qui apprivoise chaque jour un peu plus les marchands de vide jusqu'à les dompter comme des animaux de cirque, comme des lions des villes.

Je me demandais où je serais lorsque les explosions nucléaires les plus proches auraient lieu. Où je serais lorsque Bélial provoquerait la rencontre. Une seule certitude m'envahissait : j'avais choisi le ravin du monde pour mourir.

Chaos

« Humain, trop humain »

Le Prince l'observait. Etait-il prêt ? Il était son préféré, parmi tous les pantins qu'il avait influencé depuis des siècles. Celui qui, comme le hasard l'avait voulu, était né au bon endroit au bon moment. Il était capable du meilleur, donc du pire. Humain, trop humain. Il ne saurait jamais à quel point le Prince l'avait aidé à réaliser ses petites ambitions personnelles. Comment il avait lui-même créé le chaos dans sa vie d'adulte précoce pour le voir se débattre et triompher de ses ennemis, quitte à les anéantir lui-même lorsqu'il peinait à prendre le dessus. Comment il réalisait ses objectifs, il influait sur ses paroles pour obtenir ce qu'il voulait. Le petit homme appelait cela de la chance. Un petit être humain qu'il avait préparé comme une chambre d'hôte aménagé à son goût, dont il allait prendre possession.

Etait-il prêt à le laisser entrer en lui ? Le Prince n'avait plus le choix puisque le Créateur lui avait officiellement annoncé la fin des cycles. Au pire, il forcerait la porte de son inconscient pour prendre les commandes de son être. En devenant lui, le Prince allait lui-même incarner le maître du nouveau monde, en chair et en os. Un vieux rêve que le Créateur lui avait toujours refusé, à lui et à toutes les créatures célestes. Il resterait dans ce corps jusqu'à ce qu'il pourrisse et en prendrait un de rechange à chaque échéance, pour l'éternité. Le Créateur serait forcé d'admettre sa défaite. Il le reconnaîtrait, lui, victorieux nouvel Adam.

Le Prince regarda le petit homme une dernière fois avant d'accomplir l'irréparable, comme un costume sur un cintre, qu'il s'apprêtait à enfiler. Il l'avait amené exactement là où son pouvoir pourrait s'exercer pleinement. Le Créateur avait renoncé à détruire le Totem du nouveau monde ; Il l'avait laissé accomplir sa dernière œuvre. Tout était en place.

43.

Nous reprîmes discrètement la route pour Erevan. J'étais habillé en paysan local, casquette de grand-père sur la tête, lunettes de soleil bon marché, un déguisement grotesque qui aurait provoqué la risée du tout Paris infréquentable. L'important était que j'avais peut-être trouvé une solution de repli. Bélial voulait la carte. Il me manquait encore le mobile mais je devais anticiper. L'unique alternative pour le désintéresser était, soit de lui donner ce qu'il voulait, ce qui n'était néanmoins pas une garantie absolue de survie, soit de retirer toute valeur à ce qu'il voulait. La solution m'a sauté aux yeux en remontant le fil de mes pensées jusqu'à la bibliothèque du manoir où Jean-Grégoire m'avait dévoilé la théorie des *Choses cachées depuis la fondation du monde.* Pour retirer toute valeur à la carte, il suffisait de la dévoiler : que le monde entier soit informé de son contenu. Allais-je commettre une erreur ? L'évidence même : pourquoi l'aurais-je gardée secrète plus longtemps, si les temps étaient accomplis ?

Soudain, j'ai compris. Le plan de la Communauté d'Eden. Ils allaient dévoiler cette connaissance cachée depuis la fondation du monde et étaient parvenus, en reconstituant la carte du Monde réel, à la dernière pièce du puzzle. Ils étaient tous morts aujourd'hui. J'étais le seul survivant. Ma mission était donc… dévoilée. Eva disait vrai : j'étais l'héritier. Je devais avertir Jean-Grégoire. Trouver un moyen de diffuser l'information avant que Bélial ne se manifeste.

La capitale était survoltée. Devant le ministère de la Défense, les chars s'étaient installés sous l'œil vigilant de militaires pendus à leurs kalachnikovs. Plusieurs Berlines étaient stationnées devant le bâtiment ; les chauffeurs s'étaient attroupés pour fumer une cigarette et échanger les dernières rumeurs, le temps que leurs employeurs sortent de la réunion de crise qu'abritaient ces murs.

Nous nous installâmes discrètement au fond d'une terrasse de café avec un journal à la main ; je repérai du coin de l'œil les snipers nichés sur le toit du bâtiment. J'espérais que Jean-Grégoire fût encore là puisqu'aucun autre moyen de communication que le tête-à-tête ne m'était autorisé.

- *Bonjour, Marc.*

Je me retournai pour voir le visage de celui qui venait de m'accoster. Je ne le connaissais pas. Une moustache à la Salvador Dali couvrait une demi-fossette cachée dans un sourire joufflu. Un parisien, assurément. L'homme paraissait bienveillant et me tendait amicalement le bras. Je me levai par politesse pour lui dire bonjour. Une accolade accompagnée de trois bises. Une empoignade chaleureuse et un geste subtil de la main. Il me tutoya sans aucun formalisme :

- Jean-Grégoire veut te voir.

Il y avait eu méprise. Il avait le profil-type du Franc-Maçon qui voulait faire savoir à tout le monde son appartenance, quitte à distribuer volontairement *trises*[18] et poignées de main aux « Frères sans tablier », comme ils appelaient les amis de Frangins. Ils m'avaient donc repéré sans que j'aie à lever le petit doigt.

- Ne bouge pas, je vais chercher la voiture.

Eva lança un regard écœuré sur le manque de discrétion de son ancien Frère, qui traversa le trottoir nonchalamment :

- Je ne les supporte plus, ceux-là…

- Il y en a beaucoup, par ici ?

- Pas beaucoup, non. Plusieurs obédiences se sont implantées il y a quelques années ; elles sont tolérées par le gouvernement mais, à mon humble avis, elles n'auront jamais l'envergure qu'elles ont eue en Occident.

- Pourquoi ça ? Ils sont sympas, non ?, lançai-je pour la titiller.

- La plupart sont sympas, oui. Ceux qui ont une démarche désintéressée. Mais dès qu'on entre dans les sphères de pouvoir, c'est autre chose… De toute façon, l'Arménie n'a aucune tradition maçonnique. Ici, l'Eglise est la racine du peuple. L'Eglise et le peuple ne font qu'un.

- Est-ce incompatible ?

- L'Eglise et la Franc-Maçonnerie ? C'est une grande question… Beaucoup disent que non.

- Et toi ?

- Disons que c'est une des raisons pour lesquelles j'ai… démissionné.

Je sentis que j'avais touché une corde sensible.

- Raconte ?

- Eh bien... j'étais jeune. J'avais soif de connaissance et un besoin de spiritualité que la religion ne pouvait satisfaire. Un peu comme tous les Maçons réguliers déçus des religions. J'ai donc frappé à la porte du Temple, il y a plus de quinze ans. Au début, c'était extraordinaire. J'ai gravi tous les échelons assez rapidement pour devenir Grande Maîtresse, l'année dernière. Puis, tout a basculé… dans ma tête… lorsque j'ai compris qu'il n'y avait, tout là-haut, aucun autre enjeu que le pouvoir. Je crois que c'est mon métier d'archéologue qui m'a sauvée… ainsi que mon baptême. Je l'ai compris très tard et j'en paie aujourd'hui le prix.

- Ton baptême ? Comment ça ?

- Vois-tu, lorsqu'on entre dans les mystères de l'Arménie des temps anciens, dans la liturgie de l'Eglise arménienne, de tous les secrets de l'arménologie qui sont restés voilés à cause du génocide, on comprend

[18] Trois bises.

que tout nous a déjà été donné avec notre baptême. Toi et moi sommes les héritiers de l'une des dernières anciennes civilisations de l'humanité. Cet héritage est sacré et porte en lui des trésors divins. J'en suis persuadée aujourd'hui. Et je ne sais pas toujours pas si la Maçonnerie vient du divin… ou du malin. Ce qui est sûr, c'est que le nettoyage qui a eu lieu, ces derniers jours, au sein des hautes sphères de pouvoir maçonniques n'annonce rien de bon…

« Il faut préparer l'Alliance », avait lâché évasivement Jean-Grégoire avant que je ne le quitte. C'était donc ça ? Une alliance maçonnique ? Etait-il vraiment impliqué dans le remue-ménage dont Eva et autres idéalistes avaient fait les frais ? Cela expliquerait au moins les raisons pour lesquelles ils se détestaient mutuellement.

- Je ne te savais pas aussi croyante… Je vais te surprendre : je ne suis pas baptisé.

Eva fut effectivement étonnée, presque prise de pitié :

- *Vraiment ? L'héritier n'est pas baptisé...,* se dit-elle à haute voix dans une réflexion qui semblait la déranger. *Etrange. Intéressant, mais étrange.*

- Pas eu le temps. Mes parents ont attendu parce qu'ils travaillaient tout le temps. Après, nous avons eu des décès en cascade…

Je m'arrêtai net. Je n'avais pas envie de ressasser le passé.

- Tu allais me parler des secrets de l'arménologie.

- Sais-tu quels ont été les premiers mots écrits en arménien ?

- Les premiers mots ?

- Oui, lorsque Saint-Mesrob a inventé l'alphabet au Vème siècle, sa toute première entreprise a été de traduire la Bible. Sais-tu par quelle phrase il a commencé ?

Bien-entendu, je n'en savais rien.

- *« Connaître la Sagesse ».*

Connaître la Sagesse ?

- C'est dans le livre des Proverbes du roi Salomon. Sais-tu pourquoi ?

- Non.

Eva esquissa un sourire de quiétude.

- Voilà. Le destin du peuple arménien était écrit depuis le départ : Æden, Ararat, Alphabet... Voilà le secret de l'arménologie. La première phrase écrite en langue arménienne concerne la mission du peuple. Sans doute celle de tout être humain. Mais la connaissance de la sagesse a été érigée par nos Pères comme le devoir ultime du peuple arménien. Ils ont estimé que nous étions les garants de l'histoire lointaine de l'humanité, car c'est ici que tout a commencé. Tout est devant tes yeux. Eden. Ararat. Les quatre fleuves qui prennent leur source dans les montagnes d'Arménie… Le territoire de l'Arménie est un sanctuaire spirituel de l'humanité. La Mésopotamie a permis des fouilles archéologiques que les sous-sols de l'Arménie ont rendues impossibles jusque-là. Mais Carahunge, comprends-tu… La datation du site préhistorique de Carahunge à 7.500 ans signifie que toutes les théories sur l'invention de l'écriture et des sciences sont tronquées… Il y a, ici, sur cette terre, beaucoup de vérités que l'humilité et les massacres n'ont pas encore permis d'éclairer la face du monde.

- Moi, je trouve qu'ils ont loupé leur histoire.

- Les Arméniens ?

- Ils ont passé leur temps à se laisser dominer par polythéistes et musulmans, à construire des églises sans bâtir d'armée…

- Que reproches-tu aux Arméniens ? De ne pas avoir colonisé le monde à coups de hache pour imposer leur religion, comme d'autres l'ont fait ? N'est-ce pas là, la différence entre les petites et les grandes religions ? Tu ne sais pas de quoi tu parles, Marc. Il y a une très vieille quête qui nous dépasse tous. Je te l'ai dit, l'Eglise et le peuple ne font qu'un, et l'Arménie n'est arrivée au modèle étatique qu'au XXème siècle. Le chemin de la sagesse est aussi celui de la souffrance. Deux mille années de prières les ont sans doute consacrés à une vieille mission mystique dans la lutte du bien contre le mal. Plus j'avance, plus je me dis que les Pères de l'Eglise arménienne savaient exactement où ils allaient. Mais bon, on ne saura… qu'à la fin. C'est comme l'amour…

L'amour ? On ne sait qu'à la fin ?

J'y voyais une forme d'esclavage, dans cette arménité mal christianisée, comme tous ces descendants d'Abraham qui n'étaient pas tout à fait sortis d'Egypte. L'arménité était une identité frontière à la croisée du christianisme, du judaïsme et de l'islam ; ces trois milieux lui avaient toujours été familiers. C'est sans doute cette confrontation à l'altérité qui expliquait la réussite sociale de ce tout petit peuple de six millions d'individus dans les affaires, la politique ou l'art. Aznavour, Michel Legrand, Henri Troyat, que sais-je encore. Aïvazovsky, Arshile Gorki, Garry Kasparov… Tous avaient puisé à l'étincelle divine pour irradier le monde de leur génie. Les Arméniens avaient débusqué un sens de l'universel sans en avoir développé le pouvoir.

L'amour ? On ne sait qu'à la fin, vraiment ?

J'allais lui poser la question lorsque le Frère Dali arrêta sa voiture devant la terrasse du café et ouvrit la vitre du côté passager :

- Monte !

Je regardai Eva, le cœur suspendu à ma question, pour savoir si elle venait avec moi.

- Vas-y, je t'attends ici. Je n'ai aucune envie de subir l'humour de ton ami.

44.

- Que s'est-il passé, Marc ?

La voiture filait à vive allure à travers la ville. Jean-Grégoire me questionnait sans cesse sur la cavalcade de l'aéroport où j'avais volé son véhicule en plantant son chauffeur dans le décor.

- C'est moi qui l'ai tué.

- Tué qui ?

- Le type à côté de ton quatre-quatre. C'était l'émissaire du fantôme. Il allait me descendre… C'était de la légitime défense.

Mon ami me toisa du regard en fronçant les sourcils ; visiblement, il ne comprenait rien à mes propos.

- Je ne vois pas de quoi tu parles. La police m'a bien signalé l'emplacement de la voiture, on est allé la chercher, et c'est tout.

- Comment çà, c'est tout ? J'ai descendu un type avec l'arme de ton chauffeur ; il baignait dans son sang au pied de ta voiture…

- Ah bon ? Il n'y avait personne. Pas même une goutte de sang.

Pas de trace de l'émissaire ? C'eut sans doute été normal pour un démon de ne pas succomber après s'être fait tiré dessus, mais j'étais certain qu'il avait saigné. Que le crime ait été maquillé eut été beaucoup d'honneur mais je ne voyais pas qui s'en serait donné la peine. Restait la troisième solution : l'émissaire n'était ni un démon, ni même décédé. Juste blessé. Il avait effacé les traces du malheureux indicent, pansé sa blessure et disparu dans la nature. Si cela s'avérait exact, j'étais toujours dans sa ligne de mire.

**
*

La Fraternelle de l'Union était composée d'administrateurs et de dirigeants politiques européens. Elle n'apparaissait dans aucun organigramme et semblait constituer le seul club très fermé des Frères, toutes obédiences confondues, minoritaires inconditionnels du Rite Ecossais Rectifié, convaincus d'une mission transcendante de l'Union européenne. Les bâtisseurs de cathédrales en avaient géographiquement posé les jalons, mais c'était, selon Jean-Grégoire, dans l'histoire très ancienne de l'humanité que le destin de l'Union avait été forgé. Parmi eux, les fervents tenants d'une Europe chrétienne, qui s'étaient farouchement opposés à l'entrée de la Turquie dans l'Union, vénéraient le drapeau bleu à douze étoiles comme un icône de la Madone. Jean-Grégoire n'étaient pas de ces pratiquants zélés, mais travaillait au sein d'une loge de recherche dont quelques conclusions se rapprochaient des théories de la Communauté d'Eden. Les Frères européens n'avaient néanmoins rien des corêveurs de la Communauté et raisonnaient sans aucun pouvoir de prophétie, se laissant sans doute guider par le Grand Architecte de l'Univers.

La Fraternelle n'avait pas réussi à empêcher l'entrée de la Turquie dans l'Union. On devait aujourd'hui en assumer les conséquences. Le cheval de Troyes, bâti sur les restes de l'Empire ottoman, avait été instrumentalisé à souhait comme un vassal et allait en payer le prix. C'était tout ce que Jean-Grégoire m'avait lâché sur son appartenance maçonnique et son intérêt singulier. JG, l'ami de quinze ans à qui je m'ouvrais facilement, continuait de me surprendre, ce qui, cette fois-ci, me laissait un goût amer. Sa loge-mère était européenne, mais je crois qu'il avait des ambitions mondiales.

« Serait-ce possible... »

- Il y a du changement. Heureusement que tu as loupé l'avion, tu vas nous être utile.

Encore ce « nous » qu'il me balançait comme une poudre aux yeux et qui commençait sérieusement à m'agacer.

- « Nous », tu veux dire, la Fraternelle de l'Union… ou l'Alliance ?

Il m'envoya du coin de l'œil un imperceptible regard hautain que seule l'intimité de notre relation me permît de déceler, du genre *« de quoi je me mêle, on ne joue pas dans la même cour »*.

- Marcus, fais-moi confiance…

- Ecoute, JG. Soit tu me dis TOUT, soit je me barre. C'est quoi, cette histoire d'Alliance ? Monsieur a des ambitions personnelles dont je dois faire les frais ??

Il parut surpris de mon manque de docilité mais ne dît rien.

- Monsieur, arrêtez la voiture !, hélai-je le Frère Dali qui nous servait de chauffeur.

- Continue de rouler, répliqua-t-il dans un même mouvement.

Le chauffeur regarda dans le rétroviseur pour voir une détermination sans faille dans le regard de son Frère.

- Arrête ton cirque. C'est bon, tu as gagné.

- J'ai gagné ? Explique-moi donc ce que j'ai gagné, Vénérable Maître !

Je ne décolérais pas. Je crois que ma discussion avec Eva y était pour quelque chose. *« Il n'y a qu'une femme pour bousiller l'amitié entre deux potes »* : cette croyance populaire me traversa l'esprit ; un vieil instinct protecteur devait être à l'origine de mon irritation. Mais il n'y avait pas que ça. Sans le savoir, Eva m'avait peut-être ouvert les yeux sur la confiance docile que je témoignais à mon ami, alors qu'il m'avait envoyé au casse-pipe, soi-disant pour m'aider. Etais-je ingrat ? Après tout, c'est moi qui l'avais sollicité. Une fois de plus, j'admirai plus que jamais les vertus du *gris,* la plus belle couleur au monde, y compris en amitié.

- Ecoute, Marcus. Dans moins de vingt-et-un jours, tout sera fini. Le monde va changer, quoi qu'il en soit. L'important est qu'il ne soit pas réduit à néant. Les premières explosions atomiques ont commencé, tu le sais ; elles ne vont pas tarder à gagner l'Occident. Le seul pouvoir capable d'éviter l'embrasement est au-delà des Etats…

- Tu crois que *les* Francs-Maçons vont empêcher la fin du monde ?? Mais tu délires, mon vieux !

Jean-Grégoire était plus déterminé que jamais.

- Pas les Francs-Maçons… La Fraternité mondiale. Elle va tout changer. C'est le vieux rêve de l'humanité que nous allons enfin voir naître. Un monde meilleur où tous les décrypteurs de l'histoire vont se retrouver pour imposer la paix. Sais-tu seulement qui en est membre ?

« Vas-y, balance », lançais-je d'un signe du menton.

Jean-Grégoire ne me donna aucun nom. Mais son regard rempli de gloire poussa mon imagination à envisager que la Fraternité mondiale serait le pré-carré des puissants de ce monde.

Moins de vingt jours. C'était tout ce qu'il nous restait. J'avais toujours un tueur aux trousses - mais peu importait si nous allions tous y passer ? L'Alliance que Jean-Grégoire évoquait dépassait désormais ma modeste contribution. J'aurais au moins servi de catalyseur de combustion, voire de fusible qui sauterait avant de laisser s'embraser les événements. Il me restait une mission : dévoiler la carte à la face du monde. Jean-Grégoire avait approuvé l'idée. Il utiliserait les deux armes de destruction massive qui surpassaient de loin la puissance nucléaire : internet et les médias. En quelques jours, le scan aurait fait le tour de la planète, le buzz d'internet, en commençant par les cercles avertis, atteindrait rapidement les trente millions de connexions. Quant aux médias, ils allaient jouer un rôle de composition en rivant les yeux de la planète entière sur la montagne sacrée. C'était du pur détournement d'actualité : en impulsant une information mille fois plus retentissante qu'une revendication territoriale - *« Breaking news : L'anomalie d'Ararat enfin dévoilée ! »* -, les Grands Patrons seraient obligés de remettre leurs plans pour plus tard. Le temps que mon Vénérable Jean-Grégoire trouve le moyen d'accaparer le centre de l'échiquier.

Depuis la précipitation des événements géopolitiques, la planète semblait elle-même devenue folle. De nouveaux brasiers s'étaient allumés en Europe de l'Est, et au même moment, deux Tsunamis avaient dévasté un cinquième de l'Asie. Apparemment, il pleuvait à Paris sans relâche depuis plusieurs jours. Ici, il faisait chaud. Très

chaud. Je savais que le réchauffement de la planète accélérait la fonte des glaciers continentaux, et l'on s'inquiétait que la région de l'Ararat subisse des chaleurs anormales. Alors qu'ici, la sécheresse commençait à épuiser les lacs et réserves d'eau, l'Europe voyait se succéder les inondations avec une météo qui n'annonçait jamais moins de trente degrés.
Mère-Nature en avait donc sans doute assez. Les scientifiques, bien avant la Communauté d'Eden, avaient annoncé les conséquences cataclysmiques du comportement irresponsable des consommateurs frénétiques de la planète bleue - un bleu qui commençait à virer au gris.

Ici, en Arménie, nous étions à deux pas de l'Iran. Et ce n'était pas une bonne nouvelle. Tout le monde disait que les Américains n'oseraient jamais attaquer, vu la dangereuse alliance géostratégique que la République islamique avait pris soin de tisser avant d'annoncer ses essais nucléaires ; certains commençaient à faire leurs valises pour partir vers la Russie ou d'autres contrées perdues. En réalité, personne ne savait où se cacher ; les attentats n'avaient toujours pas été revendiqués, chaque recoin de la planète était de près ou de loin impliqué dans le grand jeu qui prenait forme, sous l'œil impuissant des petites gens. J'avais vu les queues décupler devant les stations d'essence et dans les magasins d'alimentation, si bien que la pénurie ne tarderait pas à frapper les fournisseurs.

Je prenais de la distance par rapport à tout cela. Les raisonnements stratégiques m'étaient douloureux depuis ma convalescence, alors que j'aurais sauté sur l'occasion de m'enfoncer dans l'embrouille, il y a encore quelques semaines. Peut-être vieillissais-je. Peut-être mûrissais-je. Peut-être avais-je changé avec la conscience de la mort qui aurait dû m'emporter, ou celle qui allait emporter l'humanité.

Chaos

Phase X – L'Antéchrist

Un souffle.

L'homme ne sentit rien. A peine un souffle chaud sur son crâne et une crispation passagère de ses muscles cardiaques. Son regard se perdît dans le vague un instant pour se voiler complètement. De nouvelles images s'imprimèrent dans sa tête, comme une clé USB subitement connectée à son cerveau. Une intuition ? La clé de l'énigme se révéla d'elle-même, avec une telle clarté qu'elle ne laissait place à aucun doute. L'homme sentit ses forces décupler. Il avait l'impression que son corps gonflait à vue d'œil, à mesure que ses pensées s'éclaircissaient.

La carte. La carte du Monde réel. Comment ne l'avait-il pas compris plus tôt ? Elle était la clé de l'énigme. Toutes ces années pendant lesquelles il avait, dans le plus grand secret, préparer son ascension, le conduisaient vers la réalisation de son ambition la plus folle. Personne ne l'avait vu venir.

45.

- C'est ça, ton idée ?!

Récupérer la carte. Ou au moins une copie. Jean-Grégoire m'avait dit cela d'un ton monocorde, comme si nous allions faire des courses au supermarché. Mission impossible, pire que l'achat d'une montagne sacrée qui n'était pas à vendre et demeurait l'écurie du cheval de Troie.

- En partie, oui. Mais je vais avoir besoin de toi, ainsi que de Mademoiselle fourre-le-nez-partout.

- Eva ?

Je n'étais pas rassuré à l'idée de la mouiller physiquement dans un plan jean-grégorien qui avait failli plusieurs fois me couter la vie.

- Elle est la grande spécialiste de l'archéologie de l'Arménie et nous allons devoir la solliciter pour convaincre le Ministre de la Défense de nous faire confiance. C'est notre caution. Et vu ton niveau d'arménien, elle sera la seule à pouvoir traduire la carte.

- Solliciter le Ministre ? Je voyais ça plutôt comme un vol sans effraction…

Jean-Grégoire hocha la tête d'un air moqueur :

- Ta clientèle délinquante te monte à la tête, mon vieux. On ne braque pas un ministère comme une bijouterie. Au niveau des Etats, les vrais casses nécessitent toujours le consentement des gouvernants.

- Tu veux leur demander la permission de les braquer ??

- C'est un peu ça, oui. Mais il faut rester poli.

Braquer un ministère. Sans arme. C'est ce qu'on devait appeler, dans le jargon diplomatique, une négociation amicale.

- En réalité, ils n'ont pas vraiment le choix. L'Arménie est prise en étaux entre la Turquie, l'Azerbaïdjan, l'Iran et la Géorgie. Un accord sécuritaire vaut bien la photocopie d'une carte mythologique… Laisse-moi faire, je m'occupe d'organiser la rencontre. Va chercher la blonde et dis-lui de se tenir tranquille, pour une fois.

**
*

Le Ministre se tenait debout devant la fenêtre, les mains croisées derrière le dos et les yeux plongés dans la vue panoramique de la capitale que lui offrait la salle de conférence. Une barre de titane enveloppée dans un costume sur mesure sombre tiré à quatre épingles ; il demeurait silencieux alors que mes deux compagnons et moi prenions place dans des fauteuils de cuir sans doute réservés, d'habitude, à des invités de son rang. Jean-Grégoire avait dû forcer le rendez-vous je-ne-sais-comment ; nous n'avions pas l'air d'être les bienvenus.

- *C'est donc vous, le 153ème,* dit-il sans même se retourner.

Eva pris l'initiative de briser la glace :

- Oui, il est l'héritier.

Il se retourna brusquement en me dévisageant :

- L'héritier ? Quel héritage revendiquez-vous ? Vous n'avez pas l'ombre d'une idée…

- Monsieur le Ministre, mon pays est prêt à vous aider.

Jean-Grégoire entra d'emblée dans la négociation en lui lançant une attaque frontale enrobée de politesse diplomatique.

- Pourquoi l'Arménie aurait-elle besoin de la France ? Nos relations sont cordiales mais limitées. Ce qui n'est pas le cas de vos relations avec nos voisins comme la Turquie.

- Les choses vont changer, vous le savez. La guerre est imminente.

Le Ministre s'assît dans son fauteuil et toisa longuement Jean-Grégoire.

- Je sais qui vous êtes.

- J'en doute.

- Expliquez-moi alors pourquoi vous vous intéressez autant au Testament de Noé.

Il avait lâché le mot. La carte, qui était conservée dans les sous-sols du ministère de la Défense, avait donc bien un intérêt géopolitique.

- Le monde va changer, effectivement, reprit le Ministre, mais l'Arménie ne changera pas. Votre réputation vous précède, Monsieur, mais je doute que vous compreniez cette idée. Nous évoluons dans un environnement que l'Occident ne comprendra que trop tard. Les Etats ne sont pas une fin en soi ; ce qui importe est que les peuples assument leurs destins.

« Très mal barré », me dis-je. Il n'acceptera jamais. J'essayai de croiser le regard de Jean-Grégoire pour que nous foutions le camp mais il demeurait imperturbable.

- Vos voisins, comme vous dites, seront bientôt des champs de ruines. Votre alliance avec la Russie ne vous protégera pas des dégâts collatéraux.

- Et c'est vous qui allez nous protéger ? Je crains que votre gouvernement ne partage votre point de vue…

- *IL FERA CE QUE JE LUI DIRAI DE FAIRE !*

« Ça y est, il a pété un plomb… ». Jean-Grégoire lui avait coupé la parole en entrant dans une furie ravageuse. Puis, il reprit instantanément son calme.

- Croyez-moi, vous n'avez pas le choix. Ce que je vous demande ne vous coutera rien. En échange, vous y gagnerez beaucoup.

- JG, tu exagères, le repris-je à voix basse.

- Tu veux la carte, n'est-ce pas ?

- Pas autant que toi, apparemment.

Quelque chose me tracassait. Peut-être n'était-ce que son style de négociation, mais je sentais, une nouvelle fois, que Jean-Grégoire ne me disait pas tout. Sa ferveur frisait le chantage et j'avais l'impression de servir de cobaye pour ses propres intérêts. Etait-ce possible...

- La France a été un grand pays... Mais en s'enrichissant, elle a perdu le sens du bonheur, en même temps que le sens de l'honneur. Monsieur Aram...

Le Ministre s'adressa directement à moi :

- Dites-moi le fond de votre pensée... si la France entrait en guerre contre l'Arménie, que feriez-vous ?

Il voyait donc en moi un lointain patriote autorisé à répondre à l'épineuse question que devaient se poser tous les enfants de l'exil.

- Ce que je ferais ? Je me demanderais sans doute qui est l'agresseur... Je ferais peut-être ce qu'un juif ferait si la France entrait en guerre contre Israël.

Le Ministre considéra ma réponse avec une espèce de fraternité d'armes qui l'avait apparemment touché. Il se leva et repris sa posture initiale, les yeux plongées vers l'horizon de la capitale arménienne.

Puis il beugla pour appeler la secrétaire :

- Oui, Monsieur ?

- Raccompagnez l'Américaine et le Français à la porte du ministère.

- Et Monsieur Aram ?

- Il reste ici.

46.

« Simon-Pierre monta dans la barque,
et tira à terre le filet plein de
cent cinquante-trois grands poissons ;
et quoiqu'il y en eût tant, le filet ne se rompit point. »

Jean, 21-9.

- Ils se servent de vous.

Je restai silencieux.

- Tous : la CIA, les Renseignements français, les Francs-Maçons, tous.
- Je l'avais compris.
- J'en doute fort.
- Vous vouliez sans doute garder l'exclusivité…
- Expliquez-vous.
- Monsieur le Ministre, un peu de franchise. Vous vous êtes également servi de moi. Je n'avais rien demandé ; c'est votre général qui est venu me trouver pour acheter la montagne…
- Acheter la montagne ?

Ses yeux globuleux demeurèrent suspendus à sa question. Il laissa s'écouler quelques secondes de silence puis lança un rire explosif qui dû retentir dans tout l'étage. Son visage reprit instantanément un air grave :

- Comprendriez-vous seulement si je vous expliquais ?
- Je ne demande pas mieux.
- Très bien, Monsieur Aram. Ouvrez grand vos oreilles. C'est peut-être la dernière fois qu'elles vous serviront.

Il s'assit à côté de moi, à quelques centimètres, mettant fin à tous protocole et discours officiel qui n'auraient apparemment plus aucun intérêt.

- Nous nous sommes servi de vous, effectivement. Mais… pour la bonne cause.
- Evidemment !
- Ararat n'est pas à vendre, elle ne le sera jamais.

- Alors, pourquoi ?

- Disons que nous avons monté une opération de... *« communication »,* à l'attention des services secrets étrangers.

- De la désinformation ??

- C'est un peu ça, oui. Nous n'avions pas d'alternative. Une information dissimulée à infiniment plus de valeur qu'une information dévoilée. Surtout si elle risque de remettre en cause les orientations stratégiques des puissances qui s'intéressent à la région.

- Au risque de déclencher un conflit ? Vous prenez des risques démesurés ! Ils envahissent l'Irak, pendent le Raïs en place publique ; ils jouent au yoyo avec les Palestiniens… Que croyez-vous pouvoir faire avec vos chars d'assaut et vos… livres ?

- C'était un risque à prendre. Croyez-moi, le conflit qui s'annonce balayera toutes les certitudes. Les Etats vont être bientôt dépassés par les événements. Y compris ceux qui se prennent pour les maîtres du monde.

« Depuis la fondation du monde, une bataille se livre entre des forces obscures qui n'ont fait qu'instrumentaliser les hommes comme des pantins… »

- *L'armée de la Peur,* dis-je.

- L'armée de la Peur, effectivement. Son déploiement va être bientôt total. Mais pas sous la forme traditionnelle.

- J'ai peur de ne pas saisir.

- Jusque-là, la violence s'est matérialisée par les actions militaires et, depuis quelques décennies, le terrorisme. Ces violences frontales vont être transcendées, et muer en une manipulation à l'échelle planétaire beaucoup plus subtile. La globalisation du phénomène religieux va bientôt faire apparaître une nouvelle religion, plus puissante que toutes celles qui n'ont jamais existé.

- Une nouvelle religion ?

- Oui, celle que tout le monde attend. Celle qui va donner des preuves tangibles.

- De l'existence de Dieu ? Ce serait plutôt une bonne nouvelle !

- Non, ce sera du pur détournement. Celui qui dirigera la nouvelle religion va démontrer l'étendue de son pouvoir devant les caméras. Ce qui n'avait pas été possible il y a deux mille ans. Cet individu sera l'Imposteur que les textes annoncent depuis la Révélation.

- L'Antéchrist ?? C'est donc, ça ?

- C'est cela.

« La carte ». La carte du Monde réel. Le Testament de Noé. Les gardiens... Ils la protégeaient ?

- Frère de sang, écoutez-moi. Le Testament de Noé doit mettre fin au règne de la Peur. C'est ainsi. Vous en êtes l'héritier et je ne sais pourquoi vous avez survécu à l'assassinat des 153. En tant qu'héritier, vous aviez le droit de savoir la vérité. La carte va être bientôt dévoilée. Mais pas avant l'accomplissement des Temps. La destruction coordonnée des trois lieux saints, la guerre nucléaire imminente, rien de tout cela ne doit vous égarer. Dans quelques jours, tout sera terminé.

Devais-je encore le convaincre ?

- Vous reconnaissez que je suis l'héritier ?

- Je le reconnais.

- Alors, il faut m'écouter. Je vous le demande en Gardien. Je fais le rêve de la Peur depuis l'âge de sept ans. Je suis le seul à avoir survécu et il n'y a sans doute plus aucune place au hasard. Bélial veut me tuer et ne me lâchera pas. C'en sera fini de la Communauté d'Eden. J'ai besoin de la carte, comprenez-vous ? Ne croyez vous pas que nous y sommes ? L'accomplissement des Temps…

- Que proposez-vous ?

- Dans moins de trois semaines, nous auront basculés dans le chaos. Jusqu'ici, les manuscrits avaient été protégés car la destruction de la planète n'était pas envisageable. Si le conflit s'enflamme, le Testament de Noé sera perdu à jamais.

- Vous voulez une copie de la carte, c'est cela ?

Le Ministre soupira longuement. Je crois qu'il espérait encore que le pire serait évité.

- Que risquez-vous ?

47.

- Où est Jean-Grégoire ?

- Aucune idée. Il est parti comme un voleur en me laissant sur le trottoir.

J'avais deux mots à lui dire. Je ne l'avais jamais connu aussi insolent ; les événements devaient lui monter à la tête.

- J'ai une copie de la carte.

- No way ! Comment as-tu fait ?

- Je t'expliquerai plus tard. Il faut retrouver Jean-Grégoire pour balancer ça dans les médias. Mais avant cela, il faudrait que tu la traduises…

Eva scruta la carte de près.

- D'accord, mais ne restons pas là.

- Où va-ton ?

- Là.

Elle me montra du doigt un point sur la carte.

- Qu'est-ce que c'est ?

- Tu ne me croirais pas ; mieux vaut que tu voix ça par toi-même. Un endroit dont personne ne soupçonne l'existence…

Nous reprîmes la voiture puis nous marchâmes longtemps à travers des collines sans chemin, dénudant la forêt rocheuse à mesure que nous grimpions en altitude. Autour de nous, la nature était demeurée intacte, aussi délurée qu'aux premiers jours de la création, anarchique et foisonnante comme le Grand Patron l'avait laissée. Nous arrivâmes finalement dans un endroit totalement insignifiant, mais qui illumina les yeux d'Eva.

- C'est là.

- C'est là, quoi ?

Je crus un instant qu'elle m'emmenait dans un espèce de paradis hawaïen, avec cascade d'eau plongeant dans un lac chauffé, fruits exotiques à profusion sur des arbres colorés, bref, le fantasme du paradis parfait. Au lieu de cela, rien. Rien qu'un rocher devant lequel elle s'arrêta. Eva me prit la main et la posa sur la pierre, émue.

- Regarde de plus près.

Je nettoyai du bout des doigts le rocher poussiéreux pour voir apparaître un dessin. Il y avait, gravé dans la pierre, un homme, un deuxième personnage aux cheveux longs qui semblait être une femme, puis un arbre et… un serpent.

Eden ?

- Oui, c'est mignon, Adam et Eve au milieu de nulle part…

- Ce serait juste mignon s'il ne s'agissait pas d'une gravure préhistorique.

- Comment ça, préhistorique ?

- Il s'agit de la dernière découverte archéologique du pays. La datation n'est pas encore définitive mais les estimations tournent autour de -4.000 avant Jésus Christ[19]...

Impossible.

Eva me serra dans ses bras en maintenant ma tête contre sa joue de toutes ses forces :

- Je ne sais pas pourquoi Dieu t'a choisi, Marc, dit-elle, la voix tremblante, la bouche pratiquement collée à mon oreille. Ce que je sais, c'est que tu es l'héritier. L'unique héritier du Testament de Noé. Eden est ici et maintenant, tu comprends ce que je te dis ? Eden est un lieu de vibration supérieur où les âmes se rencontrent. Un peu comme quand on est… amoureux.

**
*

Nous passions l'après-midi à décoder la carte. C'était beaucoup plus compliqué que prévu ; pour moi, toutes les lettres se ressemblaient. Mais Eva semblait maîtriser parfaitement la langue. Excités comme des archéologues devant un hiéroglyphe égyptien, les petits dessins de cours d'eau et d'églises parsemés sur le croquis nous étaient d'un grand secours. Je ne sais pas pourquoi, mais en entrant dans ce décryptage, les lettres me parurent… familières. Comme si ma mémoire les reconnaissait. Eva était subjuguée. A chaque nouveau lieu qu'elle identifiait, elle poussait un *« Oh, my God »* qui me reléguait au rang d'inutile spectateur. Les quatre fleuves envahissaient majestueusement la carte d'un bout à l'autre ; nous identifiions le premier : l'Euphrate. Puis les trois autres fleuves bibliques d'Eden : Pischon, Guihon, Hiddékel. Il n'y avait pas de frontières politiques et la carte semblait s'étendre à la région tout entière. Je reconnus des noms de régions, Ararat au sommet, mais aussi Naxuana à l'Est, dont Jean-Grégoire m'avait déjà parlé. Il y avait des églises partout. Des centaines d'églises qu'Eva reproduisait patiemment en dessinant des cylindres ornés d'une croix. Elle noircissait la traduction à coup de

---

[19] Le lieu précis nous est inconnu. Peu après sa découverte, l'Etat d'Israël aurait manifesté son intérêt pour l'acquisition de la gravure et formulé une proposition financière, estimée à plusieurs millions de dollars, refusée par l'Arménie. Le site n'est toujours pas accessible au public.

crayon avec une précision chirurgicale, tandis que la nuit tombait au-dessus de nous. Les heures filaient ; à force de loucher sur la carte assez longtemps, je commençais à y voir apparaître, en fond de trame, un dessin constitué de ces petites croix représentant ces lieux de culte, sans trop pouvoir le décrire.

- Tu vois la même chose que moi ? Qu'est-ce que c'est que ça…

- *I don't know*... On dirait un plan caché dans le plan… *Come on, Open Sesame*...

Se pouvait-il que l'emplacement des lieux saints, établis à des dizaines et centaines de kilomètres de distance, lors de dizaines et de centaines d'années de distance, ait eu une forme cohérente qui devait se révéler aujourd'hui ?

Eva était éreintée. Elle posa côte à côte la carte et la traduction sur le sol.

- Je ne comprends pas…

- Quoi ?

- Où est l'Arche ?

Elle l'avait entièrement décryptée. La carte était extrêmement détaillée mais ne comportait aucune référence à l'Arche de Noé.

- Je ne comprends plus rien. Il manque un élément… Tu es sûr que le Ministre ne t'a pas bluffé ?

- Comment pourrais-je le savoir…

Pas de trace de l'Arche ? Le Testament de Noé ne pouvait en être exempt. Nous passions en revue tous les scenarios possibles. Le Ministre m'aurait-il volontairement remis une carte incomplète ? La Communauté d'Eden n'aurait-elle pas eu le temps de la reconstituer entièrement ? La troisième solution aurait achevé Eva : peut-être, tout simplement, n'y avait-il pas d'Arche.

Elle tritura la traduction dans tous les sens, se leva et se rassis sans cesse pendant un temps interminable. Elle la rapprochait de son nez puis la regardait de loin pour avoir une vue d'ensemble. Elle confrontait les deux feuilles, maugréait et tournait en rond. Je recommençais à douter. Jusqu'à ce qu'elle fasse les yeux ronds :

- Symbolique !

- Quoi, symbolique ?

Eva reprit un crayon. Je crois qu'elle eut soudain une folle intuition. Elle reprit la carte et la reposa sur le sol, avec l'excitation du mathématicien à deux doigts de faire une découverte qui révolutionnerait le monde. Cela lui pris un temps interminable, mais le dessin devint clair : en reliant, à l'aide d'un crayon à papier, les petites croix qui représentaient les centaines d'églises construites à travers toute l'Arménie historique durant tous ces siècles, nous l'avons vu apparaître, trait pour trait, sous nos yeux ébahis : la grande embarcation que tous le monde cherchait depuis des millénaires.

Comment étais-ce possible ? Je repris la carte plusieurs fois pour être certain de ne pas être victime d'une hallucination. Mais rien n'y faisait : elle était bien là, l'Arche de Noé, allongée sur la terre d'Arménie.

- Il avait raison.

- Qui ?

Eva s'assit sur le sol et plongea sa main dans ses cheveux.

- Je voudrais juste vérifier quelque chose.

Sur la feuille, elle nota une multiplication :

« 300 x 50 x 30 ».

- Tu vas me dire ce qu'il se passe ?

- 450.000. *Holly shit !*

- Alors ??

- Voilà. Il y a quelques années, un éminent astrophysicien[20] proposa une théorie révolutionnaire sur la réalité de l'Arche de Noé. Il partait de l'hypothèse selon laquelle le grand déluge avait été provoqué, il y a douze mille ans, à cause d'un changement antérieur de l'axe d'inclinaison de la Terre. Il était passé de 24,5° à 22,1° et avait provoqué des perturbations climatiques ayant entraîné d'intenses évaporations, la formation de nuages lourds et finalement d'importantes averses. Les fleuves existants, ainsi que de nouveaux, déversèrent une quantité d'eau phénoménale, ce qui engendra une montée du niveau des océans de plus de cent mètres.

- Et donc ?

- La plupart des territoires furent immergés. Les populations locales et les animaux périrent dans ce déluge. La plupart des territoires... sauf l'Arménie historique, ce qu'on appelle les montagnes d'Ararat. Elles s'élevaient à 1.700 mètres d'altitude et leurs vallées étaient à plus de 600 mètres… Les populations locales ne furent pas touchées par le déluge. Selon l'astrophysicien, l'Arche de Noé n'est que le symbole de l'Arménie historique. L'Arche n'est pas en bois… mais en terre.

Je repris la carte entre les mains, louchant sur le dessin de la gigantesque embarcation :

- C'est donc ça, le secret du Testament…

- Et cela colle avec les dimensions symboliques de l'Arche annoncées dans la Bible. *« Trois cent coudées pour la longueur, cinquante pour la largeur, trente pour la hauteur »*. 300 x 50 x 30… ça fait 450.000. La superficie de l'Arménie historique.

- Dessinée avec… des églises ?!

---

[20] P. Hérouni, *Armenians and Old Armenia*, op. cit.

- Oui, des génies… Les Pères fondateurs savaient le secret du Patriarche ; ils ont planifié la construction des églises arméniennes sur vingt siècles à des emplacements précis en vue de la Révélation des derniers temps.

- Eden ?!

- Eden est sans doute quelque part à l'intérieur… ou alors…

- Ou alors, quoi ?

- Un lieu de vibration supérieur, permis par la liaison vertigineuse des centaines d'églises…

Eva leva les yeux mouillées vers le ciel. Je crois qu'elle était arrivée au bout de son périple.

- Mais alors… les photos ? Les photos-satellite, les analyses dentro-je-ne-sais-quoi… Tout cela serait…

- Faux ?

Elle se reprit en essuyant ses yeux du bout des doigts. Nous restions suspendus à la question comme des équilibristes sur un fil.

- Ce qui est sûr, c'est que vous étiez 153 et tu n'es plus que le seul.

Vicieuse curiosité. A tout vouloir comprendre, j'étais allé trop loin.

- As-tu compris, au moins ? As-tu compris qui étaient les 153 ?

« Les gardiens des manuscrits sacrés », pensai-je, sans trop savoir.

- Ils viennent de loin, tu sais, de très loin… D'une histoire cachée que personne ne veut entendre. Chrétiens, juifs, musulmans, tous te condamneraient…

- Condamner à quoi, Eva ? De quoi me parles-tu ?

- *« Quiconque me trouvera me tuera »*. C'est dans Abel et Caïn.

Abel et Caïn ? Les fils d'Adam et Eve ?

- Lorsque Caïn tua son frère, Dieu le punit en l'exilant vers les terres inhospitalières de *Nod*, à l'Est d'Eden. Il avait commis le meurtre fondateur. Il fut pris d'une telle angoisse qu'il supplia Dieu et prononça cette phrase étrange : *« Quiconque me trouvera me tuera »*[21].

- Etrange ? Pourquoi étrange ?

- *« Quiconque »*… Qui est *« Quiconque »* ? N'étaient-ils pas seuls, Abel, Caïn, leurs père et mère ?? Apparemment, non…

153. Je n'osais comprendre. Le chiffre s'affichait dans ma tête comme sur un écran de cinéma.

- Il n'y a pas que cela. « *Lorsque les hommes eurent commencé à se multiplier sur la face de la terre, et que des filles leur furent nées, les fils de Dieu virent que les filles des hommes étaient belles parmi toutes celles*

---

[21] Genèse 4-14.

qu'ils choisirent... »[22]. C'est noir sur blanc dans la Bible ! Ça fait du monde, tout ça… Qui sont tous ces hommes ? Les « *fils de Dieu* » ? Les « *filles des hommes* » ? Mais le plus troublant est à l'origine. Adam et Eve. Dieu leur dit *« Croissez et multipliez-vous ».* Comment se seraient-ils multiplier s'ils n'étaient… que deux ?

- Tu veux dire que…

- Adam et Eve n'étaient pas seuls.

- Pas seuls ? Mais alors, combien étaient-ils…

La réponse me vint en même temps que la question.

- 153 ? C'est ça ?

Eva secoua la tête en signe d'approbation.

- C'était un rite sacrificiel. L'expulsion du paradis. Ils ont été expulsés par le reste de la communauté. Des boucs-émissaires. Le plus vieux mécanisme d'autopréservation de l'humanité. Les Choses cachées…

- depuis la fondation du monde…

- Depuis ce temps immémorial, la Communauté d'Eden porte ce fardeau. A l'origine, le rêve de la Peur est une malédiction. Et la vocation d'une malédiction est d'être transformée en bénédiction...

Le visage d'Eva se perdait dans le vague.

- Il aurait pardonné… Je sais qu'Il aurait pardonné.

Elle semblait entrée dans un vieux dialogue intérieur, inachevé, une question posée des siècles auparavant, à laquelle aucun homme n'avait su répondre.

- Dieu ?

- Ce que nous apprend la Bible, dans le chapitre consacré à Adam et Eve, trouve sa clé dans le concept de pardon. Si, au lieu de rejeter la faute sur l'autre, ils avaient dit : *« Pardonne-moi, c'est ma faute »...* L'expulsion symbolique du paradis n'aurait peut-être pas eu lieu… C'est ce que révèle le Testament de Noé.

---

[22] Genèse 6-1.

Chaos

Phase XI – Le maître du nouveau monde

« Messieurs les Présidents,
Mesdames les Présidentes,
Et vous tous,
Mes Bien Chers Frères et Sœurs
de la Vénérable Alliance,

Le temps est venu pour nous. Il est venu au seuil du Temple que nous rebâtissons à la Gloire du Grand Architecte de l'Univers, pour s'arrêter ici et célébrer la fin de sa mission.

Nous avons travaillé sans relâche, chacun dans le respect des croyances de l'autre, à la construction de notre édifice commun, pour arriver à notre but ultime.

Oui, mes Frères, nous y sommes : nous avons réussi. Grâce aux efforts de toutes les obédiences de la planète, nous avons enfin donné vie au vieux rêve de l'humanité : la Fraternité mondiale.

Aujourd'hui, la Vénérable Alliance, qui avait posé les jalons de notre projet séculaire, se transforme et rend possible l'inimaginable. Cette nouvelle organisation, qui dépasse toutes les espérances et les rêves de paix et de fraternité entre tous les hommes, toutes les religions, toutes les croyances qui nous dirigent vers un même idéal, va bientôt irradier le monde.

Vous m'avez fait l'honneur de m'élire Grand Maître de la Fraternité mondiale ; soyez convaincus que je ferai tout ce qui est en mon pouvoir pour accomplir pleinement ma mission.

Je tiens à saluer les efforts de toutes ces obédiences, jadis antagonistes par leurs moyens, leurs croyances déistes ou laïques, pour avoir porté à terme notre projet, o' combien douloureusement accouché.

La Fraternité mondiale est aujourd'hui plus qu'un symbole. Vous le savez, la situation géopolitique annonce le pire, et nous devrons conjuguer nos efforts pour préserver la paix. Je compte sur chacun pour une obéissance sans faille et une action efficace au sein de vos obédiences et gouvernements.

Le plan que je vous dévoilerai dans les jours prochains, au nom de la paix et de la stabilité du monde, nécessitera ces efforts de la part de chacun.

Fraternellement,
Le Grand Maître élu. »

48.

« Heureux le lion que l'homme mangera ;
Le lion deviendra homme.
Malheureux l'homme que le lion mangera,
L'homme deviendra lion ».

Evangile de Thomas, 7. (Manuscrits de Nag Hammadi)

Toutes ces années où je voulais être un lion. Quel animal stupide. Non pas le lion, mais moi. Dans ma vie antérieure, j'allais me connecter sur Wikipédia à chaque fois que le rêve de la Peur me réveillait en sursaut. Machinalement, je lisais et relisais tout ce que la communauté des humains avait pu écrire sur le roi des animaux. Ma débilité n'avait pas de limite, mais qui peut rire d'un malade ? Pour vaincre la peur, il suffisait de vaincre ses illusions. Celle de l'immortalité en premier lieu. Car je sais maintenant que je vais mourir. Et comme disait un ami fossoyeur, *« Quand on est mort, c'est pour la vie »*... Je n'avais jamais compris la portée spirituelle de cette boutade. Mais cette gloire-là, je la devais à tous ceux que j'avais aimés. Ceux que j'avais vu grandir sans les avoir regardés ; à toutes ces années sans lanterne à tâtonner sur le sol, dans le noir, espérant y trouver un interrupteur.

« Il n'y a pas de peur en amour ».
Quel gâchis, tout ce temps perdu. Mais peu importe car le temps passé n'a pas de valeur face au temps qui reste. On désire toujours ce qu'on n'a pas. Le secret est sans doute de désirer ce qu'on a : il faut s'aimer comme on nait. Le cœur des hommes est devenu un compagnon oublié, enterré dans un coffre corporel, au fond d'un sanguinaire appât pour venin desséché. Il tue la vie là où elle prend forme, il la dorlote pour mieux l'endormir et lui chante des hymnes à la crainte d'être aimé. L'évasion n'a pas de forme dans ses entrailles impétueuses car il n'y a pas de chemin de retour pour qui veut la dompter. Il n'y a que des mariages d'amertume, que des envies languissantes d'étouffer le sens du devoir, de dévisager les moralisateurs pour qu'ils suffoquent avant de vomir. Tout ce qu'il doit savoir s'achète et se vend au marché noir du désir.

Si j'avais été éternel, j'aurais eu le parcours de l'humanité. De la chute du paradis jusqu'au jugement dernier, le parcours de l'homme coule de source. Ne juger personne. Ni les puissants ni les miséreux. Ils sont chacun une facette de l'Homme éternel. Ils sont tous le chemin de l'humanité. Inutile de capituler, il faut se rendre à l'évidence : seul le chemin compte. Peu importe les victoires, on n'apprend que dans la défaite. L'homme errant n'a pas le choix ; il doit chercher son diamant dans l'excrément ; son bonheur n'est jamais sur un présentoir, prêt à l'emploi, dans une vitrine en solde. Il est derrière, dans les ruelles, dans les coulisses de son propre spectacle de vie, dans les égouts de sa mémoire qu'il lui faudra nettoyer sans cesse pour se grandir.

Le temps touchait sans doute à sa fin mais je ne m'étais jamais senti aussi bien. Plus rien n'avait d'importance : j'aimais Eva, j'étais prêt à me dépouiller de tout sans avoir à rentrer dans une arnaque rassurante, une secte ou un business spirituel. Plus rien n'avait d'importance, j'aimais Eva, que nous survivions ou non, seul ou ensemble, peut importait ; nous avions existé de tout temps dans le projet de Dieu et cela, aucune bombe atomique, aucun atome d'intelligence ou de perfidie humaines n'y avait séjour.

Partir en redressant la tête, sortir vainqueur d'une défaite, renverser toutes les données... Mourir d'aimer...

Sacré Charles. On en aura passé des soirées, tous les deux.

Nechane, mon ami. Mon ami de la montagne sacrée que j'étais venu acheter. Avant de prendre la route pour Carahunge, j'avais fait un bref demi-tour, poussé par un besoin euphorique de le remercier comme il se devait. Comme un père. La cour du monastère était déserte ; j'avais demandé à chaque villageois que j'avais croisé aux alentours où était ce vieux prêtre au sourire lumineux qui s'appelait Nechane. Mais, à ma grande surprise, personne ne le connaissait. L'ancien du village m'avait, à son tour, sourit et dit que le seul Nechane qu'il avait connu était mort et enterré à Etchmiadzine depuis longtemps, sous un autre nom. Je n'ai compris ni son propos, ni son sourire [23].

**

*

Je posai le bagage d'Eva dans la voiture avant de refermer le coffre. Le claquement de la porte se conjugua à son regard, qui me fit sursauter : je ne l'avais pas vu venir. A dix centimètres de mon visage, les pupilles dilatées à l'extrême du tueur à gage, revenu du royaume des morts, me fixaient intensément. L'émissaire de Bélial était là, devant moi, assez proche pour empester une odeur lourde et étouffée inconnue à la gamme des parfums humainement acceptables. Je

---

[23] Certains dialogues de Marc Aram avec Nechane sont tirés des *Entretiens de Giovanni Guaïta avec Karékine 1er*, Catholicos de Tous les Arméniens, ed. Nouvelle Cité, Montrouge, 1998 (de son nom de baptême, Nechane Sarkissian, 1932-1999).

cherchai Eva des yeux en direction du véhicule, puis tout autour : personne. Elle avait dû se coucher sur le siège passager. La sensation d'un métal froid sur mon ventre, tandis que je ne le quittais plus du regard, annonçait la fin de mon compte-à-rebours. Il était bien vivant et n'avait aucune raison de m'accorder cet honneur.

- *La carte.*

Cette moelle épinière couverte d'un amas de muscles n'avait sans doute pas besoin de cerveau, et encore moins d'une âme, pour satisfaire ses besoins primaires ou exécuter les ordres de son maître. Bélial avait encore une fois eu l'information, sans néanmoins comprendre qu'il n'y avait aucun trésor à déterrer. Contrairement aux apparences, il avait toujours eu un métro de retard tout au long de son histoire. C'est ce qui allait bientôt le perdre. Qu'aurais-je pu répondre ?

- *Quelle carte ?*

L'émissaire chargea son arme dont le clic retentit sur mon ventre. Il n'avait aucune intention de répéter sa demande. Il attendit trois secondes, se délectant de son pouvoir jouissif de mettre fin à une vie. Puis, sa respiration s'arrêta. Son arme tomba au sol ; il s'agenouilla avant de s'effondrer sur le ventre, le visage mordant la poussière. Une tâche rougeâtre se dessina sur son dos jusqu'à immerger toute la surface : il venait de se prendre une nouvelle balle, dans la colonne vertébrale. Je regardai au loin devant moi, cadavre aux pieds, pour apercevoir une silhouette connue qui tenait un revolver entre les mains.

- *Tu me fais cavaler, mon vieux...*

La voix familière me laissa pantois. Il était toujours là où on ne l'attendait pas. Armé d'un silencieux, Jean-Grégoire venait une nouvelle fois de me sauver la vie, mais je restai de marbre. Je fis rapidement le tour de la voiture pour dire à Eva de démarrer et de m'attendre plus bas pendant dix minutes. Je voulais régler mes comptes avec Jean-Grégoire. Si je devais tarder, je la rejoindrais dès que possible au lieu de nos retrouvailles. JG s'approcha jusqu'au cadavre qui gisait à mes pieds ; l'émissaire était bel et bien mort.

- Légitime-défense, n'est-ce pas ?

Pas l'ombre d'une émotion. Comme s'il avait fait ça toute sa vie. Ses trois rides de la connaissance, qui d'habitude creusaient majestueusement son front, avait perdu de leur charme. Je le trouvai harassé. Il m'avait sauvé la vie mais aucun sentiment de gratitude ne me prit. Son regard avait changé et quelque chose me tracassait.

- C'est lui. C'est bien le gars de l'aéroport que j'ai descendu avec ton arme.

- Tu vois bien qu'il n'est pas mort. En tout cas, il ne l'était pas...

Du bout du pied, Jean-Grégoire retourna le corps de l'émissaire pour le mettre sur le dos et voir son visage, pointant son arme vers sa tête. Son visage apaisé par la mort paraissait inoffensif, libéré de toute tension. Il me paru un instant familier. Il me rappela un type, bien que plus chétif et gringalet, que j'avais défendu, il y a très longtemps, devant la Cour d'Assises et qui avait écopé d'une lourde peine pour viol sur mineur.

- Mets-lui quand même les menottes, si tu veux mon avis, lançai-je.

Jean-Grégoire ne rît pas à ma boutade.

- Ne perdons pas de temps, donne-moi la carte.

- J'ai réfléchi. Ce ne sera pas nécessaire. Le ministère de la Défense va s'en charger…

- Eux ? Tu plaisantes ? Ils ne seraient même pas fichus de…

- Laisse tomber. Merci pour ton aide.

Pourquoi était-il aussi agressif ?

Je regardai instinctivement autour de moi, jetant un coup d'œil au cadavre de l'émissaire qui se vidait de son sang à nos pieds. Mon ami me dévisagea.

- *« Merci pour ton aide » ?* Mon pauvre vieux…

Jean-Grégoire retira son cran de sûreté. Mon cerveau mit quelques instants avant de comprendre ce qui était en train de se passer. Il pointa son revolver dans ma direction :

- Je suis désolé. Je ne voulais pas en arriver là. Mais tu es têtu comme une mule.

- Qu'est-ce qui te prends ?

- Empafé. Il faut toujours que tu te rebelles. Pourquoi a-t-il fallu que tu sois mêlé…

Le sol s'effondrait sous mes pieds. Mon ami Jean-Grégoire avait perdu la tête. Je ne reconnaissais plus ses yeux.

- Que veux-tu, dis-je, rempli d'amertume. Le hasard ne fait jamais les choses par hasard… Pourquoi ? Pourquoi fais-tu ça ?

Son visage se crispa à l'extrême ; il semblait lutter intérieurement contre un insupportable mal de tête, tout en me tenant en joug, le bras tendu vers ma poitrine.

- Tu ne comprends rien… Tu n'as jamais rien compris. Toi et ta misérable petite vie sans envergure ! Tu n'as aucune idée du pouvoir que tu détiens entre les mains… Donne-la-moi !

- Tu serais prêt à me tuer pour une misérable carte ?

- Misérable ? Sûrement pas. Seulement pour ceux qui ne savent pas s'en servir.

- Que veux-tu en faire ?

- Un monde nouveau. Chrétiens, juifs, musulmans, athées, tous vont enfin voir la vérité de leurs yeux…

- La « *Fraternité mondiale* », dis-je. Alors, ça y est, tu as été élu Grand Maître… *Le maître du nouveau monde.* Tu es devenu fou. Et que veux-tu faire de la carte ?

- La carte du Monde réel est la clé de l'énigme universelle. Celui qui détient la clé détient le monde.

J'eus l'impression qu'il récitait sous hypnose. L'ambition l'avait entièrement rongé, à tel point qu'il tuerait pour devenir le maître du monde.

Jean-Grégoire n'allait pas se répéter ; il fit cliquer son arme.

- Quel incapable, dit-il en remuant le corps de l'émissaire. Je vais devoir prendre sa tête.

Prendre sa tête ? De quoi parlait-il ? Sa voix avait mué en une espèce de crissement rauque ; son visage était crispé à l'extrême, et son corps de sexagénaire, tendu comme une barre d'acier.

- Incapables, tous des incapables. Je savais que je devrais venir moi-même à bout du 153ème…

Je ne le reconnaissais plus. Ni sa voix, ni ses gestes. Il était devenu quelqu'un d'autre. J'allais, une ultime fois, regarder la mort dans les yeux.

Soudain, un nuage de fumé envahit les alentours, accompagné d'un lourd son de troupe au galop qui nous étourdi.

« NE BOUGEZ PLUS ! ».

Une trentaine de soldats sortant de toutes parts nous entoura rapidement, armes au poing, braquant leurs kalachnikovs sur Jean-Grégoire. Plusieurs faisceaux lumineux rouges se dessinèrent sur sa tête et son torse ; le moindre mouvement brusque de sa part l'aurait transformé en passoir. Je levai les bras instinctivement, avant de comprendre que ce n'était pas moi qu'ils venaient chercher.

- Monsieur Jean-Grégoire Le Prince, vous êtes en état d'arrestation pour meurtre.

Ils lui avaient tendu un piège. Comment savaient-ils qu'il allait tuer un homme ? Le pire est qu'ils l'avaient laissé faire. Jean-Grégoire lâcha son arme qui glissa le long de son corps sur le sol poussiéreux. Quelques soldats le propulsèrent violemment à terre et le fouillèrent à corps sans retenue. Tandis que son visage mordait la poussière, je vis une lueur inconnue dans ses yeux, jadis doux et conciliants, qui me fit froid dans le dos. Une lueur rougeâtre teintée d'un jaune doré ; un regard démoniaque ne laissant aucune trace de notre amitié révolue. Comme s'il était possédé.

Acculé au sol, il poussa un long cri de colère qui dû résonner dans toute la vallée. Un cri haletant qui vidait ses poumons de son dernier souffle. Le ciel s'obscurcit en un instant et se remplit de lourds nuages grisâtres qui laissèrent éclater un éclair. J'eus l'étrange sensation qu' « il » était là, parmi nous, celui qui m'épiait depuis le départ.

Derrière le vacarme provoqué par l'arrestation musclée de Jean-Grégoire, un homme se frayait un chemin entre les soldats qui s'écartaient spontanément pour le laisser passer. Le silence s'installait à mesure qu'il avançait vers les deux corps étendus sur le sol ; l'un vivant, l'autre bel et bien inanimé. Les soldats se taisaient un à un, tandis que Jean-Grégoire était fermement maintenu, le visage injecté de sang contre le sol, dessinant des veines protubérantes sur son front. Menotté dans le dos, son silence était désormais comateux et annonçait la fin de ses illusions.

- *C'est terminé. Les temps sont accomplis.*
La voix de l'homme traversa la foule de soldats ; ses yeux se posèrent sur sa proie, ligotée comme une bête sauvage.

Le Ministre en personne était venu signifier la capitulation.

- La carte, mon ami.

Il me tendit la paume de sa main pour que je lui rende ce qui lui appartenait. J'eus un rictus d'abdication, celui du joueur d'échecs qui réalise que ses mouvements n'avaient été qu'une succession de manœuvres bouseuses. Il m'avait utilisé. Comment avais-je pu croire un instant qu'il m'avait aussi facilement concédé une copie de la carte, grâce à l'éloquente prestation du dernier héritier du Testament de Noé ? Naïf, trop naïf. La cour des grands n'était vraiment pas mon terrain de prédilection. Cela dit, je m'en foutais. J'étais repu. Je lui tendis la carte ; il la remit sans attendre à un soldat gradé qui s'enfonça dans la foule d'un même mouvement avant de disparaître avec mon héritage. A vrai dire, ce geste me fit du bien. J'avais remis mon fardeau à qui de droit.

49.

Ils avaient réussit. *« d4, d5, e4, e5 »*. Le centre de l'échiquier. Ce n'était que partie remise, mais une trêve semblait se profiler. Les Kurdes avaient été abandonnés à leur sort, Washington avait encore vendu le chef des rebelles qui aspirait à la présidence d'une République qui ne verrait jamais le jour, celui qui avait pourtant incarné le héros libérateur mis en place et soutenu par les Etats-Unis. Plusieurs dizaines de rebelles avaient été pendus sur la place publique à Bagdad et Téhéran. La cavalcade au nucléaire était beaucoup plus incertaine. La Chine était entrée dans un silence de marbre qui n'augurait rien de bon et rendait l'avenir proche totalement imprévisible.

Le Ministre avait pris quelques minutes pour s'excuser de m'avoir utilisé, maugréant que c'était le destin commun des fils de la nation. L'échiquier avait bougé par un simple tour de passe-passe joué à l'échelle planétaire. Le buzz d'internet et le travail des médias allaient bientôt faire exploser l'information au-delà de toute espérance. Ça y est : ils attendraient le messie. Luthériens, presbytériens, méthodistes, baptistes, tous lobbies américains confondus, juifs, catholiques, bref, tous ceux que l'Arche avait transportés un jour ou l'autre dans la prière ou l'imaginaire, tous s'accorderaient symphoniquement au diapason de Noé. Aux premières photographies satellitaires de *l'anomalie d'Ararat* s'ajouteraient des centaines de films amateurs et scientifiques ; des rapports d'experts envoyés des quatre coins du globe aux prises de position des églises, tous auraient des certitudes et des espoirs. Un petit ministère de la Défense du Caucase allait déployer un arsenal singulier pour empêcher le nouvel emballement mimétique qui guettait la planète. Aucune arme. Aucun missile. Ils allaient injecter du spirituel à gogo sur tous les écrans, faire intervenir des chefs d'Etat mis au parfum dans des communiqués de presse où ils salueraient *« l'entrée de l'humanité dans une nouvelle ère »* ; Johnny Jackson, le chanteur qui avait vendu le plus d'albums au monde ces dernières décennies, serait même mis à contribution pour réaliser un clip vidéo téléchargeable sur la moitié des téléphones portables de la planète, m'avait confié le Ministre. C'était de la pure manipulation mais médias et internet allaient permettre de suspendre le chronomètre, au moins pour quelques temps.

Ces dernières confidences du Ministre, avant que lui, ses soldats, le corps de l'émissaire et leur prisonnier de guerre ne disparaissent de ma vue, annonçaient la fin de mon périple. J'étais seul, dans une partie du monde ignorée de tous, à quelques pas du portrait préhistorique d'Adam et Eve dévisageant un serpent sculpté il y a 4.000 ans et qui avait rampé jusqu'au XXIème siècle pour annoncer sa propre gloire. Etais-je enfin libre ? Je pensais surtout que le monde avait soif. Et il avait raison. Il lui fallait sans doute s'abreuver au bon puits. Mon puits, je l'avais trouvé sur une route désertée des montagnes d'Arménie, là où la plus belle femme du monde m'avait demandé de l'eau.

**
*

C'était un été comme un autre. La chaleur était anormalement élevée, mais le monde faisait comme si de rien n'était. Les montagnes d'Arménie se fondaient dans le ciel ; le calme était revenu. Dans le ravin du monde, la vie se conjuguait au présent, loin du cliquetis d'un compte à rebours déclenché il y a deux mille ans par quelqu'un qui avait tant aimé le monde qu'il avait, à chaudes larmes, laissé son propre fils devenir le miroir de la violence humaine. Les hommes ne changeraient pas. Avec un peu de chance, l'échéance serait, tout au plus, retardée.

L'Arménie semblait confiante après une tournée diplomatique et des interventions dans les coulisses de l'arène géopolitique, où hommes de pouvoir, hommes de foi, hommes de science, anges et démons s'instrumentalisaient mutuellement, là où les règles du jeu étaient incompréhensibles aux simples mortels car elles couvraient une course à la maîtrise d'un pouvoir mille fois plus déroutante que l'argent : l'illusion. Si l'argent dirigeait le monde, la peur dominait l'argent. Et la peur était elle-même le domaine du grand illusionniste : Bélial. Je ne savais toujours pas s'il existait ou s'il était *« un principe : la montée aux extrêmes »*. Jean-Grégoire était monté aux extrêmes et j'avais perdu un ami, rongé par la rage du pouvoir. La rencontre ultime n'aurait sans doute jamais lieu, mais peu importait, j'avais choisi mon camps : j'étais un gardien.

J'allais reprendre le chemin de Carahunge pour retrouver Eva. C'est là que se situait Eden, le refuge, non de l'avenir, ni même du passé, mais du présent. Cette évidence ne pouvait se manifester que dans l'absence totale de peur dont le royaume était l'amour sans limite. *« Il n'y a pas de peur en amour »*, m'avait dit le vieil homme. J'avais perdu un ami mais gagné un amour. Eden ne pouvait être représenté sur la carte car il n'était pas de ce monde. E.D.E.N. Quatre lettres dont le sens caché était enfermé dans un alphabet mystique, dont la valeur symbolique était la rencontre de l'amour sur Terre. Eden était ma rencontre avec Eva.

Quant à l'Arche, qui sait ? Le Ministre m'avait-il volontairement remis une carte incomplète ? Ou était-elle, comme le pensait Eva, le symbole vivant de l'Arménie mystique, le territoire tout entier dessiné de petites croix ? Je pensais désormais que les choses se dévoilaient en leur temps, que notre curiosité forcée n'y pourrait rien. « Bientôt », me dis-je. Lorsque toutes les Choses cachées depuis la fondation du monde seraient dévoilées. Dieu avait un plan que même les religions ne connaissaient pas. Je me surpris à comprendre : j'avais confiance en Lui.

Sur le chemin du retour, avant de jeter mon dernier stylo, j'écrivis un poème au dos de la deuxième copie de la carte, celle traduite par Eva, au nez et à la barbe du Ministre. C'était ma revanche personnelle. C'était mon héritage. Elle serait mon testament. Je la déposerais au monastère de Khor Virab, là où j'avais rencontré mon guide qui comprendrait, où qu'il soit, que je ne rentrerais pas à Paris. C'en était fini ; j'irais retrouver Eva, pour partir avec elle à la découverte du Fleuve de Vie. Là-bas, je serais un lion des fleuves, un repenti apaisé par la parole de sa bien-aimée, ayant renoncé au monde des vautours pour commencer à vivre.

Le jour du dernier cri

Ils n'ont pas entendu le cri
Ils ont tout vu, ils n'ont rien dit
Et l'oreille remplie de silence
Ils glorifient l'indifférence

Pour une histoire qu'ils voudraient taire
Ils ont interdit nos prières
Ils ont interné l'espérance
Et déraciné nos croyances

La guerre des cris a commencé, rien ne pourra plus l'arrêter
De mêler libre et prisonnier, d'échanger sage et fou allié

Le jour est arrivé, le temps s'est arrêté
Le jour du dernier cri, seul contre l'ennemi
Le jour est arrivé, la nuit n'est plus tombée
Mais qui aura compris le jour du dernier cri ?

Du cri d'amour au cri de haine
Le chant du cœur n'a pas de chaîne
Libre de ne jamais plier
Sous quelque joug de vérité

Du rire aux larmes qui nous retiennent
Vivre sans voir ni joie ni peine
Des cœurs où il sera semé
A genoux et les poings serrés

Vivre en insoumis implorant la foudre du cri défendu
Qui réveille les malentendants et bouscule les malentendus

Le jour est arrivé, le temps s'est arrêté
Le jour du dernier cri, seul contre l'ennemi
Le jour est arrivé, la nuit n'est plus tombée
Mais qui aura compris le jour du dernier cri ?

Epilogue

« Si deux font la paix dans une même maison
Ils diront à la montagne : « Déplace-toi ! »,
Elle se déplacera. »

Evangile de Thomas, 48.
(Manuscrits de Nag Hammadi)

« Marié, moi ? Allons donc… »

On dit que le mariage est une longue conversation qui paraît toujours trop courte. Les mots de ma douce Eva étaient un breuvage sans fin dont la source ne pouvait qu'être divine.

Elle était enceinte. Un nouvel héritier ?

Je n'étais pas baptisé. Le mariage m'était donc inaccessible à ce stade. Nous avons décidé de tout faire le même jour. Au fin fond de nulle part, là où Adam et Eve avaient eu leur premier portrait, un prêtre m'a plongé dans l'eau et m'a donné pour prénom de baptême, *Raffi.*

- C'est le nom d'un grand patriote, sache-le. C'est aussi un dérivé de Raphael, qui veut dire littéralement : *« Dieu m'a guéri ».*

C'est vrai, j'étais guéri.

Note de l'auteur

Les girardiens reconnaîtront, à travers les chapitres, le thème des Choses cachées depuis la fondation du monde. Mes premières pensées vont donc à René Girard, génie du XXème siècle.

Remerciements

Je tiens ensuite à m'associer aux remerciements de Marc Aram, héros imaginaire du livre, qui doit aussi son existence romanesque à Humberto Barcena, notre éditeur, pour l'avoir présenté au grand public.

Evidemment, toute ressemblance du personnage avec un avocat du Barreau de Paris serait pure coïncidence.

Enfin, un grand merci à Gilbert Sinoué et Thierry Billard qui, dans les coulisses de la première écriture, m'ont apporté précieux conseils et soutien.